JN307088

貧しき人々

ドストエフスキー

安岡治子訳

kobunsha classics

光文社

Title : БЕДНЫЕ ЛЮДИ
1846
Author : Ф.М. Достоевский

目次

訳者まえがき

『貧しき人々』は、一八四六年に二十四歳のドストエフスキーが発表した処女小説です。舞台はペテルブルグ、四十七歳の下級官吏マカール・ジェーヴシキンと、若くして両親を失った薄幸の娘（おそらく十八歳ぐらいの）ワルワーラ・ドブロショロワ（愛称ワーレンカ）の半年にわたる往復書簡の形で書かれています。

マカールは、一等官から十四等官まである官吏の等級の中で下の方に位置する九等官でした。この九等官とは、マカールのような役所の万年清書係にとっては、それ以上は出世することのできない行き止まりの等級で、ゴーゴリなどの作品ではしばしば諷刺の対象となる滑稽な存在とされていました。一方ワーレンカは、手芸の内職で細々と生計を立てていますが、当時のロシア女性にとって自立の道は限られたものでした。よその家の住み込み家庭教師になるという話が出てきますが、実際は当時の裕福な家の家庭教師はフランス人やイギリス人など外国人がほとんどでした。したがってマカールもワーレンカも、なかなか貧困から抜け出す道はなかったのです。

　このように貧しい二人に、それぞれテレーザとフェドーラという召使がいることを不思議に思われる方がいるかもしれませんが、当時のロシアはまだ農奴制が存続する厳しい階級社会でした。農奴制廃止時（一八六一年）のロシアは農民人口が八割以上で、そのほとんどは読み書きができなかったと言われています。そして、都会で召使、レストランの給仕、馬車の御者などの職についていたのは、その多くが農村から都会に流出した農民でした。都会に出た農民の識字率は次第にある程度上昇していきましたが、それでも一八九七年の調査でさえ、奉公人の女性たちの識字率は二三パーセントだったそうです。こうした人たちに比べると、主人公の二人はいかに貧乏とは言え、正規の教育を受けることのできた階級の人たちなのです。

　ほんの少しだけでもこうした当時のロシアの社会状況を知っておいていただくと、すんなりとこの小説の世界に入っていただけると思います。

※本文中［　］で囲んだ部分は、訳者による補足です。

貧しき人々

やれやれ、小説家なんてものは、ろくでもない輩《やから》だ！　何か人の役に立つ、愉快な気持ちのいいものを書こうなんて気は端《はな》からなくて、何から何までほじくり返して曝《さら》け出そうというのだから！……あんな連中は、執筆禁止にしてやりたいくらいだ！　まったくどうしようもない奴らだ。読んでいると、……つい物想いに耽《ふけ》ってしまうのだが──やがて頭の中に浮かぶのは、ありとあらゆる愚にもつかないことばかり。ほんとうに、連中は執筆禁止にしたらいい。文字どおり一字たりとも執筆禁止だ。

V・F・オドエフスキー公爵

四月八日

誰よりも大切な私のワルワーラさん

昨日、私は幸せでした。それはそれは幸せで、天にも昇る心地でしたよ！　意地っ張りのあなたが、後にも先にもこれっきりかもしれませんが、とにかく私の言うとおりにしてくださったのですから。夜、八時頃に目を覚ますと（ご存知でしょう、勤めの後は、一時間か二時間、ちょっとひと寝入りするのが好きなんです）、ロウソクを取り出し、書類を揃え、ペン先を削り、不意にひょいと目を上げたら——いやまったくもう、胸がドキドキしましたよ。ああ、やはりあなたはわかってくださったのだ、私のちっぽけな心が何を望んでいたかを！　見れば、あなたの窓のカーテンの端っこが折り曲げられ、ホウセンカの植木鉢に留めてあるではありませんか。あのとき私がさりげなくお願いしたちょうどそのまんまにね。たちまちあなたのお顔が窓辺にちらりと見えた気がして、あなたもお部屋の中から私のほうを見つめて、私のことを考えているのだ、とそんな気になりました。それでも、あなたの可愛らしいお顔がよく見えなくて、どんなに悔しかったことか。我々だって、昔は何でもくっきり見えたんです。ああ、年は取りたくないものですよ。現に今だって、なんだかしょっちゅう目がちかちかするんですから。前の晩、ちょっとでも仕事をして何か書いたりしようものなら、翌朝は目が真っ赤になって、人前じゃきまりが悪いぐらい涙が出てしまう。ところがあの時は、私の頭の中であなたのにっこりした笑顔が、天使みたいに愛らしくて優しい微笑《ほほえ》みが、ぱっと明るく輝きだして、ちょうど私があなたにキスしたときみたいな——ワーレンカ［ワルワーラの愛称］、私の天使さん、憶《おぼ》えているでしょう——そんな気持ちになったんですよ。それに、あなたがちっちゃな指を一本立てて、ダメよ、と私をたしなめたような気さえしましたよ。ねえ、そうでしょう、お茶目さん？こういうこと何もかもを、あなたのお手紙でもっと詳しく書いてくださいね。

さて、カーテンについての私たちのアイディアはいかがです、ワーレンカ？　最高に素敵じゃありませんか？　仕事で机に向かっていたって、ベッドに横になるときだって、目を覚ましたときだって、私にはちゃんとわかるんですから。あなたもそちらで私のことを考えていてくださり、憶えていてくださることが。その上、元気で楽しい気分でいらっしゃることもね。あなたがカーテンを下ろしたら、それはつまり、おやすみなさい、マカールさん！　ということ。上げたら、おはようございます、マカールさん、よくお休みになれました？　とか、ご機嫌いかが、マカールさん？　私のほうはお蔭さまで元気で幸せです！　というわけです。ねえ、可愛いワーレンカ、実に巧妙でしょう？　これなら手紙だって要らないくらいですよ！　うまくできていると思いませんか？　しかもこれは、私の思いつきなんですからね！　どうです、ワルワーラさん、私も大したもんでしょう？

　申し上げますがね、ワルワーラさん、予想に反して昨晩、私はぐっすり眠れたんですよ。それですっかり満足しました。新しい部屋では、引越しのせいでいつもなんだかよく眠れないんです。万事うまくいったようで、何かこう、まだしっくりしないもんですからね！　今朝の目覚めは、若武者みたいに気分爽快《そうかい》――うきうき楽しくってねえ！　まったく今日はなんて素晴らしい朝だったんでしょう！　ちいさな窓を思いっきり開け放つと、お日様は輝いているし、小鳥はチーチー囀《さえず》っている。大気には春の香りが漂っているし、自然が何もかも蘇《よみがえ》っているんですよ――それに、自然ばかりか他のものも何から何まで今日の気分にふさわしく、万事快調で春めいているんですからね。今日はかなり楽しい気分であれこれ空想までしたくらいです。その空想もすべて、ワーレンカ、あなたについてのことばかり。私はあなたを、人々の心を慰め、自然を美しく飾るために創《つく》られた天の小鳥になぞらえてみたのです。そしてすぐさまこう考えましたよ。浮世の苦労や心配事を山ほど抱えて生きている私たち人間だってやっぱり、何も思い煩《わずら》うことのない無邪気な天の小鳥たちの幸せを羨《うらや》まなくてはいけないんじゃないかとね――まあその他、これに類するありとあらゆることを考えたわけで、つまりは、とんでもない連想を次から次へと思いついていたんです。実はワーレンカ、私はある本を持っていましてね、そこにはちょうど同じようなことが、それはそれは詳しく書いてあるんですよ。こんなことを私が書くのも、要するに空想といったって、実にいろんなものがあるからなんです。今は春でしょう、すると頭に浮かぶのは、陽気で楽しくて気の利いた考えばかりだし、空想だって甘く優しいものばかり。すべてが薔薇《ばら》色なんです。だからこそ私は、こんなことすべてを書いたのですが、もっとも実はね、何もかもその本からの引き写しなんですよ。本の中で作者は、私と同じ願望を詩で表しています――

なにゆえ私は鳥にあらぬか、自由に獲物を追いかけるあの鳥にあらぬか！

などといった考えが、そこにはまだいろいろ並べられているのですが、それはまあ、どうでもいいでしょう！ ところでワルワーラさん、今朝はどこへお出かけだったのですか？ 私はまだ勤めに出かける支度もしていなかったのに、あなたときたら、それこそ春の小鳥みたいにひらりと部屋から飛び出して、それは楽しそうに庭を駆け抜けて行ったでしょう？ あなたを見ていたら、私まで実に愉快な気分になりましたよ！ ああ、ワーレンカ、ワーレンカ！ ふさぎこんじゃいけませんよ。泣いたって、悲しみを癒《いや》すことはできないんですからね。それは私が知っています。経験でね、よくわかるんですよ。だって今のあなたは、ずいぶん落ち着いたでしょう。それにお身体《からだ》も少しは良くなったんじゃありませんか？ ところで、お宅のフェドーラはいかがですか？ ああ、あの人みたいに善良な召使はいませんよ！ ワーレンカ、フェドーラと一緒のそちらの今の暮らしがどんなものか、ぜひ書いてください。何かご不自由はありませんか？ たしかにフェドーラはちょっと愚痴《ぐち》っぽいところはありますが、それは気にしないことです。まあいいじゃありませんか。なにしろ根が優しくて善良なのですからね。

うちの召使のテレーザのことは、もうお話ししましたね。これも気立てのいい信頼のおける女性です。私はね、いやもう、私たちの手紙のことが心配でならなかったんですよ！　いったいやりとりはどうしたものか？——と。するとちょうど、幸いにも、神様がテレーザをお遣わしになったというわけです。テレーザはほんとうに善良で、従順で口の固い人間です。ところがうちの女主人《おかみ》ときたら、なにしろ血も涙も無い女ですからね。テレーザを、それこそぼろきれかなんぞのようにこき使うんですよ。

それにしてもワルワーラさん、私はまたとんでもないおんぼろの貧民窟《ひんみんくつ》に迷い込んでしまったものです！　まあ貸し部屋ですからね！　ここに比べれば以前の私は、しーんと静まりかえった森の中で暮らしていたようなものです。おわかりでしょう？　静かで落ち着いた暮らしでした。ハエの羽音さえも聞こえるほどね。それに引き換えここは、始終、騒音、叫び声、喚《わめ》き声の連続ですからね！　そういえばあなたは、まだここの造りをご存知ないのでした。そう、たとえば長い廊下を、真っ暗で不潔このうえない廊下を思い描いてください。その右側は一面、窓もない壁で、左側にはいくつもの扉が、まるで宿屋の部屋みたいにずらりと並んでいるのです。これがみな、ひと部屋ずつの貸間で、それぞれの部屋に二、三人が暮らしているのです。整頓《せいとん》もへったくれもあったもんじゃない――ごちゃごちゃのノアの箱舟ですよ！

　とは言え、ここの連中は、まあいい人ばかりのようで、皆、学のある教養人ですね。役人が一人いますが（これはどこかの文書課勤めの男で）、大変な読書家です。ホメロスだろうと、ブラムベウス[1]だろうと、その他ありとあらゆる作家について何でも語ってくれるのです。いや、実に賢い人ですよ！　将校も二人いますが、この二人は明けても暮れてもトランプ三昧《ざんまい》。それから海軍少尉と、イギリス人の教師も暮らしています。まあ楽しみにしていてください。次の手紙ではこの二人のことも、いったいどんな人間なのか、微《び》に入《い》り細《さい》をうがって面白おかしく描写してあげますから。家主の女主人はものすごくチビの汚らしい婆さんで、一日中スリッパとガウン姿で、朝から晩までテレーザをがみがみと叱りつけてばかりいます。私が住んでいるのは台所です。というか正確に言えば、この家には台所の脇に小部屋が一つあるのです（言っておきますが、ここの台所は清潔で明るくて、なかなかいいんですよ）。実にこぢんま

1　「読書文庫」誌の編集者。彼の小説や記事は当時の役人やあまり教養のない人々に人気があった。

りした部屋で、それはもうちっぽけな空間ですが……。あるいはこう言ったほうがいいかもしれません。台所は、三つも窓のある結構広いものなので、それを区切る間仕切りがあり、これでもう一つ予備の部屋ができたようなものなのです。広々として快適で、窓もありますし、つまり一言で言えば、実に便利で快適そのものなんですよ。これが私のささやかな居場所というわけです。いや、変なことを考えないでくださいよ。何かこれには別の、いわく言いがたい意味があるんじゃないか、なんて。だって台所じゃないの！——とね。そりゃたしかに私は、衝立《ついたて》で仕切ったこんな部屋で暮らしているのですがね、そんなこと何でもありゃあしませんよ。私は、皆と雑魚寝《ざこね》をしているわけじゃなし、ちゃんと一人部屋で、つましいながらもぼちぼち、そこそこの暮らしをしているのです。

部屋には寝台、机、タンス、それに椅子を二つ入れましたし、聖像画《イコン》も掛けました。たしかに、もっと良い部屋はあるでしょう。ずっと良い部屋がね。でもなんといっても便利がいちばん。何もかも、便利さ優先のためなんですよ。何か他の理由があってのことだなどと思わないでくださいよ。あなたのお部屋の窓が、中庭を隔てて真向かいでしょう。で、中庭が狭いものですから、あなたのお姿が通りがかりに見えたりすると、薄幸な私はその度《たび》に気が晴れるんですよ。それに、他の部屋より安いときてるんですから。うちは、いちばん安い部屋が賄《まかな》い付きで、紙幣で三十五ルーブルします。そんな額、とても私には出せやしません！　私の部屋は紙幣で七ルーブル、それに賄い分が銀貨で五ルーブル、つまり、紙幣で二十四ルーブル半ですが[2]、以前の部屋はかっきり三十ルーブルも払っていたので、いろいろと節約して我慢していました。お茶だって、いつも飲んでいたわけじゃありません。それが今では、お茶の分も砂糖の分もやりくりできるようになったんです。だってねえ、お茶を飲まないっていうのは、なんだか恥ずかしいものですよ。ここの下宿は皆、ゆとりのある人ばかりですから、きまりが悪いんです。他人の手前、格好をつけるためにお体裁でお茶を飲んでいるようなものですよ、ワーレンカ。私自身は、お茶なんて飲まなくたって構やしないんです。味にうるさいほうじゃありませんからね。考えてもみてください。やれ靴だの、洋服だのと、やはり多少は要りますからね、私の小遣いといったらいくらも残りゃし

2　一八四〇年代のロシアでは、銀貨一ルーブル＝紙幣三・五ルーブルの換算で、銀貨と紙幣両方が使われていた。

ません！　これで私の給料は終わってしまいます。でも私はそれで、何の文句も不足もありません。これで充分ですよ。もう何年間も、これで満足しています。それにときにはボーナスも出ますしね。

では、私の天使さん、さようなら。ホウセンカとゼラニウムの小さな鉢を買いました。安いものです。いや、ひょっとしてあなたは、モクセイソウもお好きなのでは？　そう書いてくだされば、モクセイソウも差し上げます。そう、いいですか、何でもなるべく詳しく書いてください。

それにしても、こんな部屋を借りているからって、私のことを変なふうに思わないでくださいよ。いや、便利だからです。ただ便利さに惹《ひ》かれて借りたんです。だって私はお金を貯《た》めているんですから。ちゃあんとお金は持っているんですよ。私が、ハエの一匹にでも、羽でひと打ちされようもんなら、たちまちぶっ倒れてしまうほどヤワな男に見えるからと言って、馬鹿にしちゃいけませんよ。とんでもない、こう見えても実はなかなかしたたかで、どっしりと落ち着いた魂の持ち主にふさわしい、剛毅《ごうき》な性格なんです。

では、さようなら、私の天使さん！　夢中で、二枚近く書いてしまいましたが、もうとっくに勤めに出かけなければいけない時間ですから。あなたの可愛らしいお指にキスをします。

あなたの従順なる僕《しもべ》にして、もっとも忠実なる友である
マカール・ジェーヴシキン

ＰＳ　一つお願いがあります。なるべく詳しいお返事をくださいね、私の天使さん。この手紙に添えて、お菓子を一箱お届けします。たっぷり召し上がってください。そしてお願いですから、どうぞ私のことはご心配なく。気にしないでください。さあ、これで、ほんとうにさようなら。

四月八日

親愛なるマカール様

いいこと、私、とうとうあなたと本気で喧嘩《けんか》をしなくちゃいけないのですね。誓っ

て申しますが、優しいマカールさん、私、あなたからプレゼントを頂くのは、心苦しいのを通り越して苦痛でさえあるんです。そんなプレゼントがあなたにとってどれだけのご負担か、そのためにどうしても必要なものまで、どれほど我慢して切り詰めていらっしゃるのか、私、よくわかっています。私はほんとうに何も要らないって、何度申し上げたことでしょう。今まで山ほど私に恵んでくださったご親切の数々に、私は全然お応《こた》えできないんですもの。それなのに、どうしてお花をくださるんでしょう？　ホウセンカはまだしも、ゼラニウムまで、どうして？　私がうっかり、たった一言、ゼラニウムのことを言ってしまったら、すぐさま買ってくださるなんて――だって高かったでしょう？　それにしても、なんて可愛いお花なんでしょう！　真っ赤な花びらが十字形になっていて。いったいどこでこんな素敵なゼラニウムをお求めになったの？　これは窓辺の真ん中のいちばん目立つ所に置きました。床にもベンチを置いて、その上にもまだいろいろとお花を置くつもりです。ただしそれは、私自身がお金持ちになったらのお話よ。どうかそうなりますように！　フェドーラも大喜びしています。私たちの部屋は、今や楽園みたい――きれいで、明るくて！　でも、どうしてお菓子までくださるの？　そう、ほんとうにそうだわ。私、お手紙を読んですぐにわかったのですけれど、あなたのお手紙は、なんだかちょっと特別でしょ――楽園だの、春だの、良い香りがして小鳥が囀っているだのって……。いったいこれは何かしら？　詩でも始まるんじゃないかしら？　ほんとうにあなたのお手紙に詩が書かれていないのが、不思議なくらいですものね、マカールさん！　柔らかくて優しい感覚も、薔薇色の夢も――ここには何もかも揃っていますから！　カーテンのことは思ってもみませんでした。たぶん植木鉢を並べ替えたときに、ただカーテンが引っ掛かっただけのことでしょう。残念でした！

ああ、マカールさん！　あなたが私を騙《だま》そうとして何をおっしゃろうと、ご自分の収入をいかに高く見積もって、それをご自分一人のためだけに使っていらっしゃる振りをなさろうと、何ひとつ私に隠し立てはできませんよ。どうしても必要なものまで、私のせいで我慢なさっていることは、はっきりわかっています。たとえば、そんなお部屋を借りようなんて、どうして思いつかれたんでしょう？　だってそんな所じゃ、ザワザワして落ち着きませんでしょう。狭いし、不便だし。あなたは孤独がお好きなのに、そこじゃ孤独も何もあったもんじゃないでしょう。あなたのお給料なら、もっとずっと良い所でお暮らしになれるのに。フェドーラの話では、以前は、今とは比べものにならないほど良い暮らしぶりでいらしたんですって？　あなたみたいな方がほんとうにこんなふうに、一生ひとりぼっちで、あれもこれも切り詰めながら、楽しいことひとつなく、友情あふれる親切な言葉のひとつもかけてもらうことなく、他人の家で間借りをして暮らしていらしたなんてことがあるでしょうか。ああ優しいお友達のマカールさん、なんて可哀相なんでしょう！　せめてお身体だけは大切になさってね！　お目が弱っているとおっしゃるなら、ロウソクの灯《あか》りで書き物なんてなさっちゃいけないわ。どうしてお書きになるの？　あなたがお仕事に熱心なことは、そんなことをなさらないでも、上司の方たちはちゃんとご存知でしょう。

もう一度お願いいたします。どうぞ私のためにあまりお金を使わないでください。私のことを大事に思ってくださっているのはわかっています。それに、あなたご自身もお金持ちというわけではないのですもの……。今朝は、私も楽しい心もちで目覚めました。とっても気分が良かったのです。フェドーラは、もうだいぶ前から内職をしていますが、私の内職も取ってきてくれたんです。絹の生地を買いに行って、すぐに仕事に取りかかりました。朝のうちはずっと、うきうきして、ほんとうに愉快でした！　ところが今はまた、黒雲みたいに暗い考えで心がいっぱい、悲しくて憂鬱《ゆううつ》です。

ああ、私、これからどうなるのかしら。私の運命はいったいどうなるんでしょう！　それが何もわからないことが、こんなに未来が見えないことが、自分がどうなるのかまるきり見当もつかないことが、つらくてなりません。でも後ろを振り向くのもぞっとすることとです。過去は悲しいことばかりなので、思い出すだけで胸が張り裂けそうになるのです。私の人生をめちゃくちゃにしてしまった意地悪な人たちのことを思うと、涙が出ていつまでも止まりません。

もう薄暗くなってきました。そろそろ内職を始めなくてはなりません。あなたに書きたいことは山ほどあるのですが、時間がないのです。仕事を期限に間に合わせなくては、急がなくてはならないのです。もちろん、お手紙はいいものですよね。とにかく淋しさが紛れますから。でもどうしてあなたは、私たちのところに一度も来てくださらないの？　いったいどうしてでしょう、マカールさん？　だって今は、すぐそばに住んでいらっしゃるのだし、たまにはお時間だってなんとかお作りになれるでしょう。どうぞいらしてください！　お宅のテレーザに会いましたが、なんだかとても病弱のように見えました。気の毒で、二十コペイカをやりました。そうそう！　もう少しで忘れるところだったわ。あなたのご生活について、必ず何もかも、なるべく詳しく書いてくださいね。あなたの周りにはどんな人たちがいるのかしら、あなたはその人たちとうまくやっていらっしゃるのかしら？　私、何から何までぜひ知りたいのです。いいこと、必ず書いてくださいね！　今日は、私、わざとカーテンの端を折っておきます。もう少し早くお休みになってくださいね。昨日は、真夜中まで、あなたのお部屋の灯りがついているのが見えました。

では、ごきげんよう。今日は、つらくて憂鬱で悲しい日でした！　たぶん、そういう日だったのでしょう！　さようなら。

あなたのワルワーラ・ドブロショロワ

四月八日

親愛なるワルワーラさん

そう、そうなんです。どうやらこの不幸な私にとっても、今日はそんな日だったようです！　ワルワーラさん、あなたは年寄りの私をからかいましたね！　でも、悪いのは私なんです。まったく私が間違っていました。頭髪もろくすっぽ残っていない老齢《とし》のくせに、愛だの恋だのを仄《ほの》めかすような真似をしなければよかった……。それでも言っておきますがね、人間というのは時として奇妙なものですよ。真《まこと》に奇妙なものです。そして、なんとしたことか、何か話し出したら、夢中になってとんでもないことを口走ってしまうこともあるんです！　それでいったいどんな結果になるかと言えば、それこそ何にもなりゃあしません。あんまりろくでもない結果にしかならないもんだから、いやもう、やってられませんよ。

私は怒っているわけじゃないんです。ただ、何から何まで思い出すと悔しいんです。あんなに気取った文章で馬鹿みたいなことをあなたに書いてしまったなんて、悔しくてたまりません。それに今日は、勤めに出かけたときも、胸を張って、伊達男《だておとこ》気取りでした。心がそりゃあうきうきして、これといったわけもないのに、なんだかもう晴れ晴れとして、実に愉快だったんですよ！　張り切っていそいそとペンを執り、書類に向かったのですが——それが後でどんな結末になったことか！　やがてふと辺りを見廻してみれば、たちまち何もかもが今までどおりになってしまったのです。すべてが灰色にくすんでいるじゃないですか。相も変わらぬインクの染みに、代り映えのしない机に書類。そして私自身も、今までと何ひとつ変わっちゃいないんですから、これでどうしてペガサスに乗って飛んだりできたんでしょう？　ほんとうに、いったいどうしてあんなことになったものか？　お日様が顔を覗《のぞ》かせて、空が瑠璃色《るりいろ》になったから！　そのせいだとでも言うんでしょうか？

それに、なにが芳《かぐわ》しい香りなもんですか！　窓の下のうちの中庭なんて、それこそ何があるかわかったもんじゃない所ですからね。どうもあれはみな、愚かにも、私にはそんな気がしただけということだったようです。でも、どうかすると人間は、勘が狂ってデタラメを口走ったりすることもあるんですよ。こんなことが起きるのは、心が馬鹿みたいに熱くなりすぎているせいに違いありません。家に帰るときは、もう這《は》うようにして、やっと辿《たど》り着いたというありさまでした。わけもなく頭がずきずき痛みはじめたのです。もはやこれは、弱り目に祟《たた》り目というやつですね（背中でも冷やしてしまったんでしょう）。春が来たと喜んでいい気になって、愚かにも薄っぺらのコートで出かけたんですよ。

それから、あなたは私の感情を取り違えていますよ！　私の感情の吐露を、全然見当違いに受け取っています。私を突き動かしていたのは父親のごとき愛情です。純然たる父親としての愛情、それのみなんです、ワルワーラさん。というのも、あなたのつらい天涯孤独の身の上ゆえ、私はあなたの父親代りを務めているんですから。これは心からの言葉です。何ひとつ曇りのない、純粋な心からの、親戚としての言葉なのです。なにはともあれ、たとえあなたにとっては血の繋《つな》がりのごく薄い遠い親戚であろうと、ともかく親戚で、しかも今では最も身近な親族にして庇護者なんです。なにしろ庇護と支援を最も求めてよいはずの人たちのところであなたが出会ったのは、裏切りと侮辱だったのですから。詩については、申し上げておきますが、どうもこんな年齢《とし》になって作詩の手習いをするなんて、きまりが悪いですね。詩なんてくだらないもんですよ！　今どきは学校でも詩なんて書いていると、学生たちはそれでお仕置きを受けるほどなんですから……。それが現実なんですよ。

それよりワルワーラさん、便利さだの、静けさだの、その他ありとあらゆることを、どうして書いていらっしゃるんです？　私は決して潔癖でも、選《え》り好みが激しいわけでもありませんからね。今よりも良い暮らしをしていたことなんて、一度もないんですよ。それをなにもこの年齢になって、わがままを言うことはないでしょう？　私は食うに困らず、着る物にも履く物にも不自由していないのですから。これ以上、なんの気紛れを起こすことがありますか！　伯爵の生まれでもあるまいし！　私の父は貴族階級ではありませんでしたし、家族を抱えて、今の私よりも収入は少なかったのです。私は坊ちゃん育ちとは違いますよ！　とはいうものの、本音を言えば、昔のアパートは何もかもが今とは比べものにならないほど良かったですよ。もうちょっと広々としていましたからね。いやむろん、今の部屋だって悪くはないんです。むしろある意味で、以前の部屋より陽気で楽しいし、あえて言えば、ヴァラエティに富んでいるとも言えるかもしれません。それはたしかなのですが、それでも古い部屋のことを思うと、なんだか残念な気がするんです。我々年寄り、というか年配の者は、何でも古いものに愛着があって懐かしいんですね。

あの部屋はですね、それはそれは小さなものでした。まあ壁はありました……いや、そんなことを言って何になるでしょう！　壁といったって、ありきたりのものでしたから。問題は壁なんかじゃなくて、昔のことを思い出すと、それがどんな思い出でも、気がふさいでしまうんです……奇妙なものですが、つらいんですよ。思い出自体は、むしろ楽しいもののはずなのに。嫌だったことや、時には腹を立てたことでさえ、なぜかきれいさっぱり拭《ぬぐ》い去られ、思い出は私の頭の中に、魅力的な姿で浮かびあがるのです。私たちの暮らしは穏やかなものでしたよ、ワーレンカ。私は、今はもう亡くなった家主のお婆さんと暮らしていました。あのお婆さんのことを思い出すと、いまだに胸がせつなくなります。善良な女性で、部屋代も高くは取りませんでした。お婆さんはよく、いろんな布の切れ端を使って、馬鹿でかい編み棒でベッドカヴァーを編んでいました。そればかりやっていましたね。私たちは灯りを一緒に使っていたので、同じテーブルの席に着いて仕事をしていたのです。お婆さんにはマーシャという孫娘がいました。小さかった頃のマーシャを憶えていますが、今ではもう十三歳くらいになっているでしょう。とても楽しいいたずらっ子で、いつも私たちを笑わせてくれました。こんなふうに三人で暮らしていたのです。長い冬の晩は、丸いテーブルを囲んでお茶を飲んでから、仕事に取りかかったものです。お婆さんは、マーシャが退屈しないように、それにいたずらもしないように、よくおとぎ話を始めるのですが、そのおとぎ話たるや大したものでしたよ！　子供でなくても、分別ある立派な大人でさえ思わず聴き入ってしまうのです。もちろんこの私だって、パイプに火をつけるなりすっかり聴き惚《ほ》れて、仕事のことは忘れてしまうことがよくありました。うちのいたずらっ子のマーシャは、ちょっと考えこむふうに片方のお手々を薔薇色のほっぺに当て、可愛いお口をぽかんと開けて、ちょっとでも怖いお話になると、お婆さんにぎゅっとしがみつくのです。私たちはそれを見るのが好きでした。そうしていると、ロウソクの芯の燃えさしが固まることも、ときには外で吹雪《ふぶき》が荒れ狂い、ごうごうと風が吹きつけることも気づかぬほどなのです。私たちの暮らしは楽しかったんですよ、ワーレンカ。こんなふうにして、ほとんど二十年近く一緒に暮らしていたのです。

いや、とんだおしゃべりをしてしまいました！　ひょっとするとこんな話は、あなたにはつまらないものかもしれませんし、それに私だって、これを思い出すのは結構つらいことなのです。特に今はね。黄昏《たそがれ》どきですから。テレーザはなにやら忙しく立ち働いています。私は、頭は痛いし、それに背中も少し痛みます。その上、思い浮かぶ考えも変てこなものばかりで、まるで考えも痛んでいるかのようです。今日は物悲しい気分なんですよ、ワーレンカ！　それにしても、あなたはなんてことをお書きになるんでしょう？　どうして私があなたのところへ、のこのこ出かけて行けるでしょう？　ねえワーレンカ、そんなことをしたら人が何と言うでしょう？　だってほら、中庭を横切って行かなきゃならないんですから、人に見られて根掘り葉掘り訊《たず》ねられたあげく、ありとあらゆるゴシップやデマが飛び交い、ありもしないことを勘ぐられてしまいます。いや、それより、明日の夕べのミサでお目にかかるほうがいいでしょう。そのほうが我々二人にとって、賢明だし安全です。そして、あなたにこんな手紙を書いてしまったことは、どうぞお赦《ゆる》しください。自分でも読み直したら、たちまちすべてが支離滅裂だとわかります。ワーレンカ、私は老いたる無学な男です。若い頃に学問を身につけ損ね、たとえ今さらあらためて勉強を始めたとしても、何ひとつ頭に入りっこありません。正直なところ、私は文章の達人ではありませんし、もう少し気の利いたことを書こうなんて気を起こしたら、結局、およそ下らないことを書き連ねてしまうことぐらい、他人からあれこれ言われなくても、嘲笑《ちょうしょう》されなくても、よくわかっているんです。

今日、あなたを見ましたよ。あなたがブラインドを下ろしたところを見たのです。さようなら。神様があなたをお守りくださいますように！　さようなら、ワルワーラさん。

あなたの忠実なる友である
マカール・ジェーヴシキン

PS　私はね、ワーレンカ、他人を諷刺《ふうし》することなんて、今はもう書けないんですよ。

もう年齢ですからね。ただわけもなく人を嘲笑《あざわら》うなんて真似はできないんです！　そんなことをしたら、私が嗤《わら》われるだけですよ、諺《ことわざ》どおりにね――人を呪《のろ》わば穴二つ、って言うでしょう。

四月九日
親愛なるマカール様

まあ、私の親友で恩人のマカールさんたら！　そんなに悲しみに沈んで、つむじを曲げてしまうなんて、恥ずかしくありません？　まさか怒っておしまいになったのではないでしょうね！　ああ、私はよく、ついうっかり軽はずみなことを言ってしまうのですが、私の言ったことを意地の悪い冷やかしだとお思いになるなんて、考えてもみませんでした。どうかこれだけは信じてくださいね。私があなたのお年のことや性格のことを冷やかしたりするなんて、そんなことはありっこないのですから。これはみな、私の軽薄さゆえ、あるいはむしろひどく退屈なせいなのです。人は退屈のあまり何をしでかすかわかったものじゃありませんね。私はまた、あなたご自身も、お手紙の中で冗談をおっしゃりたかったのだと思ってしまったんです。私のことを不快に思っていらっしゃることがわかり、とても悲しくなりました。私の善良な親友で恩人のマカールさん、私のことを無神経な恩知らずだとお思いになるとしたら、それは間違いです。私は、あなたが私のためにしてくださったことのすべてを——意地悪な人たちの迫害と憎悪から私を守ってくださったことを——自分の胸の内でしっかりと受けとめることのできる女です。私は、永遠にあなたのために神様にお祈りいたします。そしてもし私のお祈りが神様のもとに届いて、天がそれを聞き入れてくださるなら、あなたはきっと幸せになるでしょう。

私、今日は、ほんとうに具合が悪いのです。かっと火照《ほて》ったかと思うと、ぞくぞく寒気《さむけ》がしたり、その繰り返しです。フェドーラがたいそう心配しています。マカールさん、私たちのところへいらっしゃるのを遠慮なさることなんてありません。よその人たちには関係のないことですもの！　私たちはお友達——ただそれだけのことなのですから！……さようなら、マカールさん。今はもうこれ以上、書くこともありませんし、それに元気もなくて、書けません。ひどく具合が悪いのです。もう一度お願いいたしますが、私のことをどうぞお怒りにならないでください。そして、私がいつも変わらずあなたに敬意と愛情を抱いていることを信じてくださいませ。

あなたの最も忠実にして従順なる召使であることを光栄に思う

ワルワーラ・ドブロショロワ

四月十二日

親愛なるワルワーラさん

ああ、あなたはいったい、どうしたんです！　毎回私をこんなに脅《おど》かすなんて。あなたに差し上げる手紙ではいつもお身体を大事になさるように、しっかり暖かい格好をして、天気の悪い日には外に出たりなさらないように、何もかもに用心深く注意するように、と書いていますのに——あなたときたら、私の言うことをちっとも聞かないのですから。ああ、あなたは、まるで子供みたいですね！　何しろあなたはか弱い、まるで藁《わら》しべみたいにか弱い。そのことは、私がよくわかっています。ちょっとでも風が吹こうものなら、たちまち病気になってしまう。だから、御身をご自分で大事にするよう心がけなければ。そして危険を避け、友人たちを悲しませたりふさぎこませたりしてはいけません。

あなたは、私の暮らしぶり、私の身の回りのことすべてを知りたいとおっしゃるのですね。喜んでさっそくご要望にお応えしましょう。手始めに、いろはのいから始めます。そのほうが手順もいいことですし。まず、うちの入口の階段ですが、これはなかなか立派なものです。特に正面玄関は清潔で明るくて広くて、すべて鋳鉄《ちゅうてつ》とマホガニー製です。それに引き換え、裏階段はもう、お話にもなりません。じめじめした汚らしい螺旋《らせん》階段で、ステップはあちこち壊れているし、壁ときたらベトベトで、うっかり手を突こうものなら貼りついてしまうほどです。踊り場はどこも、衣裳箱《いしょうばこ》だの、壊れた椅子やタンスだのが所狭しと並べられ、ぼろきれがあちこちに吊るされているし、窓はどれも叩《たた》き割られたまま。卵の殻だの魚のはらわただの、ありとあらゆる汚物やゴミやがらくたの入った盥《たらい》は置きっ放し。悪臭ふんぷんたるありさまで……一言で言えば、ひどいもんです。

部屋の配置についてはすでに説明しましたね。これはもちろん、便利なことはたしかなんですが、どういうものかムッとするんです。というか、悪臭というわけでもないんですが、いわば饐《す》えたようなつんと鼻に来る、変に甘ったるい臭いがするんです。そりゃあ初めはいい気持ちはしませんが、でもこんなことはみな、なんでもありません。うちに二分も居れば、なんとなくそんな臭いは消えてしまい、いつ消えたのかもわからないでしょう。というのも、自分自身がなんだか嫌な臭いがしはじめ、服も手も、何もかもが臭いはじめるからです——つまり、慣れてしまうんですね。うちではマヒワを飼っても、次々と死んでしまいます。海軍少尉のはもう五羽目ですが、うちの空気では生きられないんですよ。とにかくそうなんです。台所は大きくて広々していて明るいものです。たしかに朝は魚や肉を焼くときに少し煙ったいですし、至るところ水をこぼしてびしょびしょですが、その代り夜は天国です。うちの台所では年がら年中、着古しの下着が紐《ひも》に干してあります。で、私の部屋はすぐそばで、というより、ほとんどぴったりくっついているわけですから、その下着の臭いはたしかに多少気になりますが、でもなんてことはありません。住めば都ですよ。

ワーレンカ、うちでは朝ものすごく早くから、どたばた騒動が始まります。皆が起き出して、歩き廻ったり、ごとごと、とんとん音を立てたり——つまり、全員が勤めのために、あるいはそれぞれの必要に応じて起床し、お茶を飲みはじめるのです。いくつかあるサモワール［湯沸かし器］は大部分が女主人《おかみ》のものですが、数が足りないので、我々は皆、行列を作る羽目になります。順番でもないのに自分のティーポットを持ってサモワールを使おうものなら、たちまちどやしつけられます。現に私も、最初のとき、そんな目に遭《あ》って……いや、なんだってこんなことを書いているんでしょう！ ここで私は皆と知り合いになったのですから。最初に近づきになったのは、海軍少尉です。実に開けっぴろげの人物で、私に何もかも話してくれました。親父さんやお袋さんのこと、トゥーラの陪審員に嫁いだ妹さんのことやクロンシタットの町についても。大丈夫だ、あんたのことはいつだって俺が守ってやるから、と請け合って、すぐに私をお茶に招《よ》んでくれました。行ってみると、皆がいつもトランプをやっている部屋にいました。そこで私はお茶を出され、むろん、ぜひ一緒に賭けトランプをやるようにと誘われました。連中が私のことをからかったのかどうかはわかりませんが、とにかく連中は、夜じゅうトランプをやり通しで、私が入って行ったときもやっていたのです。チョークにトランプのカード、それに部屋じゅう煙草の煙がもうもうとしているので、目に沁《し》みるほどでした。私はゲームには参加しませんでした。するとたちまち、私はこむずかしい哲学論をぶつ男だということにされてしまい、以後、誰一人としてまったく私と口をきいてくれなくなりました。実はそれは、私としても幸いだったのですがね。もうこれっきりあの連中のところへなんぞ行くもんですか。あいつらのやっていることは賭け事です。紛れもない賭博《とばく》じゃないですか！　文書課勤めのある役人のところでも、毎晩、集まりがありますが、こちらは控えめな気持ちのいい集まりで、まるきり悪気はないし、気遣いが行き届いていて、万事につけ品がいいのです。

さてワーレンカ、ついでに言っておきますが、うちの女主人《おかみ》は実に嫌な女で、いや、それどころか正真正銘の鬼婆なのです。テレーザを見たでしょう。まったく彼女のありさまときたら、いったいなんと言ったらいいやら。痩《や》せこけて、毛を毟《むし》り取られたひ弱なひな鳥みたいじゃありませんか。この家の召使はたった二人――テレーザとファルドニ[3]だけです。ファルドニには、ひょっとすると何か別の名前もあるのかもしれませんが、この男はファルドニと呼ばないと返事をしませんし、皆、そう呼んでいるのです。赤毛のフィンランド人らしく、しし鼻で片目の潰《つぶ》れた乱暴者です。しょっちゅうテレーザと罵《ののし》り合っており、ほとんど摑《つか》み合いの喧嘩になりそうです。要するに、ここでの生活は真に結構というわけではないのです……。皆がいっせいに寝静まってくれればいいのですが、そんなわけには決していきません。いつまでもどこかしらで人がぐずぐず起きていて、トランプをしたり、ときには口に出すのも汚《けが》らわしいことが起こったりもします。それでも今では、私も慣れてしまいましたが、驚くのは、こんなソドム[4]に家族で我慢して暮らしている人たちがいることです。

貧乏人の一家族が揃って、うちの女主人に一部屋借りているのです。ただしそれは他の部屋の並びではなく、別の側の片隅に、一つ離れた部屋ですが。おとなしい人たちなんですよ！　この家族のことは何ひとつ、誰の耳にも入って来ません。この人たちは、小さな一部屋を、間仕切りで区切って暮らしています。亭主は七年前に何かの理由で職を失った元役人で、名前はゴルシコフと言います。白髪だらけの小さな男で、

3　一八世紀末から一九世紀初めにかけて人気のあったフランスの作家レオナールのセンチメンタリズム小説『テレーザとファルドニ、リオンに住む二人の恋人の書簡』（一七八三年、ロシア語訳は一八〇四年）の主人公の名前。一八四〇年代にはロシアではこの名前は普通名詞のようになり、一八四三年『モスクワ河向こうのテレーザとファルドニ』という短編小説も発表された。

4　旧約聖書『創世記』に登場する古代パレスチナの町。住民の退廃と罪業のために神の裁きを受け、滅ぼされたとされる都市。

ひどい手垢《てあか》まみれの、ぼろぼろに擦《す》り切れた服を着ているので、痛々しくて見てられないほどです。私の服よりずっとひどいんですからね！　実に哀れな、吹けば飛ぶような人物です（私はときどき、廊下で出会うんです）。何かの病気持ちのせいなのか、それはわかりませんが、膝《ひざ》も手も頭もぶるぶる震えていて、おどおどと誰のことも恐れ、いつもこそこそ脇のほうを歩くんです。まあ私もときにはかなり内気な引っ込み思案ですが、この男はそれどころじゃありません。彼の家族は、妻と三人の子供です。長男は父親そっくりで、やはりたいそうひ弱です。女房は、昔はかなりの美人だったのでしょう。今もその面影はありますが、可哀相に、もう実に哀れなボロを身にまとっているのです。噂では、この家族は女主人《おかみ》に借金があるそうで、女主人の態度たるや、とても親切とは言いかねますね。もう一つ聞いたところによると、ゴルシコフ当人が職場をクビになった件で、何か厄介事を抱えているそうです。訴訟を起こされたのか、審理中なのか、あるいはちょっとした事情聴取でもされているのか、ほんとうのところはよくわかりません。とにかくあの人たちが貧しいことはたしかで、いやもう、ひどいのなんの、大変なものです！　いつもこの家族の部屋は、ひっそりと静まりかえっていて、まるで誰も住んでいないみたいです。子供たちの気配さえしません。いまだかつて子供たちがはしゃいだり遊んだりしていたためしがないのです。これはまずい徴候ですよ。いつだったかある晩のこと、私は偶然、この人たちの部屋の戸口の前を通りかかりましたが、その時は家中がいつになく静かになっていたので、初めに啜《すす》り泣きが、それから囁《ささや》き声が、その後また啜り泣きが聞こえました。どうやら泣いているようなのですが、あまりにも静かで、あまりにも哀れなので、私はすっかり胸がつぶれてしまい、その後一晩中、この可哀相な貧しい人たちのことが頭を離れず、よく眠れませんでした。

では、私のかけがえのないお友達のワーレンカ、さようなら！　私は書けるだけのことはすべて、精一杯書きました。今日は一日中ずっとあなたのことばかり考えていました。あなたを思うと心が疼《うず》きましたよ。だって愛《いと》しいワーレンカ、あなたが暖かいコートを持っていないことを知っていますからね。まったくこのペテルブルグの春というやつは、雪混じりの雨に風——どうしようもないですね！　あんまり結構なお天気で、もうやってられませんよ。

私の文章はどうかお赦しください。文才が無いんです、ワーレンカ、まるきり文才が無いんですから。少しでもあればねえ！　頭に浮かぶことをそのまま書いているだけなんです。ただ、なんとかあなたを楽しい気分にさせたい一心で。これで少しでも教育を受けていたなら、話は別ですがね。ところが、教育も何もあったもんじゃありません。貧乏暮らしで、まるきり学歴なんてないんですから。

常に変わらぬあなたの忠実な友である
マカール・ジェーヴシキン

四月二十五日
親愛なるマカール様
今日、従妹《いとこ》のサーシャに会いました！　なんてひどいんでしょう！　彼女も破滅してしまうに違いありません。可哀相に！　それから別のところから聞いたのですが、アンナさんは依然として私のことを探り出そうとしているそうです。おそらく決して諦《あきら》めずに、どこまでも私につきまとって苦しめ続けるつもりでしょう。アンナさんは、過去のことはすべて水に流して、私を赦したい、そしてどうしても自分自身で私を訪ねたいのだそうです。それから、マカールさんは私にとって親戚でも何でもなくて、自分のほうが近い親戚なのだから、マカールさんが私たちの家族関係に首を突っ込む権利はこれっぽっちもないし、私がマカールさんのお情けを受けて囲われ者みたいな生活をしているなんて、恥ずべきみっともないことだと言うのです……。私が恩知らずで、アンナさんは、私とママがあやうく飢え死にするところを救ってくれ、二年半あまりも養ってくれて、私たちのせいで大損をしたのに、その上、借金まで帳消しにしてくれたことを忘れていると言うのです。ママのことさえ容赦《ようしゃ》なしなのですから！　あの人たちが私にどんなことをしたのか、可哀相なママが知ったらどうでしょう！　神様はちゃんとご存知です！……

アンナさんが言うには、私が自分の幸せを守りぬくことができなかったのは自身の愚かさゆえであり、アンナさん自身は私を幸せに導いてやろうとしていたのだ、だから彼女には他のこと一切に関して責任は無く、私こそが自身の名誉を守ることもできず、あるいはたぶん、それを望みもしなかった張本人なのだそうです。でもそれじゃいったい誰が悪いと言うんでしょう！　ひどいじゃありませんか。それに、ブイコフ氏のしたことはすべて正しいと言うんです。結婚は、どんな女とでもできるわけじゃないんだから、と……。まあ、こんなことを書いて何になりましょう！　こんな嘘を聞かされるのはたまりません。マカールさん！　私は、自分が今どうなっているのか、わかりません。ぶるぶる身体が震えて、わあわあ声をあげて泣いているのです。この手紙を書くのに二時間もかかっています。私、アンナさんは少なくとも私に悪いことをしたという罪の意識はあるのかと思っていました。それなのに、こんなありさまなのですから！　どうぞお願いですから心配なさらないでくださいね、私のお友達であり、たった一人私に善意をもって接してくださるマカールさん！　フェドーラはいつも大袈裟《おおげさ》なんです。私、病気なんかじゃありませんから。昨日、ヴォルコヴォの墓地へ、ママの追悼ミサのお祈りをしに行ったとき、ちょっと風邪を引いただけなんです。どうして一緒に行ってくださらなかったの？　あんなにお願いしたのに。ああ、可哀相な可哀相な私のママ、ママがお墓から起き上がってくれれば、あの人たちが私に何をしたか、ママがわかってくれたなら！……

V・D

五月二十日

私の愛しいワーレンカ！

葡萄《ぶどう》を少々お送りします。病気の回復期に良いと言いますし、医者は、喉《のど》の渇きを癒すのに葡萄を勧めていますから。そう、ただ渇きを癒していただきたいのです。つい先日、薔薇形クッキーをご所望でしたね。それもお送りします。食欲はちゃんとありますか？　それが大事ですよ。それにしても、幸いにして、すべてはもう過ぎ去ったことです。私たちの不幸もすっかり片づきかけています。天に感謝しましょう！　本のことですが、今のところ、どこでも手に入りません。でも一冊いい本があるそうです。たいそう格調の高い文体で書かれている良い本だというのです。私自身はまだ読んでいないのですが、とにかくここでは皆が誉《ほ》めそやしています。自分用に一冊頼みました。送ってくれる約束です。ただ、あなたに読んでいただけるかどうか？　何しろあなたは本にはうるさいですからね。あなたの好みを満足させるのは、なかなか大変です。あなたのことはよくわかっていますよ。いつだってあなたが必要としているのは、詩に違いありません。溜《た》め息や恋の詩でしょう。そう、詩だって手に入れますよ、何だって手に入れてみせます。詩を書き写したノートが一冊あるんです。

私は元気で暮らしています。どうぞ私のことは心配しないでください。フェドーラが私についてあなたに告げ口したことは、すべてデタラメです。あのおしゃべり女に言ってやってください、おまえの言ったことは嘘だと！……私は、新しい制服を売ったりしていませんよ。どうして売ったりするでしょう？　考えてもごらんなさい。売るもんですか。銀貨で四十ルーブルのボーナスが出るそうです。それなのにどうして売ったりするでしょう。どうか心配しないでください。疑り深いんです、あのフェドーラという女は。疑り深いんですよ。何もかもうまくいきますよ、ワーレンカ！ただし、あなたは元気になってくださいよ。お願いですから、元気になって、年寄りを悲しませないでください。私が痩せたなんて、誰が言っているんですか？　根も葉もない中傷ですよ！　元気一杯でぴんぴんしていますし、でっぷり太って恥ずかしくなるくらいです。おなか一杯食べてますからね。あなたこそ、お元気になってくださいよ。では、さようなら、私の天使さん。あなたのすべてのお指にキスをします。

いつも変わらずあなたの友である

マカール・ジェーヴシキン

ＰＳ　ああ、愛しいワーレンカ、あなたはまたしても、なんてことを書き出すんですか？……なんて無茶なことを言うんでしょう！　どうして私が、そんなにしょっちゅうあなたの所へ行けるもんですか？　どうして？　お訊ねしたいものです。まさか夜陰に乗じてとでも言うのですか。だって今は、ほとんど夜なんて無いも同然でしょう。白夜の時期ですからね。それに私の天使さん、あなたがご病気で意識不明だったときは、私はほとんど片時も離れずにそばにいたんですよ。でも、自分でもどうしてそんな真似ができたのか、よくわかりません。ですから、やがてお宅へ通うのは止《や》めたんです。皆が興味津々で、根掘り葉掘り訊ねはじめましたからね。ここでは、ただでさえいい加減なゴシップのでっちあげが始まっているんです。私はテレーザに期待をかけています。あれは、おしゃべりな女じゃありません。それでもやはり、よく考えてごらんなさいワーレンカ、連中が私たちについて何もかも知ってしまったら、どうなるでしょう？　そんなことになったら、いったい何を考えついて、何を言い出すやら。ですからね、ワーレンカ、じっと我慢して、病気の回復を待ってください。そうしたら私たちは、どこか外でデートしましょう。

六月一日

ほんとうに優しいマカールさん

私、あなたが私のためにいろいろと手を尽くして努力してくださったこと、私に示してくださったご好意、愛に応えるために、なにかしらお役に立つ楽しいことをして差し上げたいと思っていました。そしてとうとう、退屈しのぎに整理ダンスの中をひっくり返して、手帳を探し出すことにしました。その手帳を今ここにお送りします。私がこの手帳を付けはじめたのは、まだ幸せな頃でした。以前の生活について、ママやポクロフスキーのこと、アンナさんのもとにいたときのこと、それについ最近の私の不運な出来事について、あなたは興味津々でよくあれこれお訊ねになりました。そして、ほんとうに待ちきれないご様子で、この手帳を読んでみたいとお望みでした。この手帳には、私の人生のあれこれの瞬間を、自分でもなぜそんな気になったのかわかりませんが、思いつくままに書きとめていました。ですから、このお届けものは、きっとあなたにご満足いただけるものと確信しています。この手帳を読み返すのは、なんだか憂鬱でした。この手帳の最後の行を書いたときと比べて、二倍も年を取ったような気がします。これは、さまざまな時期に書き付けたものです。

さようなら、マカールさん！　今はひどく物憂《ものう》く淋しい気分で、しょっちゅう不眠症に悩まされています。せっかく元気になったのに、なんとやるせない心持ちなんでしょう！

V・D

1

パパが亡くなったとき、私はまだたったの十四歳でした。子供時代は、私の生涯でいちばん幸せな時でした。それが始まったのは、ここではありません。ここからずっと離れた片田舎でした。パパは、T県にあったP公爵の広大な領地の管理人だったのです。私たちは公爵の持ち村の一つに住んでいましたが、その生活は静かでひっそりとして、幸せなものでした……。私は、それは快活ないたずらっ子で、することと言えばそこいらじゅうの野原や林や庭園を走り廻ることばかり。誰一人として私の世話を焼いてくれる者などいませんでした。パパは絶えず仕事で多忙でしたし、ママは家事で手一杯でしたから。私は何の教育も受けず、でもそれがかえって私にとっては喜びでした。朝早くから、池だの林だの草刈場だの収穫をする人たちのところだのにまっしぐらに走って行くのです。太陽がじりじり照りつけようが、村から離れたところへあてもなく駆け出して藪の茂みであちこち引っ掻《か》き傷だらけになり服が破けてしまおうがお構いなしで、後で家に帰ると叱られるのですが、私はへっちゃらでした。

そして、もしたとえ一生村から出ずに一つ所で暮らす運命だったとしても、ほんとうに幸せだったと思います。ところが私は、まだ子供のうちに生まれ故郷の地を離れなければならなかったのです。ペテルブルグに引越して来たときは、まだたった十二歳でした。ああ、私たちの旅支度がどんなに悲しいものだったか、思い出すのもつらいほどです。いとしいすべてのものに別れを告げたとき、私はどんなに泣いたことでしょう。パパの首っ玉にしがみついて、涙ながらに、お願いだからもう少しだけ村に残らせてと頼んだことを今でも憶えています。パパは私を大声で叱りつけ、ママは泣きながら、駄目なのよ、お仕事で必要なんだからと言いました。P老公爵が亡くなり、相続人の方たちがパパを解雇なさったのです。パパはいくばくかのお金を、ペテルブルグで何人かの人たちに運用してもらっていました。なんとか事態を改善するには、自分がペテルブルグに行くしかないと思ったのです。これはみな、後からママに聞いた話ですけれど。私たちは、こちらではペテルブルグ区に居を定め、パパが亡くなるまでずっと同じ場所に住んでいました。

新しい生活に慣れるのは、どんなにつらかったことでしょう！　私たちがペテルブルグに到着したのは秋でした。村を出た日は、明るくて暖かく晴れわたり、野良仕事は終わりかけていました。脱穀場に刈り上げた麦の山がうずたかく積み上げられ、鳥たちが甲高《かんだか》い声で啼《な》き交わしながら群がっています。何もかもが明るくて楽しげでした。ところが、私たちが市内に到着したとき出会ったものといえば、雨、それもじめじめした秋の小糠雨《こぬかあめ》という嫌なお天気、それにぬかるみ、そして新しい見知らぬ人々の群れ、誰も彼もが無愛想で不満気で怒ったような顔をしていました。私たちはどうにか腰を落ち着けましたが、我が家では新しい家事を切り廻すのに、皆が二六時中、あくせくとあちこち駆けずり廻っていました。パパはいつも出かけていましたし、ママも片時も落ち着く暇がなく、私のことなどすっかり忘れていたのです。新居に移った最初の晩を過ごし翌朝に目覚めたときは、実に悲しい気分でした。我が家の窓はどこかの黄色い塀に面していましたが、外の通りはいつもぬかるんでいるのです。めったにない通行人は皆、揃いも揃ってしっかりと着込んでいます。寒くて仕方がないんでしょう。

我が家には、来る日も来る日も、一日中恐ろしいほどの憂鬱と侘《わび》しさが立ち込めていました。私たちには、親戚も親しい知人もほとんどいなかったのです。アンナさんとパパは喧嘩をしていました（パパはアンナさんにいくらか借金があったのです）。うちにはかなり頻繁に仕事のお客が来ていましたが、たいていは怒鳴《どな》り合いの口喧嘩でひと騒動になりました。そういう来客があった後はいつもパパはひどく不機嫌で怒りっぽくなり、しかめっ面をして一言も口をきかずに、何時間も部屋の隅から隅へとただ歩き廻るのです。ママもそんな時は、話しかけることもできずに黙り込んでいました。私は部屋の隅に座って、おとなしく静かに本を読むことにしていました。じっとしたままぴくりと身体を動かすこともできなかったのです。

私たちがペテルブルグに来た三カ月後に、私は寄宿学校に預けられました。初めは他人の中にいることがほんとうに憂鬱でした！　周りじゅうが、およそ冷淡でよそよそしいのです――女の先生《マダム》は人を怒鳴りつけるし、クラスメイトは皆、人を小馬鹿にして嘲笑う者ばかり。それでこちらは、まったくの内気娘ときているのですから。すべてが厳格でやかましいんです！　あらゆることに時間が決まっているし、全員で一緒にする食事、退屈な先生たち――これらすべてに、初めのうち、私は苛《さいな》まれ、苦しめられました。あそこではろくに眠ることさえできなかったのです。一晩中、長く退屈な寒い夜じゅうずっと、よく泣き明かしたものです。皆は毎夜、授業の復習をしたり、内容を暗記したりしていました。そんなとき私はフランス語の会話集や単語帳を読みながら、身じろぎもせずにただじっと座ったまま、実はいつも考えていたのは、故郷の我が家のこと、パパやママや乳母《ばあや》のこと、乳母のしてくれたおとぎ話のこと……するると、急に悲しくなってきます！　家のことならどんなにつまらないちっちゃなことでも、思い出すのが嬉しいのです。ずっとずっと考え続けていると……ああ今頃家にいられたら、どんなにいいだろう！　うちの小さな部屋でサモワールの横に座って家族と一緒にいられたら、ほんとうに暖かくて快適でのんびりできるのに。今すぐママをぎゅっと熱い想いで抱きしめたい！　そんなふうに考えていると、せつなくてそっと泣き出してしまい、涙をぐっと胸の中に仕舞いこまなければならず、もう単語帳なんて頭に入って来やしません。いつだって、翌日までに授業の内容を暗記してゆくことはできず、一晩中先生たちやクラスメイトの夢ばかり見ていました。一晩中夢の中で授業の復習をしているのですが、翌日になると何も覚えていないのです。それで罰に跪《ひざまず》かされ、食事も一皿しかもらえませんでした。

私はひどく陰鬱《いんうつ》で退屈な生徒でした。初めのうちは、クラスメイトは皆、私をからかって嘲笑い、私が授業で答えているときは何かとまごつかせるし、食事やお茶に向かう列の中では私をつねり、その上、これといった理由もないのに、私のことを女の先生《マダム》に告げ口するのです。その代り、土曜の晩に乳母《ばあや》が私を迎えに来てくれるときは、もう天にも昇る心地でした。喜びのあまり我を忘れて、夢中で乳母を抱きしめたものです。乳母は私にしっかりと暖かく着込ませ、帰り道は私に遅れまいと必死に後をついて来ます。私は乳母に、何から何までありったけのことをおしゃべりしまくり、家に着く頃には、すっかり明るく楽しい気分になって、家族の皆を、まるで十年も別れていたみたいにぎゅっと抱きしめたものです。たちまち噂話やおしゃべりが始まり、私は、皆と挨拶を交わして、にこにこしたり、けらけら笑ったり、駆け廻ったり、飛び跳ねたりしました。パパとは真面目な話が始まります――勉強について、先生について、フランス語について、それにロモンドのフランス語文法書について……。その間じゅう私たちは楽しく、満足していました。私は今でもあの時のことを思い出すと楽しくなります。私は精一杯努力して勉強し、なんとかパパを喜ばせようと一所懸命でした。パパがなけなしのお金をすべて私につぎ込み、自分はもうどうしようもないほど悪戦苦闘しているのは、私にもわかっていましたから。

パパは日毎にむっつりと不機嫌になり、ますます怒りっぽくなっていました。性格がすっかり歪《ゆが》んでしまったのです。仕事がうまくいかず、借金は山のようでした。ママはパパを怒らせまいとして、泣くことも言葉を発することも恐れ、すっかり病人のようになっていました。どんどん痩せて、嫌な咳《せき》をするようになっていたのです。私が寄宿学校から帰っても、目にするのは沈んだ顔ばかり。ママはひっそり泣いているし、パパは腹を立てており、たちまち非難、叱責が始まります。パパが言うには、私はパパに何の喜びも慰めももたらしておらず、両親は私のせいで素寒貧《すかんぴん》になっているのに、私はいまだにフランス語ひとつしゃべれない。つまり、パパはあらゆる失敗と不幸は、何から何まで私とママが悪いのだと当たり散らすのです。でもどうして可哀相なママを苦しめることができたでしょう？

ママを見ていると胸が張り裂けそうでした。頰《ほお》はこけ、目は落ち窪《くぼ》み、顔色は肺病やみ独特の色です。そこでなんといっても私がいちばん叱られることになりました。お小言は、最初は極《ご》くつまらないことから始まるのですが、やがてそれがとてつもないものに膨れ上がっていくのです。しばしばいったい何の話なのか、わけがわからなくなったほどでした。何から何まで小言の種になってしまうんですから！……フランス語も、私が大馬鹿者であることも、寄宿学校の女経営者が怠慢な愚か者で、私たちの品行に目を光らせるのを怠っていることも、パパがいまだに勤め口が見つからないことも、ロモンドの文法書がひどい代物《しろもの》でザポリスキーの文法書のほうがはるかにマシであることも、私のために両親はお金をむざむざドブに捨ててしまったことも、私はどうやら、およそ冷酷無情な女であるらしいことも――つまり可哀相に、私だってフランス語の会話集や単語帳を復習しては一所懸命努力していたのに、何もかも悪いのは私で、すべての責任は私にあるということになってしまったのです！　そしてこれは、決してパパが私を愛していなかったせいなんかじゃありません。パパは、私とママを溺愛《できあい》していました。でも、ただ、ああいう性格だったのです。

気苦労、落胆、失敗続きで、可哀相なパパはひどく苦しんでいました。疑り深く、怒りっぽくなり、しばしば自棄《やけ》を起こして健康を顧みず、風邪を引いたと思ったら不意に病いに倒れて、いくらも苦しまぬうちに、あっと言う間に亡くなってしまいました。あまり突然だったので、私たちは皆、ショックで数日は呆然《ぼうぜん》としていました。ママはいわば虚脱状態で、私はママがおかしくなってしまうのではないかと、心配したほどです。パパが亡くなるとすぐに、債権者が群れをなして、まるで地中から湧き出たかのように次々と押し寄せて来ました。私たちは、我が家にあった物は一切合切《がっさい》引き渡してしまい、ペテルブルグに移って来た半年後にパパが買ったペテルブルグ区の我が家も手放しました。他のことはどう片がついたのか知りませんが、とにかく私たちは住む場所も食べるものもなくなってしまったのです。ママは病気ですっかり衰弱し、私たちは日々ろくに食べていくこともできませんでした。生きるすべがなく、目の前には破滅が待ち受けていたのです。そのとき私はまだ十四歳になったばかりでした。

まさにそんな時に、アンナさんが訪ねて来たのです。アンナさんは、自分はどこかの土地を持っている地主で、私たちの親戚に当たるのだと、さかんに言いつのります。ママもアンナさんは親戚だと言っていましたが、ただし、たいそう遠い親戚だということでした。パパが生きているうちは、アンナさんは私たちのところに一度も来たことはありません。それが目に涙を浮かべて、私たちには心から同情すると言うのです。パパを亡くしたことには哀悼《あいとう》の意を表し、私たちの窮状についてはほんとうに気の毒だと言うのですが、パパが悪かったのだ、分不相応な暮らしをし、あまりにもたくさん借金をして自分の力を過信していた、と付け加えました。これからはもっと親しくおつきあいしたいし、お互いに昔あった不愉快なことは忘れましょうと提案してきました。ママが自分は一度もアンナさんに敵意など抱いたことはないと言うと、アンナさんはわっと泣き出すなり、ママを教会に連れて行き、いとしい人（パパのことをそう呼んだのです）のための追悼ミサをあげさせました。このミサの後、おもむろにママとの正式な和解をしてみせたのです。

アンナさんはいくつもの長々とした前置きや予告をした後に、私たちの窮状、孤児のごとき救いがたい寄る辺《べ》なさを言葉巧みに語ってから、彼女の表現によれば、「私のところに身を寄せるように」と誘ってくれたのです。ママは感謝はしましたが、長い間、決心をつけかねていました。でも、他に身の処し方もなかったので仕方なく、とうとうありがたくアンナさんのお申し出を受けると言いました。ペテルブルグ区からワシーリエフ島に引越した朝のことは、今でもよく憶えています。からりと晴れ渡った秋のたいそう寒い朝でした。ママは泣いていましたし、私はひどく憂鬱でした。胸が張り裂けそうで、心はいわく言いがたい恐ろしいふさぎの虫に苛まれていました。ほんとうにつらい時期でした……………………

2

初めのうち、私もママもまだ新居に住み慣れないうちは、アンナさんのもとでの暮らしはどうにも落ち着かない嫌な感じでした。アンナさんは六番通りの一戸建てに住んでいましたが、部屋は全部で五つあり、そのうちの三つにアンナさんと私の従妹のサーシャが暮らしていました。サーシャは父も母もいない孤児《みなしご》で、アンナさんに養育されていたのです。それから、もう一つの部屋に私たちがいて、私たちの隣の五つ目の部屋には、貧乏学生のポクロフスキーが下宿していました。アンナさんの暮らしぶりはたいそう良く、想像以上に豊かなものでした。ただし財産をどれほど持っているのか、それはアンナさんがどんな仕事をしているのかと同様、謎でした。アンナさんは、しじゅうあくせくと気忙《きぜわ》しげに動き廻っており、日に何度もどこかへ馬車や徒歩で出かけて行くのです。でも、何をしていたのか、いったい何の世話を焼き、何のために気を揉《も》んでいたのか、私にはさっぱりわかりませんでした。アンナさんは、知人が多く、しかもその知り合いたるや雑多な人種でした。ありとあらゆるお客さんが、それこそどこの誰とも知れない人たちが、入れ替わり立ち替わり何かの用で現れては、あっと言う間に帰って行くのです。ママは、玄関の呼び鈴が鳴る度に、慌てて私を自分たちの部屋へ連れ去るのですが、アンナさんはそのことで、ママにひどく腹を立てていました。私たちはあまりにもプライドが高すぎる、誇るべきものがあるならまだしも、何もないくせに、分不相応にプライドが高いと、ひっきりなしに繰り返し、何時間もその文句が止むことはありませんでした。その当時は、アンナさんがこんなに私たちのプライドを非難する理由がよくわかりませんでした。今になってようやくわかったというか、少なくとも推測できるのは、なぜママがアンナさんのところで暮らす決心がなかなかつかなかったかということです。

アンナさんは意地の悪い女で、絶えず私たちを苦しめ続けました。いまだに、いったいどうして私たちを自分の家に招《よ》んでくれたのか、私には謎です。初めのうちはかなり親切だったのですが、私たちがまったく寄る辺なく、どこにも行くあてがないことがわかると、すっかり本性を現すようになったのです。やがて私に対してはいたって優しくなり、それはなにかあざといほどの優しさで、ちやほやしてお世辞まで言うようになったのですが、それまでは私もママと一緒に嫌な思いをさせられました。ひっきりなしに難癖をつけてはなにかというと恩に着せるのです。他人に私たちを紹介するときは、可哀相な親戚の者で、寄る辺ない身の上の未亡人と孤児《みなしご》を、自分がキリスト教の愛と慈悲心ゆえに家に置いてやっているのだと言っていました。食卓では、私たちが何かちょっとでも口に入れる度に目を光らせ、それでいて私たちが何も食べなかったら、またひと騒動になるのです。あなたたちはお高く止まって選《え》り好みをしている、というわけです。どうせお口に合わないでしょうが、どうぞこれでご勘弁くださいな、ここにあるだけの物はたんと召し上がれ、お宅でもっと良いものを食べていたわけでもあるまいし、といった具合です。パパのことは絶え間なく悪《あ》しざまに罵っていました――人より偉くなろうとして、結局、ひどいことになった。妻と娘を路頭に迷わせ、これでキリスト教精神の、人の苦しみを我が事と思う善良な親戚がいなかったら、それこそ路上で餓死させていたかもしれない——などと……。それはもう、ありとあらゆることを言うのです。

そういう話を聞かされるのは、つらいというより、不愉快でした。ママは絶えず泣いてばかりいて、身体が日に日に悪くなり、明らかに衰弱していました。それなのにママと私は、朝から晩までお針仕事の注文を取って、縫い物に精を出していたのです。これがまた、アンナさんにはひどく気に入らず、うちは洋服屋じゃないんだから、としきりに言っていました。でも、私たちだって着る物は要るし、予期せぬ出費のために蓄えが必要だったのです。なんとしても自分たちのお金を持たなくてはなりませんでした。万が一のために貯金をし、そのうちにどこかへ引越すことができるようになると、期待もしていたのです。でもママはなけなしの健康を、お針仕事ですっかり損ねてしまいました。日毎に弱り、病いが蛆虫《うじむし》のようにみるみるママの命を蝕《むしば》んで、どんどんお墓に近づけて行ったのです。私は、何もかもを見ており、肌で感じ、あらゆる苦しみをこの身で体験していました。これはすべて、私の目の前で起こったことなのです！

日々は過ぎ去り、来る日も来る日も代り映えのしないものでした。私たちの生活は、まるで街中に住んでいるとは思われないほど、ひっそりとしていました。アンナさんは、自分が完全に支配権を握ったと確信するにつれて、少しずつ落ち着いていきました。もっともアンナさんに逆らおうなどと考えた者は、かつて一人もいなかったのですが……。私たちの部屋はアンナさんの暮らしている部屋とは廊下を隔てた反対側で、私たちの隣には、前にも書いたようにポクロフスキーが住んでいました。彼はサーシャに、フランス語とドイツ語に、歴史と地理——アンナさんに言わせれば、すべての学問を教えており、その代りに賄い付きの部屋を与えられていました。サーシャは快活ないたずらっ子でしたが、極めて飲み込みの早い利発な女の子で、その当時は十三歳くらいでした。アンナさんは私も教えてもらったらいい、寄宿学校での勉強は中途半端になってしまったのだから、とママに言いました。ママは喜んで賛成し、私はサーシャと一緒にポクロフスキーの下で一年間勉強することになりました。

ポクロフスキーは、それはそれは貧しい若者でした。身体が弱くてまともに大学に通えなかったので、「学生さん」というのは、ただ習慣でそう呼ばれていたのです。とても控えめでおとなしく、静かだったので、私たちが自分の部屋にいると、彼の気配は何も感じられないほどでした。ポクロフスキーは、見たところ、たいそう奇妙な青年でした。歩き方もお辞儀の仕方もぎこちなく、話し方も変てこなので、初めのうちは彼を見ていると笑わずにはいられませんでした。サーシャはひっきりなしに彼をからかい、特に授業中は大変でした。ポクロフスキーは、実は癇癪《かんしゃく》もちでもあったので、絶えず怒ってばかりいて、ちょっとしたことですぐにカッとなり、私たちを怒鳴りつけたり、くどくどと文句を言ったりしたあげく、しばしば授業もそこそこに、かんかんに怒って自分の部屋に引き上げてしまうこともありました。そして自分の部屋では、何日間もぶっ通しで本を読んで過ごすのです。彼は、本は山ほど持っていましたし、それがまたどれも高価な珍しい本ばかりでした。どこかよそでも教えていて、何がしかの報酬を受け取っていたので、ちょっとでもお金が入ると、すぐさまいそいそと本を買いに行くのです。

そのうちに、私はポクロフスキーのことをもっとよく知るようになりましたが、彼はほんとうに善良な実に立派な人物でした。ママはポクロフスキーのことをすっかり尊敬していました。やがて彼は、私にとってもいちばん大切なお友達――もちろん、ママの次にですが――になりました。

初めのうちは、私はもうずいぶん大きくなっていたくせに、サーシャと一緒になって悪ふざけをして、どうしたらポクロフスキーをじらして堪忍袋の緒を切らせることができるかと、そんなことにばかり何時間も頭をひねったものです。彼がまた、ひどく滑稽《こっけい》なほど腹を立てるものですから、それが私たちには面白くて堪《たま》りませんでした(今は、こんなことを思い出すだけでも恥ずかしいのですが……)。あるとき何をしたのだったか、とにかく私たちは彼をからかって、ポクロフスキーは涙を流さんばかりに腹を立てました。その時、彼が「意地の悪い子たちだ」と呟《つぶや》いたのがはっきりと聞こえたのです。私は不意にどぎまぎして、恥ずかしくつらくなり、彼が可哀相になりました。今でも憶えていますが、私は耳まで真っ赤になって、ほとんど目に涙を浮かべながらポクロフスキーに、どうぞ落ち着いて、私たちの馬鹿げたいたずらに腹を立てないでくださいと懇願しました。けれども彼は本をパタンと閉じると、授業を投げ出して自分の部屋に引っ込んでしまいました。私は一日じゅう後悔の念に苛まれました。私たち子供が、その残酷さゆえに彼を泣かせてしまったと思うと、それは私には耐え難いことでした。私たちはつまり、ポクロフスキーの涙を期待していたのであり、それを望んでいたのです。そしてとうとう彼がどうにも我慢できなくなるようにさせ、可哀相な不幸なポクロフスキーに、無理やり自分の苛酷《かこく》な運命を思い知らせたわけです！　私は一晩中、悔しさ、悲しさ、後悔のあまり眠れませんでした。後悔は心を軽くすると言いますが、逆でした。どうしてそうなったのかわかりませんが、私の悲しみには自尊心が混じっていました。私は、ポクロフスキーから子供だと思われたくなかったのです。その時、私はもう十五歳でしたから。

　この日から私は、想像力を駆使して、どうしたらポクロフスキーが私についての考えを変えてくれるだろうかと、何千ものプランを練りはじめました。ところが、どうかすると私は小心で恥ずかしがり屋のところがあり、今の状況ではどうしても何かするだけの決心がつかず、ただあれこれ夢を思い描くことしかできませんでした（その夢たるや、それこそ神のみぞ知る、とんでもない夢ばかりでした！）。ただし私はサーシャと一緒にいたずらをすることは止めました。それでポクロフスキーも、もう私たちに腹を立てなくなったのですが、それだけでは私の自尊心には物足りなかったのです。

　ここで私は、今まで会ったあらゆる人の中で、最も風変わりな、最も奇妙な、そして最も哀れな人物について少し述べましょう。なぜ今、私の手記のまさにこの箇所でその人について述べるかと言えば、それまで私は、その人のことをほとんど歯牙《しが》にもかけていなかったからです。ところが今や、ポクロフスキーに関することなら何でも、私には急に興味深くなってしまったのです！

私たちの家にときおり、あるお爺さんが姿を現すのですが、その人ときたら服はよれよれでシミだらけ、白髪頭の小さな老人で、その姿はなんともぶざまでどうしようもないほど奇妙なのです。ひと目見ただけで、この人は何かを恥じている、なんだか自分自身のことをきまり悪がっているみたいだと思われるのでした。それでいつもこの人は、なんだかもじもじしたり、しかめっ面をしたりしていたのです。その仕草も顔つきもあんまり奇妙なので、ほとんど間違いなく、この人は気が確かではないのだと言えるほどでした。ときおり私たちの家にやって来ても、入口のガラス戸の前で立ち止まったまま、思い切って中に入って来ることができません。私たちの誰かが——私かサーシャか、さもなければ少しは親切にしてくれることをお爺さんが知っている召使が通りかかると、お爺さんはすぐに手を振って手招きし、いろんな身振りをして見せます。こちらが頷《うなず》いて呼んであげると——それは、今よその人は誰もいないから、いつでも入って来て大丈夫だという合図なのですが——ようやくそっと扉を開けて、嬉しそうな微笑みを浮かべ、いかにも満足げに両手をこすり合わせながら、爪先立ちで真っ直ぐポクロフスキーの部屋に向かうのでした。このお爺さんは、ポクロフスキーのお父さんだったのです。

やがて私は、この可哀相な老人の物語を何もかも詳しく知るようになりました。この老人は、昔、どこかの役所に勤めていたのですが、およそ何の能力も無かったので、勤めでは最低の、まったく取るに足らぬ役職についていたそうです。一人目の奥さん(その人が学生ポクロフスキーの母親でした)が亡くなると、老ポクロフスキーは、再婚することを思いつき、町人の娘と結婚したのですが、この新しい妻の下で家中がてんやわんやになってしまいました。彼女は暴君となり全員を押さえつけ、皆が堪らない思いをさせられたのです。その当時、ポクロフスキーはまだ子供で、十歳くらいでした。継母《ままはは》は彼を毛嫌いしましたが、運命が幼いポクロフスキーに味方しました。小役人だった老ポクロフスキーの知人で、かつての恩人であった地主のブイコフ氏が少年を引き取り、どこかの学校へ入れてくれたのです。ブイコフ氏が少年に興味を抱いたのは、少年の亡き母を知っていたからです。彼女は娘時代にアンナさんの世話になっており、アンナさんの口利きで小役人のポクロフスキーのところにお嫁に行くことになったのです。ブイコフ氏はアンナさんの親しい友人だったので、寛大にも新婦のために持参金五千ルーブルをぽんと出したのだそうです。そのお金がどこへ行ってしまったのか、それはわかりません。こんな話をすべてしてくれたのはアンナさんで、学生ポクロフスキーは自分の家庭の事情について、決して話したがりませんでした。彼の母親はたいそう綺麗《きれい》な人だったそうなので、私はどうも不思議な気がするんです。どうしてあんなつまらない人のところへお嫁に行くことになってしまったんでしょう……。彼女は、結婚した四年後に若くして亡くなりました。

若きポクロフスキーは、小学校を卒業した後、どこかのギムナジウム［中学校］に入学し、やがて大学に進みました。ブイコフ氏はしょっちゅうペテルブルグに出て来て、相変わらず彼の支援を続けました。ポクロフスキーが健康を損ねて、大学での勉強が続けられなくなると、ブイコフ氏は彼を自らアンナさんに紹介したのです。そんなわけで若きポクロフスキーは、サーシャに必要なことは何でも教えるという条件で、アンナさんの家で厄介になることになりました。

老ポクロフスキーのほうは、後妻の冷酷無情な仕打ちに耐えかねて、辛さのあまり最も良からぬ放蕩《ほうとう》に耽《ふけ》ることになり、ほとんど二六時ちゅう素面《しらふ》のときがないほどでした。奥さんは彼をしょっちゅうひっぱたき、台所に追いやって、そこで暮らさせる始末です。彼はとうとう、殴打にもひどい仕打ちにもすっかり慣れてしまい、文句も言わなくなりました。まだひどい年寄りというわけでもないのに、悪癖のせいでほとんど耄碌《もうろく》しており、彼の中にある人間らしい崇高な感情の唯一のあらわれは、息子に対する無限の愛だけでした。息子のポクロフスキーは亡き母に瓜二つだという噂でしたので、優しかった前の奥さんの思い出が、すっかり落ちぶれた老人の心の中に息子への無限の愛を呼び覚ましたのでしょうか？　今や老人の話すことと言えば息子のことばかりですし、週に二度は、定期的に息子を訪ねにやって来ます。それ以上頻繁には、訪ねる勇気がなかったのです。若きポクロフスキーが父親の訪問に我慢できなかったからです。ポクロフスキーのあらゆる短所のうち、間違いなく第一の、そして最も深刻なのは、父親に対して尊敬の念を欠いていることでした。もっともポクロフスキー老人も、どうかすると、この世でいちばん耐え難い存在になるのです。まず第一に、ひどく詮索《せんさく》好きでしたし、第二に、この上なくくだらない、わけのわからない話や質問を浴びせて、ひっきりなしに息子の勉強の邪魔をします。その上、ときには酔っ払って現れることもありました。息子は少しずつ老人の悪癖を直させ、詮索好きなところも、絶え間ないおしゃべりも封じ込め、とうとう老人は息子の言うことなら何もかも、ご神託のように聞くようになり、息子の許可なしには口を開くことさえしなくなりました。

可哀相なお爺さんは、「うちのペーチェンカ」（息子のことをそう呼んでいたのです）にただもう感心しきっていて、ペーチェンカがいることが嬉しくてたまりません。息子のところに遊びに来るときはいつも、なにか心配そうなおどおどした様子でした。おそらく息子にどんなふうに迎えてもらえるのか、わからなかったからでしょう。たいていは長いこと入って来る決心がつかず、たまたま私がいたりすると、それこそ二十分ほども、あれこれ私に訊ねるのです――ペーチェンカはどんな様子か？　元気なのか？　機嫌はどうか、何か大事な仕事をしている最中じゃないか？　今、何をしているのか？　何か書き物でもしているのか？　それとも考え事をしているのじゃないか？　などと……。私が充分に励まし落ち着かせると、お爺さんはようやく中に入る決心がついて、それはそれは静かに、そうっと扉を開けます。初めはちょっと首だけ覗き込むようにして、息子が頷いてみせ、怒っていないとわかると、そっと部屋の中に入り、外套《がいとう》と帽子を脱ぐのです。その帽子たるや、もみくちゃになって穴だらけの上に、縁なんか取れてしまった代物です。その外套と帽子をフックに掛けるのですが、すべてをそっと音を立てないようにします。やがてどこかの椅子に慎重に腰を下ろしますが、その間も息子の一挙手一投足を見のがすまいと目を離さず、「うちのペーチェンカ」の機嫌はどうだろうかと探っています。息子の機嫌がちょっとでも悪くて、それに気づこうものなら、すぐさま立ち上がり、「いやなに、ちょっと寄っただけなんだよ、ペーチェンカ。遠くまで出かけた帰り道にね、そばを通りかかったもんだから、ちょっと休ませてもらおうと思ってな」と弁解するのです。それから黙っておとなしく外套と哀れな帽子を取ると、またしてもそっと扉を開け、胸にこみ上げた悲しみを抑えこみ、息子にはそれを見せまいとして無理やり微笑みを浮かべながら出て行きます。

けれども息子が機嫌よく迎えてくれたときは、お爺さんはそれこそ嬉しくてぼうっとしてしまうほどでした。満足している様子が顔にも仕草や動作にも滲《にじ》み出ていました。息子が話しかけてくれると、お爺さんはいつも椅子から少し腰を浮かせて、ほとんど畏敬《いけい》の念を抱いているかのように卑屈に静かに答えるのですが、いつも精一杯上品な洗練された表現を使おうと努めるあまり、いちばん滑稽な話し方をしていました。言葉の才能には恵まれていなかったのです。いつも混乱し、どぎまぎして、手の置き所、身の置き所にも困ってしまい、なんとか言い直したいと思うのか、ずっと後までなにやら独り言を呟いているのです。うまいこと答えられると、お爺さんは居住まいを正し、チョッキもネクタイも燕尾服《えんびふく》もきちんと整え直して、自分にもちゃんと尊厳というものがあるのだ、という顔をしてみせます。ときにはすっかり調子づいて思い切り大胆になると、椅子からそっと立ち上がって本棚のほうに歩み寄り、一冊手に取って、それが何の本であれ、その場でなにかしら朗読してみせることさえありました。こうしたことすべてを、彼はなんでもないように平静を装ってやってみせるのです。まるで自分は、息子の本をいつでも好きなように使えるし、息子が親切にしてくれることなど、自分にとっては珍しくもないことだと言わんばかりでした。ところが私は、気の毒なお爺さんがポクロフスキーに「本に触らないでくれ」と言われたとき、どんなに仰天したかを、たまたま見てしまったのです。お爺さんはうろたえて、慌てて本を上下逆さまにして戻し、それを直そうとしてひっくり返すと今度は背表紙を内側に向けて入れてしまい、照れ笑いをして真っ赤になり、自分のしでかした失敗をどう収拾したものか途方に暮れているのです。ポクロフスキーはいろいろと忠告をして、父親の悪癖を少しずつ直させました。三回ほど立て続けに素面で現れたときは、その次に来たときの別れ際に、二十五コペイカか五十コペイカ、あるいはそれ以上を渡すようにしたのです。ときには、靴やネクタイ、さもなければチョッキを買ってあげたこともあります。するとお爺さんは新品をさっそく身につけて、まるで雄鶏《おんどり》のような得意顔で、ときどき私たちのところにも顔を出しました。私とサーシャに雄鶏形の糖蜜クッキーや林檎《りんご》や、ありとあらゆる物を持ってきては、私たちとペーチェンカの話をするのです。私たちに、ペーチェンカの言うことをよく聴いてしっかり勉強するように、ペーチェンカは実に優しい息子だ、模範的で、しかも学ある息子だと言いました。そういうとき、お爺さんはよく、ひどく滑稽に左目をつぶってみせ、面白おかしいしかめっ面をしてみせるので、私たちはおかしくて我慢できずに心の底から大笑いしたものです。ママはお爺さんのことが大好きでした。でもお爺さんは、アンナさんのことは大嫌いでした。もっとも彼女の前では、借りてきた猫のようにおとなしくしていましたが……。

やがて私は、ポクロフスキーの下での勉強をやめてしまいました。彼は私のことを相変わらずの子供扱いで、サーシャと同じお転婆な女の子だと思っていたのです。これは、私にとってひどくつらいことでした。私はなんとかして以前の行状を正そうと一所懸命努力していましたから。それなのに、全然気づいてもらえなかったのです。私はこのことで次第にイライラがつのっていき、授業以外のときはポクロフスキーとほとんど口もききませんでした。いえ、話すこともできなかったのです。私は真っ赤になって、どぎまぎして、それから部屋の隅のほうで悔しくて泣いていました。

もしある奇妙な状況のおかげで私たちが親しくなることがなかったら、いったいすべてはどうなっていたかわかりません。ある晩、ママがアンナさんのところにいたとき、私はそっとポクロフスキーの部屋に入って行ったのです。彼が家にいないことは知っていました。いったいどうして彼の部屋に入って行くことなど思いついたのか、自分でもほんとうにわかりません。その時まで、私は一度も彼の部屋を覗いたことなどなかったのです。私たちは隣同士の部屋にもう一年あまりも暮らしていましたのに。このときは、心臓がそれはそれは激しく鼓動し、胸から飛び出しそうでした。私はなにか特別な好奇心に駆られて辺りを見廻しました。ポクロフスキーの部屋は家具はみすぼらしく、雑然としています。壁には長い本棚が五段、打ちつけられ、机の上も椅子の上も紙だらけ。本と紙の山なのです！　私は不思議な気持ちになり、それと同時に、なんだか不快な失望感に捉《とら》われました。私の友情、私の愛する心だけでは、彼には足りないのだという気がしたのです。彼は学識豊かなのに、私は愚か者で何ひとつ知らないし、本一冊読んだことがないのですから……。そこで私は、本の重みでたわんだ幾段もの長い本棚を羨ましい思いで見つめました。悔しさと憂鬱と、それになにか居ても立ってもいられないような苛立《いらだ》ちを覚えました。彼の本を一冊残らず、しかもなるべく早く読んでしまいたいという思いに駆られ、直ちにそれを実行しようと決心したのです。よくわかりませんが、彼が知っていることすべてを学べば、たぶん、私も少しは彼の友情に値する者になれると思ったのでしょう。本棚の一段目に突進すると、よく考えもせずにためらうことなく、たまたま目に留まった埃《ほこり》だらけの古い一冊を引っ掴むなり、興奮と恐怖で赤くなったり青ざめたりして全身を震わせながら、ママが眠ってしまったら、今晩これを寝室の灯りの下で読んでしまおうと心に決めて盗んだ本を自分の部屋に持ち去りました。

ところが、私たちの部屋に戻って急いで本を開けてみると、それはあちこち虫食いだらけの、半分朽ちかけたようなラテン語の本だったのです。それに気づいたときの、いまいましかったこと！　私はすぐに取って返しました。ちょうど本を棚に戻そうとしたとき、廊下で物音がして、誰かの足音がすぐそばで聞こえました。私は大慌てで早く早くと気が急《せ》いていましたが、あのろくでもない本はあまりにもきっちり詰めて並べられた列の中にあったので、一冊抜き出したら、残りのすべての本がひとりでにいっせいに広がり、本と本の隙間《すきま》が詰まって今や元の仲間を入れる余地はなくなってしまったのです。本を押し込むことは、私の力ではとても無理でした。それなのに、私はあらん限りの力で、本の隙間をぎゅうっと押し広げたのです。本棚を固定していた錆《さ》びた釘が、どうやらまるでわざとこの瞬間を待っていたかのように折れてしまいました。棚板の片側が勢いよく下に落ち、本は大きな音をたてて床に散らばりました。そのとき扉が開き、ポクロフスキーが部屋に入って来たのです。

ここで言っておかなくてはならないのですが、ポクロフスキーは誰であれ、他人に持ち物を勝手にいじられることは我慢できない人でした。特に、本に触ったら百年目だったのです。小さいのも大きいのも、判型《はんけい》も厚みもバラバラの本が、何もかも棚からなだれ落ち飛び跳ねて、机の下だの椅子の下だの部屋中に飛び散っていったときの私の恐怖——考えてもみてください。逃げ出してしまいたかったけれど、もう手遅れでした。「終わりだわ、一巻の終わり！」と思いました。「ああ、もう駄目、もうおしまいよ！　私なんて十歳の子供みたいにいたずらしたり、ふざけてばかり。ほんとうに馬鹿な女の子だわ！　大馬鹿者よ!!」

ポクロフスキーは、激怒しました。「よりによって、よくもこんな真似をしてくれたもんだ！」彼は怒鳴りました。「こんな悪さをしてよく恥ずかしくないですね！……いつになったら、悪戯《いたずら》が治まるんです？」そして、自分ですぐさま本を拾いはじめました。私も屈んで手伝おうとしましたが、彼は大声で叫びました。「おやめなさい。結構ですよ。そんなことより、呼ばれもしない所に入って来たりしなければよかったんです」

もっとも、私がしおらしく言われるままに従うのを見て、少しは怒りも和らいだのか、今度はもっと静かな声で、つい最近までの教師だったときの教え諭すような口調で言いました。「さあ、いつになったらあなたは改心するんです？　そろそろ考え直したらどうですか？　だって自分を見てごらんなさい。あなただってもう子供じゃない、ちっちゃな女の子ってわけじゃない、もう十五歳なんですよ！」そしてたぶん、私がほんとうにもう子供ではないことを確かめようとしたのか、私をじっと見つめると、ふいに顔を真っ赤にしました。私はわけがわからず、目を丸くして相手の顔を見つめたまま、呆然と彼の前に立ちすくんでいました。

彼は立ち上がると、面食らったような顔をして私のほうに歩み寄り、ひどくうろたえながら何か話しはじめました。なんだか言い訳をしているようで、ひょっとすると、私がこんなに立派な若い女性であることに、今はじめて気づいたことを詫びていたのかもしれません。とうとう私にも、そのことがわかりました。そのとき私に何が起きたのかは憶えていません。どぎまぎして混乱し、ポクロフスキーよりもさらに赤くなり、両手で顔を覆い、部屋から走り出ました。

私はこの先どうすればいいのか、恥ずかしくて身の置き所がありませんでした。彼の部屋にいるところを見られてしまっただけでも、堪らなく恥ずかしいのです！丸々三日間、彼の顔を見ることもできず、涙が出るほど顔を赤くしていました。ひどく奇妙で馬鹿げた妄想が、頭の中に渦巻いています。なかでもいちばん突飛《とっぴ》なものは、彼のところに行って釈明したい、何もかも打ち明けて率直にすべてを話してしまいたい、私があんなことをしたのは、決して愚かな女の子としてやったわけではなく、良き意図があってのことだった――こういうことを彼にわかってもらいたいという願望でした。私はほとんど心を決めて話しに行こうとしていたのですが、幸いにも勇気が足りませんでした。なんてことをしでかすところだったのでしょう！　今でもこのことは何もかも、思い出すと恥ずかしくてなりません。

数日後、ママの具合が急に悪くなり、危険な状態になりました。すでに二日間もベッドから起き上がれず、三日目の晩には高熱でうわ言を言うほどでした。私は、一晩目はママの看病でベッドのそばに座りきりで、飲み物を運んだり、決まった時間に薬をあげたりして、一睡もしていません。二晩目には疲労困憊《こんぱい》していました。ときおり眠気に襲われ、目の前が真っ暗になり、頭がくらくらします。一分毎に、疲労のあまり今にも倒れそうになるのですが、ママの弱々しい呻《うめ》き声に呼び覚まされ、はっと身体を震わせると一瞬目が覚めます。けれども、やがてまた睡魔に負けてしまうのです。私は悶《もだ》え苦しんでいました。よくわかりませんが――はっきり思い出すことはできないのですが、睡魔と覚醒の耐え難い格闘の瞬間に、なにか恐ろしい夢が、ぞっとするような幻が、混乱しきった私の頭に浮かんだのです。私は恐怖のあまり目覚めました。部屋の中は薄暗く、ランプは消えかけています。光が幾筋も、ときおり不意に部屋じゅうを照らし出したかと思うと、壁にちらちらと光が瞬き、やがてすっかり消えてしまいました。私は、なぜか言い知れぬ恐怖に襲われ、怖くなりました。恐ろしい夢で想像力が掻き立てられたのです。憂鬱が胸に重くのしかかってきます……。私は椅子から跳ね起きると、耐え難いほど重苦しい気分に捉われて、思わず叫び声をあげました。そのときドアが開いて、ポクロフスキーが私たちの部屋に入って来たのです。

私が憶えているのは、はっと気づいたら彼の腕の中にいたことだけです。彼は私をそっと安楽椅子に座らせると、水を一杯飲ませてくれ、それから質問を山ほど浴びせました。私が何と答えたかは憶えていません。「あなたは病気です。あなた自身がひどく具合が悪いんですよ」彼は私の手を取り言いました。「熱があります。身体を壊してしまいますよ。もっと自分を大事にしなくちゃ。安心して横になって、お眠りなさい。二時間したら起こしてあげますから。少し落ち着いて……。さあ、早く横になりなさい！」彼は私に一言も反論させることなく、話し続けました。私は疲れのあまり、力尽きていました。衰弱で目が半分閉じかけています。三十分だけ眠ることにして安楽椅子にもたれかかると、そのまま朝まで眠ってしまいました。ポクロフスキーは、ママに薬をあげる時間まで、私を起こさないでおいてくれたのです。

翌日、昼間少し休んでから、今夜こそは決して眠るまいと固い決心をして、再びママの枕元の安楽椅子に座ろうとしていたとき、十一時頃に、ポクロフスキーが私たちの部屋のドアをノックしました。私がドアを開けると、「あなた一人で座っているのは退屈でしょう」と言いました。「本を持ってきてあげましたよ。さあどうぞ。これでも少しは退屈しのぎになるでしょう」私はそれを借りましたが、どんな本だったのか憶えていません。一晩中一睡もしなかったくせに、そのときはたぶん本を覗いてみもしなかったのです。なんだか妙に興奮して眠れず、私はひと所にじっとしていることができませんでした。何度か椅子から立ち上がり、部屋の中を歩き廻ります。なんともいえない満たされた思いが私の全身に溢《あふ》れていました。ポクロフスキーの配慮がほんとうに嬉しかったのです。彼の私に対する心配や気遣いが誇らしくてなりませんでした。一晩中いろいろと思い描き、空想して過ごしました。ポクロフスキーはもうやって来ませんでしたが、来ないことは私にもわかっていました。それで、明日の晩はどうなるかしらとあれこれ考えていたのです。

翌晩、家中が寝静まってしまうと、ポクロフスキーは自分の部屋のドアを開けて、敷居のところで私と話しはじめました。その時、私たちがお互いに何を話したのか、今では一言も憶えていませんが、ただ、私が怖気《おじけ》づいてどぎまぎしてしまい、自分自身に苛立ち、会話が一刻も早く終わってくれることをじりじりしながら待ち望んでいたことだけは憶えています。実は、こうして二人で話すことを一心に望んでおり、一日中それを夢見て自分で質問や答えを作文していましたのに……。この晩から、私たちの友情の最初の一歩が始まったのです。ママが病気だった間ずっと、私たちは毎晩数時間を共に過ごしました。私は少しずつ自分のはにかみ屋なところを克服してゆきましたが、それでも毎晩のおしゃべりの後はいつも、なにかしら我ながらじれったくなることがありました。

　とは言え、彼が私のために、あのいまいましい本のことを忘れかけているのがわかり、私はひそかに喜びながら、誇らしい満ち足りた思いでした。あるとき偶然、冗談で、本が棚からなだれ落ちたときの話になりました。それは奇妙な瞬間で、私はなんだかあまりにも率直であけすけになっていました。不思議な熱に浮かされて夢中になって、彼に告白してしまいました。何もかも――私が勉強したかったこと、なにかしら知識を身につけたかったこと、自分が小さな女の子、つまりは子供だと思われるのが悔しかったことを……。繰り返しますが、私はひどく奇妙な精神状態だったのです。心は優しく和らいでおり、目には涙が浮かんでいました。私は一切包み隠さず、すべてを話しました――彼に対する私の友情について、彼を愛したい、彼と心を合わせて生きてゆきたい、彼を慰め励ましたいという願望について……。彼は、困惑と驚きの入り混じったなんだか奇妙な表情を浮かべて、私を見つめ、何ひとつ言いませんでした。私は不意に、ひどくつらく悲しくなりました。彼は私をわかってくれていない、ひょっとすると嘲笑っているのかもしれない、という気がしたのです。私は突然泣き出してしまい、自分でも抑えがきかず、子供のようにわあわあ声をあげて号泣しはじめました。まるで何かの発作のようでした。彼は私の両手を取るとキスをして、慰めるように、何か言い聞かせながら、その手を自分の胸に押し当てました。彼は深く感動していたのです。彼が何と言ったのかは忘れてしまいましたが、私はただ泣いたり笑ったり、かと思うとまた泣いたり、顔を赤らめたりして、喜びのあまり一言も発することさえできませんでした。それでいて私は動揺していたくせに、ポクロフスキーがまだ困惑の色を隠せず、どこか無理していることに気づきました。彼は私の興奮、歓喜、このような突発的な熱い炎のごとき友情に面食らっているようでした。ひょっとすると、最初のうちは、ただ好奇心に駆られただけなのかもしれません。やがてためらいも消え、私と同じような素朴な率直さで、私の彼に対する愛着や親しみをこめた言葉や気遣いを受け入れ、これらすべてに対して、真心ある親友か血を分けた兄のような配慮と好意と親しみを示して応えてくれました。ほんとうに心温まる思いで幸せでした！……。私は何ひとつ隠し立てをしませんでしたし、彼もそれを万事わかってくれて、日を追うごとに私に対する愛着の度合いが深まっていったようです。

そしてよく憶えてはいないのですが、私たちの逢瀬《おうせ》の、あの苦しいと同時に甘美だった何時間かに、真夜中、お灯明《とうみょう》の瞬く光の下で、可哀相な病気のママが寝ているすぐそばで、私と彼はどんなにかいろいろな話をしたことでしょう！……。頭に浮かぶこと、心から零《こぼ》れ落ちること、ふと口をついて出てこようとする言葉――これらすべてを話したのです。そして私たちは、ほとんど幸福といってもいいほどでした……。ああ、あれは悲しくも喜ばしい時間だったのです。何もかもが一緒くたでした。それで、今でもあの時のことを思い出すのは、悲しくもあり嬉しくもあるのです。思い出すことは、それが嬉しい思い出であれ、苦しいものであれ、いずれにしてもいつだってつらいものです。少なくとも私にとってはそうなのです。けれども、その苦しみさえもどこか甘美なのです。心が重くつらく苦しく悲しくなると、思い出は心を生き生きと蘇らせてくれます。ちょうど、暑い一日のあとで、日中の炎熱に焼かれて萎《しお》れかけた可哀相な花を、湿気の多い晩に夜露が新鮮に蘇らせてくれるように。

ママは回復しつつありましたが、私は依然として毎晩、ママの枕元に座り続けていました。ポクロフスキーはよく本を貸してくれました。私は初めのうちは眠気覚ましに、やがて少しずつ気を入れて読むようになり、ついには夢中で貪《むさぼ》るように読みました。目の前に不意に新しいことが、今まで見たことも聞いたこともない未知のものごとが、たくさん姿を現したのです。新しい思想や新しい感動が、一気に怒濤《どとう》のごとく私の心になだれこんできました。そして、新しい感動を受け入れるときの動揺が大きく、当惑と困難が大きいほど、その新たな感動は、私にとって、より魅力的なものになり、心を甘く揺さぶるのでした。それは、こちらに息つく暇も与えず、不意に心の中になだれこんできました。なにか奇妙な混沌《カオス》が、私の存在全体をかき乱しはじめましたが、この精神的な嵐の猛威でさえも、私の調子を完全に狂わせてしまうことはできませんでした。あまりにも夢見心地だったので、それが私を救ってくれたのです。

ママの病気が治ってしまうと、私たちの夜のデートも、長いおしゃべりも、それでおしまいになりました。ときには言葉を交わす機会もありましたが、それはたいていつまらない、特に意味のないものでした。それでも私は、言葉の一つ一つに独特の意味や特別な暗示を付け加えるのが楽しかったのです。生活は充実しており、私は幸せでした。それは落ち着いた静かな生活でした。こうして何週間かが過ぎていきました……。

ある時、ポクロフスキー老人が私たちのところにやって来ました。彼は長い間私たちとおしゃべりをしていましたが、いつになく陽気で威勢もよく、口数も多いのです。笑ったり、彼独特のシャレを飛ばしたりしたあげく、とうとう謎ときをしてみせました。ちょうど一週間後がペーチェンカの誕生日であり、この機会に自分はぜひとも息子を訪問する、しかも新調のチョッキを着て来ると言い、妻が新しい靴を買ってくれると約束したことも発表しました。つまり、お爺さんは幸福そのもので、頭に思い浮かぶことを何もかもしゃべりまくっていたのです。

彼のお誕生日！ 私はこのお誕生日のことを考えると、昼も夜も落ち着きませんでした。ポクロフスキーへの友情の証しに、必ず何かプレゼントをしようと決心しました。でも何にしたらいいでしょう？ とうとう、本をプレゼントすることを思いつきました。ポクロフスキーが最新版のプーシキン全集を欲しがっていることを知っていたので、それを買うことにしました。私は内職の手芸で稼いだ自分のお金が三十ルーブルほどありました。このお金は新しいドレスを買うためにとっておいたのです。すぐさま、うちの料理女のマトリョーナ婆さんを使いに出して、プーシキン全集の値段を調べさせました。まあ大変！　全十一巻の値段は、装丁代も含めて、少なくとも六十ルーブルぐらいしたのです。どこでそんなお金を手に入れられるでしょう？　考えに考えましたが、どうしたらいいかわかりませんでした。ママには頼みたくありません。もちろん、ママはきっと助けてくれるでしょう。でもそうしたら、家中に私たちのプレゼントのことが知られてしまいます。それに、このプレゼントは、この一年のポクロフスキーの労苦に対するただの感謝のしるし、単なるお返しということになってしまうでしょう。私は一人で、皆に内緒でそっとプレゼントしたかったのです。そして私のためにしてくれたことについては、友情以外には、どんなお返しもせずに、永久に借りたままにしておきたかったのです。ついに私は、この苦境を抜け出す方法を思いつきました。

私はマーケットの古本屋なら、うまくすれば半値で本が買えることを知っていました。ただし値引きの交渉をすればの話ですが。しばしばあまり古くない、ほとんど新品同然のものが買えるのです。私は断然、マーケットに行こうと決心しました。そしてまさに思いどおりに事が運んだのです。翌日、我が家でも、アンナさんのところでも、出かけなければならない用事ができたのですが、ママはちょっと身体の具合が悪く、アンナさんはいい按配《あんばい》に出かけるのを面倒臭がりましたので、何もかもが私に一任されることになり、私はマトリョーナを連れて出かけました。

幸いにもプーシキン全集はすぐに見つかりました。しかも、たいそう美しい装丁です。さっそく値段の交渉に入りました。初めは本屋で買うより高い値段を吹っかけられたのですが、やがて――と言っても、私は大して苦労もせずに、何度か帰りかける振りをしてみせただけで――相手の商人に値引きをさせ、ついに銀貨でたった十ルーブル[6]でいいとまで言わせたのです。値引き交渉のなんと楽しかったこと！……。可哀相なマトリョーナは、私がどうしてしまったのか、なぜまた、こんなにたくさんの本を買う気になったのか、さっぱりわけがわかりません。でもなんてことでしょう！私の全財産は紙幣で三十ルーブルなのに、商人は、これ以上はどうしても負けてくれないのです。とうとう私は口説き落としにかかりました。頼みに頼み込んで、ついに

5 当時のロシアでは新刊書は仮綴じであり、装丁は購入時に行うことになっていた。
6 紙幣で三十五ルーブルに相当する。

説き伏せることができたのです。彼は負けてくれました。ただし二ルーブル半だけで、しかも、こうして負けてあげるのも、あなたがこんなに良いお嬢さんだからで、他の人が相手なら決して負けたりするものかと言うのです。あと二ルーブル半がどうしても足りません！　私は悔しくて泣きそうでした。ところが実に思いがけない事態が、私をこの苦境から救ってくれたのです。

少し離れた別の古本屋に、ポクロフスキー老人の姿を見つけました。お爺さんは四、五人の古本屋にぐるりと取り囲まれています。古本屋たちはうるさくつきまとって、お爺さんはもう、何がなんだかすっかりわけがわからなくなっていました。古本屋は誰も彼もが好き勝手に自分の商品を勧めるのですが、めったやたらといろんな本を勧めるし、またお爺さんも何でもかんでも買いたがるのです！　可哀相なお爺さんは真ん中に立ったまま、なんだか打ちのめされたような風情で、勧められた本の中からどれに手を出したものか途方に暮れていました。私は彼のほうに歩み寄ると、ここで何をしているのか訊ねました。お爺さんは私を見て、たいそう喜んでくれました。彼は私のことを、ひょっとするとペーチェンカを愛するのと同じくらいに、夢中といっていいほど愛してくれていたのです。「いや、ちょっと本を買っていましてね、ワルワーラさん」彼は私に答えました。「ペーチェンカのための本を買っているんです。ほら、もうすぐ、あれの誕生日ですから。あれは本好きなもんですから、それで本を買っているんですよ、あいつのために……」お爺さんはいつも滑稽な話し方をしましたが、今はその上、ひどく動揺していました。どの本も、値段を訊《き》いてみると銀貨で一ルーブルか二ルーブル、あるいは三ルーブルもします。お爺さんはもう、大きな本は、値段を訊いてみることもせず、ただ羨ましそうにちらちらと見ては、ページをぱらぱらとめくったり、ちょっといじってみたりして、それからまた元の場所へ戻すのでした。「いやいや、これは高いから」と小声で呟いたりします。「ひょっとすると、こっちには何かあるかもしれないぞ」今度は、薄っぺらいパンフレットや歌集や文集をめくりはじめました。こういうものはみな、とても安いのです。「まあ、どうしてこんなものをお買いになるの？」私は訊ねました。「これはみな、ひどくつまらない物ばかりですよ」「いや、そうじゃないんですよ」彼は応えます。「いや、ちょっと見てごらんなさい。ここには、良い本があるんですよ。それはそれは良い本がね！」そして最後は、実に哀れっぽく、歌うように引き伸ばして言うので、どうしてまた良い本に限ってこう高いのだろうと、それが悔しくてお爺さんは泣きそうになっているのではないか、もう今にもほろりと涙が青白い頬を伝って、赤い鼻先に流れるのではないかという気がしたほどです。私はお爺さんに、お金はたくさん持っているのかと訊ねました。「いえ、ほら」可哀相なお爺さんは、手垢で汚れた新聞紙に包んであった自分のお金を全部出してみせました。「半ルーブル銀貨が一つと、二十コペイカ銀貨が一つ、それに銅貨が二十コペイカ分ぐらい[7]です」私はすぐさまお爺さんを、さっきの古本屋に連れて行きました。「この十一巻の本全部で、たったの三十二ルーブル半なんですよ。私が三十ルーブル持っています。ここに二ルーブル半足してくだされば、私たち二人でこの本を全部買えますから、一緒にプレゼントしましょう」お爺さんは嬉しくて有頂天になり、ありったけのお金をばらばらと出しました。それで古本屋は、彼に私たち共有の本を全部持たせてくれました。お爺さんはありとあらゆるポケットに本を突っ込み、両手と両脇にも抱えて、十一巻全部を自分の家に持ち帰りました。明日、こっそり私のところに持って行くから、と約束して。

　翌日、お爺さんは息子を訪ねてやって来ると、いつものように一時間ばかりそこで過ごし、それから私たちのところに立ち寄りました。私の横に腰を下ろしたのですが、とても滑稽な、いかにも秘密ありげな顔をしています。初めは微笑みを浮かべ、自分はある秘密をもっているのだという誇らしい満足感のあまり、両手を擦《こす》り合わせながら、本は全部、決して目立たぬように私たちの家に運び込み、台所の片隅に置いてマトリョーナに見張ってもらっていると報告しました。やがて話は、当然の流れとして、待ち遠しいお祝いの日のことになりました。するとお爺さんは、私たちがどのようにプレゼントを渡すかについて、長々と話しはじめたのです。そして、この話題にのめりこんで話せば話すほど、どうやら彼は何か心に隠していることがあり、そのことについては口に出す勇気もなく、それを恐れてさえいるらしいことが少しずつわかってきました。私は黙ったまま、じっと待っていました。それまで彼の奇妙な仕草やしかめっ面や左目のウィンクなどに容易に読み取ることのできた密《ひそ》かな喜びや満足の色が消えてしまい、刻一刻と落ち着きをなくし、憂鬱が深まっていきます。とうとう我慢しきれなくなると、「いいですか」と小声でおずおずと話しはじめました。「いいですか、ワルワーラさん……あのですねえ、ワルワーラさん……」お爺さんはひどくどぎまぎしていました。

7　紙幣に換算すると、二ルーブル半あまりになる。

「あの……その……あの子の誕生日が来たらですね、あなたは十冊お取りになって、それをご自身からのものとして、あの子にプレゼントしてやってください。そうしたら私は十一巻目の一冊だけを頂いて、私もやはり自分からの、まさに私自身のプレゼントとして、それをあの子に贈ってやります。ですから、これでですね、あなたからもプレゼントがあるし、私からもプレゼントがある——私たちは二人ともちゃんとプレゼントがある、ということになるのです」ここまで言うとお爺さんは、すっかりうろたえて黙り込んでしまいました。私は彼の顔を覗きこみました。彼はおずおずとそれでも期待をこめて、私の宣告を待ち受けています。「まあどうして、私たち二人でプレゼントするのではお嫌なんですか、ポクロフスキーさん?」「いや、ただ、ワルワーラさん、そのただなんとなく……だって私はその……」一言で言えば、お爺さんは周章狼狽《しゅうしょうろうばい》して真っ赤になり、自分の言葉に足を取られて一歩も身動きできなくなっていました。

「あのですねえ」とうとう彼は釈明を始めました。「ワルワーラさん、私はときどき誘惑に負けてしまうんですよ……。申し上げておきたいんですが、私はしょっちゅう、そう、いつも誘惑に負けてばかりいるんです……。良くないこととは知りながら、ついつい深酒してしまうんです……。つまり、外が猛烈に寒くなることもありますし、ときにはいろいろと不愉快なこともあったり、なんだか憂鬱な気分になってみたり、さもなければ何かしら良からぬことが起こったりもします。そうすると私は我慢できなくなり、誘惑に負けて、どうかすると余計に飲み過ぎてしまうんです。ペーチェンカはこれが大嫌いなんですよ。あの子はね、ワルワーラさん、腹を立てて私を叱りつけ、いろいろとお説教をするんです。ですから私は、自分が更生しつつあり、正しい振る舞いをするようになっていることを、この際、自分のプレゼントであの子に証明したいのです。私がこうして本を買うためにお金を貯めたこと、それも長い間かけて貯めたことを見せたいんです。だって私は、お金なんて、いつだって一銭も持っていないんですから。たまにペーチェンカがくれる以外はね。あの子もそれはよく知っています。こうして私のお金の使い方を見てくれれば、私がこれをすべて、あの子のためだけにしていることもわかってくれるでしょう」

お爺さんがほんとうに気の毒になりました。私がちょっと考えている間、彼は、不安気な様子で私を見つめています。「ねえ、いいですか、ポクロフスキーさん」私は言いました。「あなたが全部プレゼントなさってください」「全部って、どういうことです？　つまり、あの本を全部ですか？……」「そうよ。あの本、全部です」「私から？」「そう、あなたからよ」「私一人から？　つまり、私個人の名前で？」「そうよ、あなたのお名前でね……」実に明快に説明したつもりですが、お爺さんはずいぶん長い間わかってくれませんでした。

「ええ、まあそうですね」彼はちょっと考え込んでから、そう言いました。「そうですね！　それはとても良い話で、ちょっと良すぎるほどの話ですが、でもあなたはどうなさるんですか、ワルワーラさん？」「そうね、私は何もプレゼントしないことにします」「なんですって！」お爺さんはぎょっとしたような叫び声をあげました。「ではあなたは、ペーチェンカに何もプレゼントをなさらないんですか？　何もプレゼントをなさりたくないのですか？」お爺さんは肝を潰してしまいました。この瞬間、彼はたぶん、私も何かしらプレゼントができるように、そのためなら自分の最初の提案を引っ込めてもいいと思っていたでしょう。なんていい人なんでしょう！　私も何かプレゼントできたら、もちろん嬉しいのだけれど、ただお爺さんの喜びを奪ってしまいたくないのだ、と言って安心させました。私はさらに言い添えました。「もし息子さんが満足なさり、それであなたも喜んでくださるなら、私も嬉しくなります。だって私は密かに心の中で、まるで本当は自分もプレゼントしたみたいに感じるでしょうから」。これでお爺さんはすっかり安心しました。それからさらに二時間も私たちのところにいましたが、その間じゅう、彼はじっと座っていることができずに、しょっちゅう立ち上がってはせかせかと歩き廻ったり、うるさくしゃべりまくったり、サーシャを相手にふざけてみたり、私にこっそりキスをしたかと思うと私の手をつねってみたり、陰でアンナさんに向かってしかめっ面をしてみせたりするのでした。そしてとうとうアンナさんに家から追い出されてしまいました。つまり、お爺さんはもう有頂天で、おそらくいまだかつてないほど興奮していたのです。

晴れてお祝いの当日、お爺さんはきっかり十一時に、教会のミサの帰りに真っ直ぐやって来ました。ちゃんと縫い繕った燕尾服に、ほんとうに真新しいチョッキと真新しい靴を身につけていました。両手には本を束ねたものを一つずつ下げています。その時私たちは全員、アンナさんの家のホールに居て、コーヒーを飲んでいました（日曜日だったのです）。お爺さんはたしか、プーシキンは非常に優れた詩人だった、という話から始めました。やがて狼狽してしどろもどろになりながら、唐突に話題を変えました。人は正しい振る舞いをしなければならない、もし品行が悪ければ、それはつまり、誘惑に負けて良からぬことに手を染めることになると言うのです。そして、悪しき性癖は人を損ない破滅させるものであると言って、不摂生がもたらす悲惨な例までいくつか数え上げたあげく、自分はしばらく前からすっかり改心して、今では模範的な暮らしぶりであると結論づけました。以前から息子の説教はもっともなことだと感じていたし、そんなことは何もかも昔からわかっていて、すべて心に留めていたのだが、今や自分は自制を実践するようになり、その証拠に自分が長い間かかって貯めたお金で買ったこの本を息子にプレゼントするのだと言うのです。

私は可哀相なお爺さんの話を聞いていて、涙と笑いが止まりませんでした。お爺さんたら、必要とあらば、ちゃんと嘘がつけるんですもの！ 本はポクロフスキーの部屋に運ばれ、本棚の上に並べられました。ポクロフスキーはたちまち真相を見抜いてしまいました。お爺さんは食事に招待されました。その日は、私たちは皆どんなに楽しかったことか。食事の後は、罰金ゲームやトランプをして遊びました。サーシャはふざけてはしゃぎ廻り、私も負けていませんでした。ポクロフスキーは私にとても親切で、二人だけで話すチャンスをしきりに求めていましたが、私はひらりとかわして応じませんでした。あれは私の人生のあの四年間のうちで、最良の日でした。

ところがここから先は、悲しくつらい思い出ばかりです。私の暗黒の日々の物語が始まるのです。たぶんそれで、私のペンもこの先に進むのを拒むかのように、進み方がのろくなってしまうのでしょう。ひょっとすると、私がこんなに夢中になっていとしい想いをこめて、私の幸せだった日々のささやかな日常の、実に細々したことまで思い出したのは、そのせいだったのかもしれません。幸せな日々はほんの短い間で、それに代って悲しみが、いつ終わるとも知れぬ真っ暗な悲しみの日々がやって来たのです。

私の不幸は、ポクロフスキーの病気と死で始まりました。

彼は、私が今書いた出来事の二月《ふたつき》後に発病しました。その二カ月というもの、生活の糧《かて》を得るために、一心不乱に奔走していたのです。いまだに定職がなかったからです。あらゆる肺病患者と同様、彼も最後の瞬間まで、自分は長生きできるという希望を失っていませんでした。どこかで教師の口が見つかったのですが、彼はこの職業を嫌っていました。役所に勤めることは健康が許しません。その上、最初の俸給をもらうまで、長いこと待たなければならないのです。要するにポクロフスキーは、どこへ行ってもうまくいかないことばかりなのです。性格もねじけてしまい、身体の調子も悪くなっていましたが、彼はそんなことは気にも留めませんでした。やがて秋がやって来ました。毎日、薄いコート一枚で自分の用事に駆け廻っていました。どこかで職が得られるようにあちこちに頼みこんでいたのですが、それが彼には精神的な苦痛でした。足を濡らし、雨に当たって身体もずぶ濡れになったあげく、とうとう寝ついてしまい、二度と起き上がれなくなったのです……。彼が亡くなったのは、秋も深まった十月の末でした。

私はポクロフスキーが病気の間ずっと、彼のそばにほとんどつきっきりで看病をしたり世話を焼いたりしていました。しばしば徹夜もしました。彼は、意識がハッキリしているときは稀《まれ》で、よくうわ言を言っていました。話す内容は、自分の就職口のこと、本のこと、私のこと、父親のこと……実にさまざまで、このとき私は、今まで知らなかったし、想像もつかなかった彼の状況について、初めて聞くことになりました。彼が倒れた初めの頃は、うちの皆も、なんだか不思議そうな顔で私を見ていましたし、アンナさんなど、けしからん、というように首を横に振っていました。けれども私はきっぱりと皆の目を見返していたので、私の彼に対する思いやりはもう誰にも非難されなくなりました——少なくともママはそうでした。

時たまポクロフスキーは私に気づくこともありましたが、そんなことは稀でした。

ほとんどずっと昏睡《こんすい》状態だったのです。ときには一晩中、誰かとそれはそれは長い間、曖昧《あいまい》なよく聞き取れない言葉で話し続けることもあり、そのしゃがれ声が彼の狭い部屋の中で、まるでお棺の中で響くようにこだまするので、私は恐ろしくなりました。特に最後の晩は、ほとんど錯乱状態でした。ひどい苦しみようで、淋しさ、つらさも訴えていました。彼の呻き声に私の心は引き裂かれんばかりです。家中の者が皆怯《おび》えていましたし、アンナさんは一刻も早く神様がお迎えに来てくださるようにと、しきりにお祈りをしていました。お医者様が呼ばれましたが、病人は朝までもたないだろうということでした。

ポクロフスキー老人は廊下で、といっても息子の部屋の戸口のすぐ前で、一夜を明かしました。ここにお爺さんのために筵《むしろ》のような物が敷いてあったのです。お爺さんはひっきりなしに部屋の中に入って来ました。その様子は見るも恐ろしいほどです。悲しみに打ちのめされたあまり、意識も感情もまるきり失ってしまったかのようでした。恐怖で頭はがくがく揺れているし、全身もぶるぶる震えています。絶えず独り言を呟いては、何かを自問自答しているのです。悲しみのあまり気が変になってしまうのではないかと、私は思いました。

夜明け前にお爺さんは心の痛みに疲れ果てて筵の上に倒れ伏すと、死んだように眠りこんでしまいました。七時過ぎ、息子が臨終を迎えようとしていたので、私はお爺さんを起こしました。ポクロフスキーは意識を完全に取り戻しており、私たち皆とお別れをしました。不思議なことです！　私は泣くこともできませんでしたが、心はずたずたに引き裂かれそうでした。

けれどもなんといっても私をいちばん苦しめ、責め苛んだのは、彼の末期《まつご》でした。彼は長い長い間、もつれる舌でしきりに何かを頼むのですが、私には彼の言葉がひとつもわからないのです。私の心は痛みで張り裂けそうでした！　一時間もの間ずっと、彼は落ち着かず、しきりに何かを求め、冷たくなってゆく両手で懸命に合図をしようとします。やがて再びしゃがれたくぐもり声で、悲しげに懇願しはじめるのですが、その言葉はもはや何の脈絡もない音でしかなかったので、私はまたもや何もわかりませんでした。彼のもとに家の者を一人残らず連れてきてみたり、飲み物をあげてみたりしたのですが、彼は相変わらず悲しそうに首を横に振るばかりです。けれどもとうとう、彼が何を望んでいるのかわかりました。窓のカーテンを上げて、よろい戸を開けてくれと頼んでいたのです。たぶんこの世の見納めに、日の光を、辺りの何もかもを、太陽をひと目見ておきたかったのでしょう。私はカーテンをさっと開けましたが、始まりかけた一日は、今にも死のうとしている人間の消えかけている哀れな生命と同じように陰鬱で物悲しいものでした。太陽は出ていません。雲がうっすらとしたヴェールで空を覆っており、雨模様で悲しげにどんよりとしています。小糠雨がガラス窓にぱらぱらと降りかかり、冷たい汚れた雨水が幾筋もの流れとなって窓を伝っていきます。どんよりと薄暗い日でした。部屋の中には生気のない陽射《ひざ》しが微《かす》かに差し込んでいましたが、聖像画《イコン》の前のお灯明の揺れる光とほとんど変わりありません。瀕《ひん》死《し》の人は、それはそれは悲しそうな顔で私を見つめると、首を横に振ってみせました。その一分後に、彼は息を引き取りました。

お葬式はアンナさんが自らとりしきりました。質素極まりないお棺を買って、荷馬車を雇って来ましたが、この出費の穴埋めに、彼女は故人の本や持ち物を何から何まで取り上げてしまいました。お爺さんはアンナさんと怒鳴り合いの口喧嘩の末、アンナさんからありったけの本を奪い返し、ありとあらゆるポケットに詰め込み、所構わず帽子の中にまで押し込んで、それから三日間というもの、どこに行くにも、教会に行くときでさえも肌身離さず持ち歩いていました。この三日の間、お爺さんはずっと薄ぼんやりとしており、心ここにあらずといった様子でしたが、それでいて奇妙なほどまめに、お棺のそばであれこれ立ち働いていました。故人の額の上に置かれた聖像画が描かれた布を直してみたり、ロウソクを新しいのと取り替えてみたり……どうやら、落ち着いて何か一つ事をきちんと考えられないようでした。ママもアンナさんも、教会のお葬式には行きませんでした。ママは身体の具合が悪く、アンナさんは、ほんとうにもう出かけるばかりに用意をしていたのですが、出掛けにポクロフスキー老人と喧嘩をして家に残ることになりました。お葬式に出たのは私とお爺さんだけです。ミサの間に、私は何か恐怖に――将来の予感のようなものに襲われて、教会の中で最後まで立っているのがやっとでした。とうとうお棺の蓋《ふた》が閉じられ、釘が打たれ、荷馬車に乗せられ、出棺となりました。私はお見送りは通りのはずれまでしかしませんでした。馬車は速足で走り出しました。お爺さんがその後を追って走りながらわああ泣いているのですが、その泣き声は走っているために震えて途切れがちでした。可哀相に、帽子を落としてしまいましたが、それを拾うために立ち止まりもしません。頭は雨でびしょ濡れですし、そこに風まで吹きはじめ、刺すように冷たいみぞれが顔に吹きつけます。でもそんな悪天候などおよそ感じないらしく、泣きながら荷馬車の脇を一方からもう一方へと行ったり来たり、駆け廻っていました。ぼろぼろのフロックコートの裾が、翼のようにぱたぱたと風にはためきます。ポケットというポケットからは本が顔を覗かせていますし、両手には何か馬鹿でかい本をしっかり抱えています。通りかかる人々は帽子を取り、十字を切りました。可哀相なお爺さんの様子にあきれて立ち止まる人もいました。その間にもポケットに突っ込んでいた本が、ひっきりなしにバタバタと泥水の中に落ちてしまいます。本を落としましたよ、と呼び止められると、その度にお爺さんは本を拾っては、またお棺を追いかけて駆け出すのです。街角でどこかの乞食のお婆さんも、お棺のお見送りをしました。荷馬車はとうとう角を曲がって、私の視界から消えてしまいました。私は家に帰り、どうにもやりきれない思いでママの胸に飛び込みました。ママを両手でぎゅっと抱き締め、キスをし、泣きじゃくりながら、不安に怯えてぴったりと身を寄せていたのです――なんとしても、私の最後の大切な人であるママを手放すまい、決して死神には渡すまいという一心で……。でも、死神は可哀相なママのすぐそばにもう立っていたのです！……………

……………………………………………

六月十一日

マカールさん、昨日は島[8]へ散歩に連れて行ってくださり、ほんとうにありがとうございました。あそこはなんて清々《すがすが》しくて素敵なんでしょう！ それに緑がいっぱい！ 私はもう長いこと、緑の木々を見ていませんでした。病気だったときは、私はきっと死ぬのだ、必ず死んでしまうに違いないと、いつもそんな気がしていました。ですから昨日の私がどんな気分で何を感じたか、おわかりでしょう！ 私があんなに悲しそうにしていたことは、怒らないでくださいね。ほんとうに気持ちが晴れ晴れとして楽しかったのですが、最高の気分のときになぜかいつも悲しくなってしまうのです。私が泣いたのは、なんでもないことです。自分でもどうしてこういつも泣いてばかりいるのか、わけがわかりません。何にでもぴりぴりして苛立ってしまうのです。私の感覚が病的なのでしょう。今では自分でもよくわからないのですが、でも昨日は、雲の無い青白い空、夕陽、たそがれの静けさ——これらすべてを受けとめるのがひどくつらく苦しくて、胸がいっぱいになり、涙が溢れてしまったのです。それにしても、どうして私はこんなに何もかもあなたに書いているんでしょう？　こういうことはすべて、自分でもよくわからないことなのですから、それを他人に伝えるなんていっそう難しいでしょう。でもひょっとすると、あなたは私をわかってくださるかもしれませんね。私の悲しみも笑いも！　ほんとうにあなたはなんて善良な方なの、マカールさん！　昨日は私が感じていることを読み取ろうとなさって、私の目をじっとご覧になっていましたね。そして私が大喜びすると、あなたも心から喜んでくださいました。小さな茂みだろうと、並木道や水の流れだろうと——あなたは必ずそこにいらして、めかしこんだ姿で私の目の前にお立ちになって、まるでご自分の持ち物を私に見せるように、さあどうです、と私の目を覗き込んでごらんになるのですもの。マカールさん、これはあなたが善良な心の持ち主である証拠です。だから私はあなたが好きなんです。

8　ペテルブルグ中心部の北方に位置し、ネヴァ河河口のデルタ地帯であるカーメンヌイ、エラーギンなどの島を指す。都心から至近の緑の多い保養地。

では、さようなら。私は、今日はまた具合が悪いんです。昨日、足がずぶ濡れになったものですから、それで風邪を引いてしまいました。フェドーラもどこか具合が悪いので、今は私たち二人とも病人です。私のことをお忘れにならないで、なるべくしょっちゅういらしてくださいね。

あなたのV・D

六月十二日

私の愛しいワルワーラさん！

私は、あなたが昨日のことすべてを、ほんものの詩で綴《つづ》ってくださると思っていたんですよ。それなのにあなたのお手紙は、ごくあっさりした紙切れがたった一枚でした。でもこれを申し上げるのは、たとえ一枚きりでほんのわずかしか書いてくださらなくとも、その代りあなたはとびきり素晴らしく、優しく書いてくださったからなのです。自然も田園のさまざまな景色も、その他、感情についてのすべても――一言で言えば、こうしたことの何もかもについてあなたの描写は大変素晴らしいものです。それに引き換え、私にはさっぱり文才がありません。たとえ十ページ書き連ねたとしても、何にもなりやしません。描写なんて一つもできやしないんです。もう何遍も試してみましたがね。あなたは、私が隣人を傷つけることなどできない温厚で善良な人間であり、自然の中に顕《あらわ》れている神様のお恵みがわかる人間だと書いてくださり、そして最後にはいろいろな賛辞を並べてくださっています。これはすべて本当です。たしかにまったくその通りなんです。私はあなたがおっしゃる通りの人間で、自分でもそれはわかっています。それでもそんなふうに書いてくださるのを読むと、思わず感動してしまいます。でもやがて、いろいろと重苦しい考えが頭に浮かぶのです。今度は私の話を聞いてください。私もあなたにちょっとお話ししてみたいと思います。

こんなことから始めましょう。私が勤めに出たのは、まだ十七歳の頃ですから、私の役所勤めも、もうすぐ三十年になります。いやまったく、制服を何着も着つぶしました。私もだいぶ大人になりましたし、知恵を身につけ、人間もいろいろと見てきました。思えばずいぶんと長いこと世渡りをしてきたものです。一度など、十字勲章授章候補者に推薦されたこともあるほどなんですから。あなたはひょっとすると、信じてくださらないかもしれませんが、本当なんです。嘘はついていません。ところがどうでしょう――意地の悪い人たちが、すべて台無しにしてしまったんです！　申し上げておきますがね、私は無知な愚か者かもしれませんが、こんな男でも心は人並みにあるんですよ。それなのに、いいですか、ワーレンカ、意地悪な男が私に何をしでかしたと思いますか？　あの男がしたことは、口に出すのも恥ずかしいぐらいです。どうしてそんなことをしたかですって？　それは、私が何も言えないおとなしい男だからです。お人よしだからなんです！　私のことが気にくわなかったから、それで猛然と私に襲いかかったんです。初めは「マカールさんはどうだこうだ」という難癖から始まり、やがて「マカールさんに訊いたって駄目さ」ってことになり、今ではもう、最後には必ず「そりゃもちろん、マカールさんのせいだよ！」という結論になってしまうのです。いいですかワーレンカ、いったいどうなったのか――連中のやったことと言えばただ一つ、何かにつけ、ああまたマカールさんだと役所じゅうに噂をふりまくんです。私を物笑いの種にしてレッテルを貼り、ほとんど聞くに堪えない悪口を言うだけでは物足りず――靴にも、制服にも、髪の毛にも、私の容貌《ようぼう》にまでケチをつけたのです。すべてが気に入らず、何もかもを作り替えなけりゃならないというわけです！　しかもこれを、いつとも知れぬ昔から、毎日毎日、いやというほど繰り返すんですからね。

私はもう慣れてしまいました。私はどんなことにも慣れるからです。おとなしくて、ちっぽけな人間だからです。しかしそれにしても、これはみな、一体全体、何のためなんでしょう？　私が誰かに悪いことでもしたでしょうか？　誰かの官位を横取りしたとでも言うのでしょうか？　上司の前で誰かを中傷したでしょうか？　ボーナスを無理にせがんだでしょうか？　誰かに濡れ衣《ぎぬ》を着せたとでも言うんですか？　そんなことは考えるだけでも罪なことですよ！　どうして私にそんなことができるでしょう？　ちょっと考えてもみてください、私に悪だくみだの野心だのを抱くだけの才覚があるでしょうか？　それなのに、いったいどうして私にこんな、まあこう言っちゃなんですが、災難が降りかかるんでしょう？　だってあなたみたいに、他の連中の誰とも比べものにならないくらい素晴らしい方が、私のことをちゃんとした人間だと認めてくださっているんですからね。

いや、いったい市民としての最大の美徳とは何でしょう？　つい最近、雑談の中でエフスターフィーさんは、市民として最も重要な美徳はしこたま金を稼ぐ能力だとおっしゃいました。冗談めかして話しておられましたが（冗談だということは私も知っています）、誰の重荷にもなってはいけないというのが大事だそうです。私は誰の重荷にもなっていませんよ！　私はちゃんと自分のパンを持っています。たしかにそれはありふれた一切れのパンで、どうかすると干からびていますがね。それでもれっきとした労働によって手に入れ、正々堂々と誰に恥じるところもなく食べられるパンです。まあ仕方がありません！　私だって、自分が清書屋で得ているものがわずかなことは、よく知っています。それでも私には、これが誇りなんです。私は額に汗して一所懸命働いているんですから。

いや実際、清書屋だからなんだっていうんです！　清書屋のどこが悪いんですか！《あいつは清書屋なんだよ！》《あのネズミみたいな木っ端《こっぱ》役人は、書類の清書が仕事なのさ！》でも、何を恥じることがありましょう？　私の筆跡は読みやすく、綺麗で、見た目にも心地よいので、閣下も満足しておられます。私は閣下のために、いちばん重要な書類の清書をしているのです。そりゃあ文才なんてありはしません。自分でもいまいましいことに、そいつがないことはわかっています。だからこそ、勤めでも出世できなかったわけですし、現に今だって、味もそっけもない文章を心に思い浮かぶままに書いているのです……。そんなことは、何もかもわかっていますよ。でも、仮に誰も彼もが創作を始めたら、いったい誰が清書をするんです？　こう訊ねたいですね。どうぞ答えてください。

というわけで、私も自分が必要不可欠な存在であり、くだらぬことで人を惑わせるもんじゃないってことが、今ではちゃんとわかっているんです。ネズミに似ているというなら、ネズミで結構！　でもこのネズミは人に必要とされており、役にも立つし頼りにもされている、その上、このネズミにはボーナスまで出るんですから——大したネズミなんですよ！　とは言え、この話題はもうたくさんです。こんなことは話したくもなかったんですから。それなのに、ついちょっとかっとなってしまいました。それでも、ときには自分の価値を認めてやるのは、気分がいいものです。

ごきげんよう。私の優しいワーレンカ！　あなたは、私のなによりの慰めです。伺いますとも、必ずあなたのところへ伺いますよ。だからもう少し淋しがらずに待っていてください。本を持って行きましょう。では、さようなら、ワーレンカ。

心からあなたの幸福を願う

マカール・ジェーヴシキン

六月二十日

親愛なるマカールさん

取り急ぎお便りします。内職を期限までに仕上げなければなりませんので、あまり時間がないものですから。いいですか、実はね、すばらしい掘り出し物があるんですよ。フェドーラが申しますには、彼女の知り合いのところで、ほとんど新品同様の文官用の制服と、下着、チョッキに制帽が売りに出されていて、これがどれもとてもお安いんですって。ですから、お買いになったらいいんじゃないでしょうか。だって今は、そんなにお困りじゃないんでしょう。お金もお持ちなんだし。あなたがご自分でそうおっしゃってますものね。お願いですから、あまりケチケチなさらないでくださいね。だってこれはみな、必要なものばかりですもの。ご自分のお姿を見てごらんなさい！　どんなに古い服をお召しになっているか。恥ずかしいじゃありませんか。継ぎはぎだらけですよ。新しい制服はお持ちじゃないでしょう。あなたは持っていらっしゃると主張なさいますが、お持ちでないことは、私、知っています。いったいどこへ売り払っておしまいになったのか。ですから、どうか私の言うことをお聞きになって、あの掘り出し物を買ってください。どうか私のためと思って、そうなさってください。もし私を愛していらっしゃるのなら、お買いになってください。

あなたは私にインナー・シャツを贈ってくださいました。でもいいですか、マカールさん、これじゃあなたは破産してしまいますよ。冗談じゃありません。私のためにいったいいくら散財なさったことか——もう大変な額のお金ですよ！　ああ、なんてあなたは無駄遣いがお好きなんでしょう！　私は何も要りません。何もかもほんとうに余計なものだったのです。あなたが私を愛してくださっていることはわかっています、確信しています。ですから、山のようなプレゼントでわざわざそのことを思い出させてくださる必要はないのです。私、あなたからプレゼントを頂くのはつらいんです。それがあなたにとって、どれだけのご負担かわかっていますから。もう金輪際、おやめになってくださいね。いいですね？　どうかお願いですから。マカールさん、私の手記の続きを送ってくれ、最後まで書き上げるようにとのご依頼ですが、私はあそこまで書いたことでさえ、いったいどうして書けたのかよくわかりませんし、今はもう、私の過去について何か語るだけの気力がありません。それを思い出したくもないのです。あのことを思い出すと、恐ろしくなってしまうのです。哀れな我が子を、あの極悪非道の者たちの餌食《えじき》に残していかなければならなかった可哀相なママのことを話すのは、私にとって何よりもつらいのです。それを思い出すだけで、心が血まみれになってしまうほどなのです。どれもこれもまだあまりにも生々しい思い出なので、じっくり振り返ることもできませんし、ましてや心を静めることもできません。もう一年以上も前のことなのに。でもあなたは、みんなご存知でしょう！

今、アンナさんが何を考えているかについては、もうお話ししましたね。アンナさんは私のことを恩知らずだと責め、アンナさんとブイコフ氏が結託しているという非難は、頑として受け入れません。私に自分のところに来て住むようにと勧めるのです。彼女によれば、私は人のお情けにすがっている乞食同然で、よくない道に踏み込んでいるのだそうです。もし私が彼女の元へ帰るなら、ブイコフ氏との一件はすべてうまく片をつけてあげるし、ブイコフ氏が私に対して犯した罪の償いはちゃんとさせるからと言うのです。ブイコフ氏は、私に持参金をプレゼントしたいと言っているそうです。呆《あき》れた人たちです！　私はここにいて、幸せなんです。あなたもいらっしゃるし、善良なフェドーラがいてくれるのですから。フェドーラの私に対する愛情を見ていると、亡くなった乳母《ばあや》のことを思い出します。あなたは私にとって遠い親戚ですけれど、ご自分の名にかけて私を守ってくださいます。あの人たちのことはわかりません。できることなら忘れてしまいたいのです。いったいこれ以上、何を私に望んでいるんでしょう？　フェドーラは、そんなことはみなただのデマで、あの人たちも結局は私のことを忘れて、そっとしておいてくれるだろうと言っています。ほんとうに、そうなってくれたらいいのですけれど！

V・D

六月二十一日

私の愛しいワーレンカ

あなたに手紙を書きたいのですが、何から書けばいいのかわかりません。こうしてあなたのすぐそばで暮らせることが不思議でなりません。こんなことを申し上げるのは、私は今までに、こんなに嬉しい気持ちで日々を過ごしたことがないからです。まるで神様が、家と家族をお恵みくださったかのようです！　あなたはほんとうに愛らしい、いい子ですね！　それなのに、私が送った四枚のインナーのことで、何をごたごたおっしゃるんですか。だって、あなたはご入用《いりよう》だったんでしょう？　フェドーラから聞きましたよ。それに私にとってはね、あなたを喜ばせることが特別の幸福なんですよ。これこそが私の喜びなのですから、どうか放っておいてください。私のしたいようにさせて、反対なさらないでください。これまでこんなことは一度もありませんでした。私は今ようやく世の中に出たのです。まず第一に、現在の私は、二倍充実した人生を生きています。なにしろ、あなたも生きていらっしゃる。しかもすぐそばに住んでいらして、私の慰めになってくださっているからです。第二に、今日はここの住人で、私の隣人であるラタジャエフが私をお茶に招《よ》んでくれたのです。これは例の役人ですが、この人のところではときどき晩に文学の会を開くのです。今晩、その集まりがあります。皆で文学を読むのです。今はこんな暮らしぶりなんですよ――どうです！

では、ごきげんよう。いや、こんなことはみな、ただなんとなく書いただけで、さしたる目的があるわけでもありません。ただあなたに、私が無事息災に暮らしていることをお知らせしたかっただけなのです。可愛いワーレンカ、テレーザを通じて、刺《し》繍《しゅう》のための色物の絹糸がご入用だと聞きました。買いますとも、ぜひとも絹糸を買いましょう。明日にでもさっそく、あなたをすっかり満足させられる喜びを私に味わわせてください。どこで買えばいいのかも、もうわかっています。では、これで失礼します。

いつもあなたの誠実なる友である
マカール・ジェーヴシキン

六月二十二日

親愛なるワルワーラさん

あなたにお伝えしなければならないことがあります。私たちの家で、この上もなく悲しい出来事が起きました。ほんとうに心から同情すべきことです！　今朝四時過ぎか猩紅熱《しょうこうねつ》かに、ゴルシコフ家の幼い息子が亡くなったのです。どうして死んだのか、何かだったのか、それはさっぱりわかりません！　お悔やみに行きましたが、いやはやその貧しいことと言ったら！　それに部屋の中がもうめちゃくちゃなんですよ！　それも無理からぬことです。なにしろ一家全員が一つ部屋に暮らしていて、ただお体裁にいくつかの衝立で仕切っているだけなんですから。もう小さなお棺も置いてありました――何の飾りもありませんが、なかなかよいお棺でした。出来合いのものを買ったそうです。亡くなった坊やは九歳でしたが、将来が楽しみな子だったという話です。あの人たちは、気の毒で見ていられませんでしたよ、ワーレンカ！　母親は泣いていません。けれどもそれはそれは悲しそうなんです。可哀相に。あの人たちはひょっとすると、これで一人分肩の荷が下りたんで、むしろ楽になったのかもしれません。まだ二人いるんですからね。乳飲み子《ち》と小さな女の子が――そう、六歳ぐらいでしょうか。実際、子供が、しかも血を分けた子供が苦しんでいるのに、何もしてやれないのはほんとうにつらいものです！　父親は古い手垢まみれの服を着て、壊れた椅子に座っています。涙を流していますが、もしかすると悲しみのせいではなく、ただいつもどおりなのかもしれません。彼の目はただれているのです。いや、実に変わった男です！　話しかけられると、いつも顔を赤らめ、どぎまぎして何と答えたらいいのかわからなくなってしまうのですから。彼の小さな娘がお棺にもたれかかって、可哀相に、それは淋しそうな顔で物想いに耽っているじゃありませんか！　ワーレンカ、私は子供が物想いに沈んでいるのは嫌いですね。可哀相で見ていられないんですよ！　ぼろきれで作った人形が、すぐそばの床の上に転がっているのに、それで遊びもしないで、唇に指を一本当てて立ち尽くしたまま身じろぎもしないのです。女主人《おかみ》がお菓子をやると受け取りましたが、食べようともしません。悲しい話でしょう、ワーレンカ、ねえ、そうでしょう？

マカール・ジェーヴシキン

六月二十五日

ほんとうに優しいマカールさん

あなたのご本をお返しいたします。これは、およそくだらない本です！　手に取ってみるまでもありません。こんなお宝をいったいどこで掘り出したんでしょう？　冗談はさておき、マカールさん、ほんとうにこんな本がお好きなんですか？　先日、何か読むものを届けると約束してくれた人がいます。もしよろしかったら、ご一緒に読みましょう。

今日は、これでさようなら。ほんとうにもう、これ以上書くひまがないのです。

V・D

六月二十六日

愛しいワーレンカ

実はあの本を、私は読んでいないんです。たしかに数ページは読んで、これは馬鹿馬鹿しいただ人を笑わせるためだけに書かれたものだとわかったのですが、でもきっと、ほんとうに楽しいものかもしれない、もしかしたらワーレンカの気に入るかもしれないと思って、さっさとあなたに送ってしまったのです。

ラタジャエフが、何か本物の文学作品を読ませてくれると約束してくれましたので、あなたにも何冊か貸してあげますよ。なにしろラタジャエフは、よく心得ているこの道の達人です。自分でも文章を書くんですが、その書きっぷりたるや！　実に大胆な筆遣いで、スタイルは深遠そのもの。つまり言葉の一つ一つに深い意味があって、どんなにつまらない、最もありふれた低俗な、それこそどうかすると私がファルドニやテレーザに使うような言葉でさえも、彼が使うとちゃんと立派な文体の文章になるんです。私はよくラタジャエフのところの夜の集まりに出ますが、そこでは煙草をふかしながら彼の朗読を聴くんです。明け方の五時頃まで朗読は続きますが、私たちはずっと耳を傾けています。もう文学というより、美味なる御馳走です！　それはそれは魅力的な花、そう、まさに百花繚乱《りょうらん》ですよ。すべてのページで花束ができるぐらいにね！　彼は実に感じがよくて善良で優しい男なんです。私なんぞ彼を前にしたら、何でしょう？　まったくの無ですよ。あれは、名声ある男です。それに引き換え私なんて、存在しないも同然です。そんな私にも目をかけてくれるんですからね。私は彼のために多少清書をしてあげています。でもワーレンカ、私が清書をしてあげるから、それで彼が親切にしてくれるのだなどと、妙なからくりがあるなんて思わないでくださいよ。そんな下劣なデマを信じないでください。いや、私は自発的に自分の意志で、彼に喜んでもらいたくてやっているのです。そして彼が私に親切にしてくれるのもまた、私を喜ばせるためなんです。私は人の振る舞いのこまやかな配慮というものはちゃんとわかります。あの人は善良な、実に善良な人で、類稀《たぐいまれ》な作家です。

それにしても文学というのは、いいものですね、ワーレンカ。実にいいものです。私は一昨日、あの人たちのところで、このことに気づきました。いや、まったく奥深い！人の心を励まし教訓を与え、それにまだ他にも、あの人たちのところの本にはありとあらゆることが書いてあります。とてもよく書けているんですよ。文学というものは、絵画ですね。というより、ある意味で絵画であり、鏡なのですね。情熱の表現であり、極めて繊細な批判であり、教訓であり、記録資料です。こういうことはみな、あの人たちのところで、目を肥やすことでわかるようになったのです。正直に言ってしまいますがね、あの人たちの中に座って話を聴いていても（やはりあの人たちのように、たぶん煙草など吸いながら）、いろいろな問題について論争が始まると、私はただもう尻ごみしてしまうんです。私やあなたはひたすら降参するしかないんですよ。こういうときには、自分がおよそ無知蒙昧《もうまい》の間抜けであることがわかり、己が恥ずかしくて、一晩じゅうなんとかして皆の話にせめて一言でも差し挟めないかと必死で言葉を探すのですが、その一言が、まるでわざとのように出てこないんですね！　自分が情けなくてね、ワーレンカ、どうして自分はこう駄目なんだろうと……。諺にもあるでしょう、馬齢《ばれい》は重ねても知恵はお留守とね。だって今の私は、暇なときに何をしているかと言えば、およそ馬鹿みたいに眠りほうけているんですからね。惰眠を貪っていないで、なにか楽しいことでもすればいいのに……。たとえば机の前に座って何か書いてみるとか。そうすれば自分にとっても有益ですし、他人を楽しませることもできるのです。それにしてもワーレンカ、いいですか、こう言っちゃなんですが、あの連中がどれだけ稼いでいることか！　ラタジャエフ一人とってみても、どれだけ稼いでいるでしょう！　彼にとって印刷全紙[9]一枚書くのなんてなんでもないでしょう。一日で全紙五枚分も書くことだってあるんですから。全紙一枚で三百ルーブルも取るんだそうです。ちょっとした小噺《アネクドート》か奇抜な話でも書けば、五百ルーブル、何がなんでもよこせ、嫌ならよそに行きゃ一千ルーブルだってもらえるんだから、なんて調子

9　印刷物にして十六ページ分に相当する。

ですからね！　どうです、ワルワーラさん？　それにあの人は、小さな詩集のノートも持っているのですが、どれもちっぽけな詩なのに七千ルーブル、そう七千ルーブルも要求しているんですよ。呆れたもんでしょう。だってそれはもう不動産、それもかなり大きな家が買える額ですよ！　向こうは五千ルーブルなら出すと言うのに、あの人は受け取らないんです。私が一所懸命説き伏せようとして「五千ルーブルはもらっておきなさいよ。それで連中には唾《つば》でもひっかけておけばいいんですよ——なにしろ五千ルーブルってお金ですからね！」と言うと、「いや、七千はよこすはずだ、あのペテン師たちめ」と言うんです。まったく実に抜け目のない男ですよ！

話がこうなったからにはいいでしょう、『イタリアの情熱』からちょっと抜書きしてみます。これは彼の作品のひとつなんです。ワーレンカ、まあ読んでごらんなさい。そしてご自分で判断なさってください。

《……ウラジーミルはぶるっと身震いすると、彼の身の内で情熱がふつふつと煮えたぎり、血が沸き立った……。

「伯爵夫人」と彼は叫んだ。「ああ伯爵夫人！　この情熱がどれほど凄《すさ》まじく、この狂気がどれほど果てしないものか、あなたはご存知でしょうか？　いや、私の空想したとおりでした！　私は燃えるように、狂うがごとく猛烈にあなたを愛しています！　たとえあなたのご主人が、心臓の血を一滴残らず流しても、私の魂の狂おしく燃えたぎる歓喜を押しとどめることはできますまい！　取るに足らぬ障害など、疲れきった私の胸を掻き毟《むし》り地獄の炎のごとくすべてを焼き尽くすこの火を、消し止めることはできませぬ。おおジナイーダ、ジナイーダ！……」

「ウラジーミル！……」伯爵夫人は、我を忘れ、彼の肩に身をゆだねて囁いた……。

「ジナイーダ！」歓喜に満ちたスメリスキーは叫んだ。

彼の胸の内から吐息が漏れた。情熱の火は赤々とした炎となって愛の祭壇で燃え上がり、不幸な恋の受難者たちの胸を責め苛んだ。

「ウラジーミル！……」陶然として伯爵夫人は囁いた。彼女の胸は高く波打ち、頬は薔薇色に燃え、目はきらきらと輝いている。

新たな恐るべき契りが結ばれたのだ。

……………………………………………………………………

半時間後に、老伯爵が奥方の閨房《けいぼう》に入って来た。

「どうだね、おまえ、大事なお客様のためにサモワールの用意をさせないかい?」伯爵は、奥方の頬を優しく撫《な》でながら、そう言った。》

さてワーレンカ、お訊ねしたいのですが、これをお読みになっていかがですか? たしかにいささか自由奔放です。これはもう、言うまでもありません。でもその代り素敵でしょう。良いものは良いんですよ! ではもう一つ、今度は『エルマークとジュレイカ』という小説の一節をお目にかけましょう。いいですかワーレンカ、シベリアの征服者にして獰猛《どうもう》で恐ろしいコサックのエルマークが、彼の俘虜《ふりょ》となったシベリアのクチュム王の娘ジュレイカと恋に落ちたのです。この出来事があったのは、ご存知のように、まさにイワン雷帝の時代のことです。さあエルマークとジュレイカの対話です。

《「おまえは俺を愛しているのだろう、ジュレイカ! おお、何度でも繰り返して言っておくれ!……」

「愛しているわ、エルマーク」ジュレイカは囁いた。

「天よ地よ、おまえたちに感謝する！　俺はなんという幸せ者だ！……おまえたちは、不安に搔き立てられた俺の精神が少年の頃から追い求めてきたものを、何から何まで与えてくれた。俺の導きの星よ、よくぞここへ連れて来てくれたものだ。おまえは、まさにこのためにこそ、石の帯《カーメンヌイポヤス》たるウラル山脈を越えてこの地に導いてくれたのだ！　俺は、世界中に我がジュレイカを見せてくれよう。そうすれば、凶暴な怪物にも似たあらゆる者どもも、あえて俺を責めはしまい！おお、あの者どもに、ジュレイカの優しい心に秘めたこの苦悩がわかれば、我がジュレイカの一粒の涙にこめられた詩篇全体が読みとれるなら！　おお、その涙を我が接吻《せっぷん》で拭わせておくれ、その天上のものなる涙を俺に飲ませておくれ……この世ならざる乙女よ！」

「エルマーク」とジュレイカは言った。「この世は悪意に満ち、人々には正義のかけらもありません！　皆は私たちを追いたて責めることでしょう。我が愛しのエルマーク！　懐かしいシベリアの雪原の、我が父の天幕の中で育ったこの哀れな乙女は、あなたがたの氷のように冷酷無情で尊大な世界で、この先どうしていけばいいのでしょう？　皆は決して私のことなどわかってくれますまい、おお私の愛しい人よ！」

「その時こそは、コサックのサーベルを連中の頭上に振り上げ、ひゅーっと空《くう》を切って打ち下ろすまでのこと！」エルマークはそう叫ぶなり、ぎらりと獰猛な視線を走らせた。》

さて、ワーレンカ、ジュレイカが殺されたことを知ったときの、このエルマークの心情やいかに？盲目の老父クチュムが、夜陰に乗じて、エルマークの留守に彼の天幕に忍び込み、王笏《おうしゃく》と王冠を奪ったエルマークに致命的打撃を与えんがために、自らの手で娘を殺《あや》めたのです。


《「鋼鉄《はがね》を石で磨くことのなんという快さ！」エルマークは、己《おの》が剣をシャーマンの岩で研ぎながら、猛《たけ》り狂って叫んだ。

「俺が望むのは、あの者どもの血、血なのだ！　斬って斬って、斬りまくってみせよう!!!」》

そしてすべてを成し遂げた後、エルマークは、ジュレイカなしではとても生きてゆくことはできずに、イルトゥイシ河に身を投げ、これで物語は幕を閉じるのです。

さて、次は、滑稽な調子で人を笑わせるために書かれた作品のほんの一節ですが、たとえばこんなものです。

《あなた、イワン・プロコフィエヴィチ・ジェルトプズをご存知ですか？　ほら、例のプロコフィ・イワノヴィチの足に嚙《か》みついた男ですよ。なにしろイワンさんは気性の荒い男ですが、その代り精神は稀に見るほど高潔です。それに引き換えプロコフィさんときたら、大根に蜂蜜をつけて食べるのがめっぽう好きというおめでたい男ですからね。まだペラゲヤ・アントノヴナとねんごろだった頃……そう、ペラゲヤさんはご存知ですね？　いつもスカートを裏返しにはいている、あのペラゲヤさんですよ》

こりゃ滑稽じゃないですか、ワーレンカ。堪らないほど滑稽でしょう！　ラタジャエフが朗読してくれたとき、我々は皆、笑い転げたものです。いやはやなんて男なんでしょう！　たしかにこれは少しわざとらしいし、ふざけすぎているかもしれませんが、その代り無邪気なもので、自由思想だのリベラリズムだのはみじんもありません。それに一言申し上げておきますが、ラタジャエフの品行は申し分ありません。それゆえずば抜けて素晴らしい作家なのであり、他の作家とはわけが違うのです。

ところで実際、どうかすると、こんなことが思い浮かぶんです……。もし私が何か書いたら、どうなるんだろう？　たとえば突然、藪から棒に、こんなタイトルの本が出たとします——『マカール・ジェーヴシキン詩集』！　そうしたら、あなたはなんておっしゃるでしょうね、天使さん？　あなたはどんな印象を受け、どう思われるでしょう？　私自身の気持ちを言えばですね、もし私の本が世に出たら、ネフスキー大通りに顔を出すことなんて金輪際できませんね。だって誰も彼もに、ほら、あれが作家で詩人のジェーヴシキンだぞ、まさにジェーヴシキン本人だなどと言われたらどんな気がするでしょう！　もしそんなことになったら、たとえば靴をどうしたらいいんでしょう？　ことのついでに言っておきますがね、実は私の靴はほとんどいつも継ぎはぎだらけで、その上、靴底がみっともなく剝がれてしまっていることさえあるんです。作家のジェーヴシキンは靴が継ぎはぎだらけなんだぜ！　なんて、皆に知られてしまったら、どうすりゃいいんでしょう？　どこかの伯爵夫人か公爵夫人がそれを知ったら、なんとおっしゃるでしょう？　いや、そういう方たちは、たぶんご自分では気づかれないでしょう。伯爵夫人のような方たちは、おそらく靴に、ましてや小役人の靴になんぞ、なんの関心もお持ちでないでしょうから（だって、靴と言ったってピンからキリまでありますからね）。そういう方には、周囲の人があらゆることを吹き込むんです。友人たちが私の秘密をばらしてしまうでしょう。そう、あのラタジャエフなど真っ先にやるでしょうね。あいつはV伯爵夫人のところへよく行くんです。招待日には毎回、しかもごく気軽に訪問するんだと言っています。夫人はたいそう文学好きのお方だそうですよ。いや、あのラタジャエフってのは、実に抜け目のない男ですよ！

それにしても、この話題はもうたくさんです。こんなことを書いたのはみな、あなたを少しでも楽しませるため、慰めるためなんですよ、天使さん。

ごきげんよう、ワーレンカ！　ずいぶんたくさんのことを書き散らしましたが、それも今日は最高にいい気分だったからなのです。皆でラタジャエフのところで食事をしたのですが（なにしろあの連中は、羽目を外してどんちゃん騒ぎをしますからね！）、ワインをどれだけ空けたことか……いや、こんなことをあなたに書いても仕方ありませんね！　でもいいですか、ワーレンカ、私のことを変に勘ぐらないでくださいよ。これはすべて、なんの他意もなく書いたことなのですから。

何冊か本をお届けしましょう、必ずお届けいたします……。今、ポール・ド・コック[10]のある作品がたいそうな人気です。でも、ポール・ド・コックは、あなたには向きません……いや、駄目です！　あなたにポール・ド・コックはふさわしくありません。彼のせいでペテルブルグのあらゆる批評家が義憤に駆られているそうですよ。あなたにはお菓子を一ポンドお送りします。あなたのためと思って買ったものです。どうぞ召し上がってください。そして、一つ召し上がる度に、私のことを思い出してください。ただし、ドロップは噛まないで、舐《な》めるだけにしてください。さもないと歯が痛くなりますからね。あなたはたぶん、砂糖漬けフルーツもお好きではないでしょうか？　どうぞお手紙に書いて教えてください。ではこれで、さようなら。ごきげんよう。

常に変わらぬあなたの忠実な友である

マカール・ジェーヴシキン

六月二十七日

親愛なるマカールさん

フェドーラの話では、ある方たちが私の立場に同情してくださり、私さえ望めば住みこみの家庭教師のいい口をお世話してくださるのだそうです。マカールさん、どうお思いになります？　私、行くべきでしょうか、行かないほうがいいでしょうか？もちろん、そうなれば私はあなたの重荷にならなくてすみますし、たぶんいい稼ぎ口だと思います。でもその反面、見知らぬ家に入ることは、なんとなく恐ろしい気もします。相手はどこかの地主だそうですが、やがて私の身の上を知ったら、興味津々であれこれ訊ねるでしょう。そうしたら、何と言えばいいのでしょう？　しかも私は、

10　フランスの大衆作家（一七九三～一八七一）。その作品は、一八四〇年代、ロシアの保守的批評界では不道徳な読み物とされていた。

こんなに人見知りのはにかみ屋なんですもの。住み慣れた場所にずっと落ち着いているのが好きなんです。慣れたところのほうがなんだか居心地がいいんです。楽しいことばかりではありません。つらいことと悲しいこともあって、どうにかこうにか暮らしている毎日ですが、それでもやはりこのほうがいいんです。その上、ペテルブルグを出てどこか遠いところへ行くわけですし、どんな仕事が待っているのか誰にもわかりはしません。もしかすると、単に子供たちのお守《も》りをさせられるのかもしれません。なにしろ二年間で三人も家庭教師を替えているような人たちなんですから。マカールさん、どうかお願いですから助言をください——私は行くべきでしょうか、やめたほうがいいでしょうか？

それにしてもどうしてちっとも私のところへいらしてくださらないの？　めったにお目にかかることもありません。ほとんど日曜日のミサでお会いするだけです。なんて人嫌いなお方でしょう！　まるで私のようじゃありませんか！　私はあなたにとって、親戚も同然ですのに。私を愛してはくださらないの、マカールさん？　ときどき一人でいると、悲しくて堪らなくなるのです。特に黄昏《たそがれ》どきに一人ぼっちでいるときは。フェドーラがどこかへ出かけてしまい、一人でじっと考えこんでいると、昔のことが何もかも、嬉しかったことも悲しかったことも思い出されるのです――ありとあらゆることが目の前に思い浮かび、すべてが霧の中からちらちらと姿を現すのです。懐かしい人々の顔が現れ（このごろはほとんど実在のもののようにハッキリと見えます）、なかでもいちばんよく姿を現すのはママです……。ほんとにもう、私の見る夢ときたら！　自分が身体を壊しているとつくづく感じます。すっかり衰弱してしまい、現に今朝も、寝床から起き上がろうとしたら気分が悪くなりました。それに何より、とても嫌な咳が出るのです！　私はもうじき死ぬのだという予感がします、それがわかっているのです。そうしたら、いったい誰が私を埋葬してくれるのでしょう？　誰が私のお棺の後から付き添って歩いてくれるのでしょう？　誰が私の死を悼んでくれるのでしょう？……その上もしかしたら、見知らぬ土地の見知らぬ家の片隅で死ななければならないのかもしれないのです！……ああ、マカールさん、生きることは、なんて悲しく憂鬱なんでしょう！……それにしてもあなたは、どうしてこうしょっちゅう私にお菓子をご馳走してくださるの？　私、本当にいったいどこからあなたがこれだけのお金を手にお入れになるのかわかりません。ああ、私の大切なお友達のマカールさん、お金を大事にしてください。お願いですから無駄遣いをなさらないで。私が刺繡をしたカーペットをフェドーラが売ってくれて、紙幣で五十ルーブルもらえるんです。これはとても素晴らしいことでしょ。もっと安くにしかならないと思っていましたのに。フェドーラに銀貨で三ルーブル[11]やり、自分のためには、ごくあっさりした暖かい服を一着縫うつもりです。あなたにはチョッキを作って差し上げます。いい生地を選んで、私が自分で縫います。

フェドーラが本を一冊手に入れました。『ベールキン物語』です。もしお読みになりたいようでしたら、お届けいたします。ただどうぞ汚さないで早めにお返しくださいね。借りた本ですから。これはプーシキンの作品です。二年前、私はママと一緒にこの作品を読みました。ですから今これを読み返すのは、ほんとうに悲しいのです。あなたも何か本をお持ちでしたら、私に貸してください——ただしラタジャエフのところで入手なさったものでなければね。あの人は、自分の作品で出版したものがあるなら、きっとそれをよこすでしょう。どうしてあの人の作品がお好きなの、マカールさん？　あんなつまらないもの……。

では、ごきげんよう！　すっかりおしゃべりしてしまいました！　悲しいときは、せめて何かおしゃべりするのが嬉しいんです。これはお薬ね。たちまち気が楽になります。特に、心に積もったことを何もかも打ち明けてしまったときは。さようなら、私の親友のマカールさん、さようなら！

あなたのＶ・Ｄ

六月二十八日

愛しいワルワーラさん

嘆き悲しむのはおやめなさい！　恥ずかしいじゃありませんか。もうたくさんですよ、私の天使さん。どうしてそんなふうに考えるんです？　あなたは病気なんかじゃありません。病気なもんですか。花盛りです、ほんとうに青春真っ只中の花盛りですよ。たしかにちょっと青白い花ですが、それでも花盛りには違いありません。それにそんな夢やら幻やらをご覧になるなんて、どうしたことでしょう！　いけませんよ、

11　紙幣に換算すると十ルーブル半。

ワーレンカ、もうたくさんです。そんな夢や幻はうっちゃっておしまいなさい。どうして私はよく眠れるのでしょう？　なぜ私には何も妙なことが起こらないんでしょう？　私をよく見てごらんなさい。のほほんと生きていて、ぐっすり眠っていますし、元気一杯、ぴんぴんしていて、見ているだけで愉快なくらいでしょう。もうたくさんですよ、ワーレンカ。そんなにくよくよしているのは恥ずかしいことですよ。どうかそういうところを直してください。だってあなたの考え方はわかっていますからね。ちょっとでも何かあると、たちまちあれこれ物想いに耽って滅入《めい》ってしまうんですから。どうか私のためだと思って、そんなことは止めてください。知らない人のところへ出て働くですって？――とんでもない！　駄目です、絶対にいけません！　どうしてそんなことを考えつくんです。どうなさったんですか？　しかもどこか遠いところへいらっしゃるなんて！　いけません、ワーレンカ、私が許しません。そんな計画は、全力で阻止します。私は古い燕尾服を売っ払い、たとえシャツ一枚で街を歩くことになっても、あなたに貧乏はさせません。駄目です、ワーレンカ、絶対にいけません。私はあなたのことをよく知っているんですから。そんなたわけたこと、まったく馬鹿げています！　確かなことは、何もかも悪いのはフェドーラだということです。あなたがそんなことを思いついたのは、あの愚かな女にそそのかされたのでしょう。あの女の言うことなんか信じちゃいけませんよ。たぶんあなたは、まだすべてを知らないのでしょう？……あれは、愚かでがみがみと口喧《くちやかま》しい女です。亡くなった亭主だって、あの女にいびり殺されたんです。それともたぶん、あの女が何かあなたを怒らせるようなことをしたんじゃありませんか？　いやいや、ワーレンカ、どんなことがあっても、絶対に駄目です！　そんなことになったら私はどうなるんです？　私は何をすればいいんです？　いや、ワーレンカ、そんなことは頭の中から放り出してください。

あなたは私たちと一緒にいて、何が不足なんです？　あなたがいてくだされば、私たちは嬉しくて堪りません。あなたも私たちを愛していらっしゃる——ですから、このままそっと静かにお暮らしなさい。お裁縫か読書でもして。いや、むしろお裁縫なんかなさらないで——どちらでも構いません。とにかく私たちと一緒に暮らしてください。さもなければ、考えてもごらんなさい。あなたがいなくなった暮らしがどんなものになるか？……あなたに本を届けてあげます。それからたぶん、またどこかへ散歩に行きましょう。ただ、あなたの気まぐれはもうたくさんです。もっと利口になって、つまらないことで無茶な真似をしようなんて思わないことです！　あなたのところへ伺います。なるべく早くに伺います。その代り、私が率直に正直に申し上げたことを受け入れてください。いけませんね、ワーレンカ、とてもよくないことです！むろん私は無教養な男で、自分でもそれは知っています。金がなくて、ろくすっぽ教育も授けてもらえなかったのです。でも話をそちらに向けるつもりはありません。いま問題なのは私のことではありません。それより、あなたがなんとおっしゃろうと、私はラタジャエフの擁護に立ちます。彼は友人ですからね。私は彼を守りたいんです。彼の文章はうまいもんです。実に、いやまったくうまく書けていますよ。あなたのご意見には同意しかねます。どうしても同意できませんね。文体は華麗だし、それでいて歯切れよく、さまざまな人物像もいろいろな考えも描かれています。実に立派なものですよ！　あなたはたぶん、お読みになったとき、上の空でいらしたんでしょう、ワーレンカ。あるいは不機嫌でいらしたか、何かでフェドーラに腹を立てていらしたか、それとも嫌なことでもあったんじゃないでしょうか。いえ、これはもっと気を入れて、よく読んでみてください。あなたが満ち足りた気持ちで楽しく愉快な気分のときに、そう、たとえば、キャンディでもなめていらっしゃるときに――そういうときにこそ、読んでごらんなさい。ラタジャエフよりうまい、それもずっとうまい作家がいることには、私も反論しません（反論する人なんて、いやしません）。でも、そういう他の作家たちも良ければ、ラタジャエフも良いのです。彼らもうまく書くし、ラタジャエフもうまく書くというわけです。彼は自分のやり方で好きなように、ぼちぼち書いています。そうやって好きなように書くというのは非常に良いことなんです。

それじゃ、さようなら、ワーレンカ。もうこれ以上書き続けるわけにはいきません。急いで片付けてしまわなければならない仕事があるんです。お大事に、愛しいワーレンカ、どうぞ安心なさい。神様が守ってくださいますように。

あなたの忠実なる友である
マカール・ジェーヴシキン

ＰＳ　ご本をありがとう。プーシキンも読んでみましょう。今晩必ず伺います。

七月一日

親愛なるマカールさん

いいえ、私は、あなた方のもとでは生きてゆけません。よく考え直して、あんなにいいお話を断わるのはたいそう悪いことだと思いました。あちらへ行けば、とにかく毎日のパンだけは確実にあるのですもの。よその方に親切にしていただけるように、一所懸命努力しますし、必要とあらば、自分の性格を変えることさえしようと思っています。もちろん他人のなかで生きること、他人のお情けにすがり、自分の感情を押し殺してゆくのはつらく苦しいことでしょうが、神様が助けてくださいます。一生、人見知りでいるわけにもいきません。昔も同じようなことがありました。まだ小さかった頃、寄宿学校に入っていました。いつも日曜日は一日じゅう家にいて、飛んだり跳ねたりしてははしゃぎ廻り、ときにはママに叱られることもありましたがへっちゃらで、ずっと心はうきうき、明るい気分でした。やがて夜が近づいてくると、猛烈な悲しみに襲われます。九時には寄宿学校に戻らなくてはならないのですが、あそこでは何もかもがよそよそしく、冷たく、厳しいのです。女の先生《マダム》たちは月曜日は特に怒りっぽいので、胸が締めつけられ、泣きたくなってしまいます。部屋の片隅に行って、一人ぼっちでしばらく泣いたものです。涙を隠しながら——だって泣いていると、怠け者だと言われてしまいますから。でも私が泣くのは、勉強しなければならないこととは全然関係ないのです。それがどうでしょう。やがて私は慣れてしまい、今度は寄宿学校を出るときに、友人たちとの別れがつらくて、やはり泣いたものです。

それに、私があなた方お二人の重荷になっているのは、よいことではありません。それを考えると、やりきれないのです。このことについて、あなたには何もかも率直にお話ししますが、それはあなたには何でも正直にお話しする癖がついてしまったからです。フェドーラが毎日、毎朝早くから起き出して洗濯にとりかかり、夜遅くまで働きづめだということを、私が知らないとでもお思いでしょうか？ 老人は休息を好むものです。あなたが私のために破産しかけていらっしゃること、なけなしのお金をすべて私のためにはたいていらっしゃることを、私がわかっていないとでもお思いでしょうか？ あなたのような経済状態でなければまだしも！ たとえ最後のものまで売り払っても、私に貧乏はさせないと書いていらっしゃいますね。信じますとも、あなたの善良なお心は、私、信じています——でも、今だからあなたはそんなことをおっしゃっているのです。今は思いがけないお金が入ったのでしょう。ボーナスをおもらいになったから。でもこの後はどうでしょう? あなたもご存知のように、私はいつも病気にばかりなっています。あなたと同じようには働けないのです。そうできれば心から嬉しいのですが……。それにお針仕事だって、そういつもあるわけじゃありません。

では私はどうしたらいいんでしょう? 優しいお二人を見ていると、やるせなくて胸が張り裂けそうです。どうしたら、せめてほんの少しでもお二人の役に立てるでしょうか? それにしても、どうして私があなたにとって、そんなに必要な人間なの? 何もよいことをして差し上げたこともないのに。私はただ全霊を捧げて、あなたを強くしっかりと心から愛しているだけなのです。それにしても、私の運命はなんてつらいんでしょう!――私のできることといったら愛することだけで、何一つ善を為《な》すことも、あなたのご親切に対してお返しをすることもできません。どうかこれ以上、私を引き止めないでください。よくお考えになって、最終的なご意見をお聞かせください。お返事をお待ちしつつ。

あなたをお慕いする

V・D

七月一日

馬鹿馬鹿しい、ワーレンカ、まったく馬鹿げたことです！　放っておくと、あなたのおつむは、いったいなんてことを思いめぐらすんでしょう。これも駄目なら、あれも駄目、というわけでしょう！　でも、私は今ハッキリわかるんです。そんなのはみな、馬鹿げた考えです。あなたは私たちといて、いったい何が不足なんです？　聞かせてもらいたいですね！　あなたは愛されているし、あなたも私たちを愛していらっしゃる。皆がなんの不満もなくて幸せじゃありませんか――これ以上、何が必要でしょう？　さあどうです！　それにあなたは他人のなかに入って何をなさるおつもりです？　実際あなたは他人とはどういうものなのか、まだご存知ないでしょう？　私にいろいろと訊ねてごらんなさい、そうしたら教えてあげますよ、他人とはどういうものかを。私はね、ワーレンカ、他人というものをよく知っているんですよ。他人に食わせてもらったことがあるんです。他人というのはね、そりゃあ意地の悪いもんです。とてもこちらの心臓がもたないくらいです。非難したり叱責したり、嫌な目つきで睨《にら》みつけたりで、苛《いじ》め抜くんですから。

私たちのところにいれば、暖かいし快適で、まるで巣の中でぬくぬくとしているみたいじゃないですか。あなたがいなくなったら、私たちは頭を捥《も》がれたようなもんですよ。あなたなしでどうすればいいのです？　この老いぼれは、何をすればいいのでしょう？　あなたが、私たちにとって必要ではないですって？　役に立たない？　どうしてそんなことがあるもんですか？　いいえ、ワーレンカ、ご自分で考えてもごらんなさい。役立たずどころか大いに私の役に立っていますよ、あなたはそれはそれは良い影響力をおもちです……。ほら、現に今あなたのことを考えていると、私はうきうきするんです……。こうしてときどきあなたに手紙を書いては、感じていることを何もかも吐き出すと、それに対してあなたが詳しいお返事をくださる。あなたにちょっとした服を買ってあげたり、帽子を作ってあげたこともありました。ときにはあなたから何かしらご用命があって、私はそのご用命を……いや、どうしてあなたが役に立たないことがあるでしょうか？　それに私はこんなに年を取って、この先一人で何ができるでしょう？　それこそ何のお役に立てるでしょう？　たぶんワーレンカ、あなたはこのことについてよく考えてはいないのでしょう。まさにこのことこそ、ちょっと考えてみてください――あの人は、私がいなくなったら、用なしじゃないかしら――とね。私はあなたがいてくださることにすっかり慣れてしまったんですよ。それなのに、どうなると思います？　私がネヴァ河に身を投げる、それですべておしまいです。いやほんとうにそうなりますとも！　あなたなしで私が一人残されたら、何をすりゃいいんでしょう！　ああワーレンカ、私のワーレンカ！　あなたは私が荷馬車でヴォルコヴォ墓地に運ばれ、どこかの乞食の婆さんがたった一人で私のお棺を見送り、やがて私の上に砂がかぶせられ、皆、行ってしまい、私が一人ぼっちで残されるのが見たいのでしょう。いけません、ワーレンカ！　いやほんとうにいけないことです！

あなたの本をお返ししますよ。そしてこの本についての感想はどうかとお訊ねなら、私は生まれて初めて、こんなに素晴らしい本を読みましたと申しあげましょう。今は自分でこう訊ねたい気分です――よく私は今まで、まあこう言っちゃなんですが、こんなに阿呆で生きてこられたもんだ――と。いったい何をしてきたのか？　なんたる野人であることか！　だって私はまったく何ひとつ知らないんですからね！　まるきりの無知もいいところです！　ワーレンカ、あなただから、ついざっくばらんに言ってしまいますがね、私は無学な人間で今まで読んだ本もわずかです。いやわずかどころか、ほとんど何も読んでいないのです。『人間の様相』[12]は、なかなかためになる本ですが、これは読んだことがあります。それに『鈴を鳴らして演奏する少年』[13]と『イヴィクスの鶴』[14]、これで全部です。あとは何ひとつ読んだことがないのです。今、あなたが貸してくださった本で、「駅長」を読みました。

言っておきますがね、ワーレンカ、ずっと生きていても、自分の人生がそっくりそのまま手に取るように描かれた本が、自分のすぐそばにあることも知らない、そんなこともあるのですね。以前は自分でもわからなかったことが、こういう本を読みはじめると、ひとりでに少しずつ何もかもが思い出され、あれこれ考えたあげく、ああそうだったのか、と謎が解けるのです。そして最後にもう一つ、私があなたの本を気に入った理由はこういうことです。世の中には、読んでも読んでも、たとえどんなに頑張っても、実にややこしくてどうにも訳のわからない作品もあるものです。たとえば私は愚鈍です。生まれついての愚か者ですから、あまりごたいそうな作品は読めないんです。でもこれなら読めます。まるで自分で書いたみたいです。これはいわば、自分自身の心をあるがままに取り出して、人々の前にすっかりさらけ出し、何もかも事細かに描いてみせたもの――まさにそんな感じなのです！　実際、単純なものです、どうってこともありません！　私だって同じようなことが書けそうなもんです。まったく、どうして書けないはずがあるでしょう。だって私も同じことを感じているんですから。あの本に書いてあるのとまったく同じことです。

それに私も、あの可哀相なサムソン・ヴィリン[15]と同じような境遇に置かれたこともあるのです。そうですよ、我々の周りにも、あのサムソン・ヴィリンと同じような、気の毒な不運な人たちがどれほどたくさんいることか！　それが何もかも、実にうまく書かれているのですからね！　彼が罪深くも、意識を失うほど飲んだくれたあげく、

12　心理学者・哲学者ガリチ（一七八三〜一八四八）の心理学体系の解説書。一八三四年刊行。

13　フランスの作家デュクレ・デュミニルの小説。一八一〇年と一八二〇年にロシア語訳が刊行された。不運で貧しい少年が、放浪の旅の末、著名な伯爵となる物語。

14　ドイツの詩人シラーのバラード。一八一三年、ジュコフスキーによるロシア語訳が刊行された。

15　プーシキンの『ベールキン物語』の中の一編「駅長」で、主人公の老駅長サムソン・ヴィリンは一人娘のドゥーニャを軽騎兵大尉に連れ去られてしまう。

哀れな姿で羊の毛皮の外套を引っかぶったまま、ひがな一日正体もなく眠りこけていたり、悲しみをパンチ酒[16]で紛らわせ、迷える子羊たる娘のドゥニャシャを思い出しては、薄汚れた外套の裾で目を拭きながらみじめに泣きじゃくるところを読んだときは、私も危うく涙が出そうになりましたよ。いや、これは作り物じゃありません！　あなたも読んでごらんなさい。これは本当のことですよ！　これは生きています！　これは私がこの目で見たことです。こういうことは何もかも、私の周りに現実にあることなんです。たとえばテレーザだって——いや、もっと近くにもいます！　私たちのところの、あの可哀相な小役人だって——ひょっとするとあの男もサムソン・ヴィリンと同じかもしれませんよ。ただし、名前は違って、ゴルシコフですがね。問題は皆に共通のものですよ、ワーレンカ。あなたにも私にも降りかかってくるかもしれません。ネフスキー大通りや河岸《かし》通りにお住まいの伯爵様だって、同じようになるかもしれないのです。ただ、ちょっと違って見えるでしょうけれどね。あの方たちは、万事独特の上流階級のスタイルですからね。それでもやはり同じようになるんです。何だって起こり得ます。私の身にも同じことが起こり得るんです。そういうことになるんですよ。

　それでもまだあなたは私たちから離れていこうとするのですか。ワーレンカ、私は罪を犯すかもしれませんよ。ですからご自分も私も破滅させることになるかもしれないんですよ。ああどうかお願いですから、そんな勝手気ままな考えを捨てて、いたずらに私を苦しめないでください。まだ羽も生え揃っていないか弱いひな鳥のようなあなたが、いったいどこでご自分を養ってゆくおつもりですか！　どうやって破滅や悪人から身を護《まも》ってゆくのですか！　もうたくさんですよ、ワーレンカ、考え直してくださいい。デタラメな忠告や誹謗《ひぼう》に耳を貸さないことです。そして、あなたのご本をもう一度読んでください。注意深く読むんですよ。きっと役に立ちますから。

ラタジャエフに「駅長」の話をしました。彼が言うには、これはもうすっかり古臭くて、今はもっぱら挿絵やさまざまな記述《スケッチ》を盛り込んだ本がはやっているそうです。実際のところ、私はこのとき彼が何を言おうとしたのか、よくわかりませんでした。彼は、プーシキンは優れており、聖なるルーシ［ロシアの古名］の名を高めたのだと結論づけ、その他にもまだたくさん、プーシキンについて私に語ってくれました。いやまったく素晴らしいですよ、ワーレンカ、ほんとうに素晴らしいです。もう一度あ

16　ラム酒などに砂糖や果汁を入れた飲み物。

の本を注意深く読んでごらんなさい。私の忠告に従ってください。私の言うことをよく聞いて、この年寄りを幸せにしてください。そうすれば、神様があなたにご褒美を与えてくださいますよ。きっと与えてくださいます。

あなたの誠実なる友
マカール・ジェーヴシキン

七月六日

親愛なるマカールさん

フェドーラが今日、銀貨で十五ルーブルを持って来てくれました。彼女に三ルーブルをやったとき、可哀相に、フェドーラはどんなに喜んだことでしょう。この手紙は走り書きです。今あなたのために、チョッキを作っているところなんです。なんて素敵な生地なんでしょう――黄色地に花模様です。本を一冊お届けします。この本にはいろいろな小説が入っています。私もいくつか読みましたが、そのうちの一つ、『外套』という作品をお読みになってください。あなたはぜひ一緒に劇場に行こうと誘ってくださいますが、それはお高いんじゃないかしら？　どこか天井桟敷《さじき》のお席なら、まあいいですけれど。私、劇場なんて、もうずいぶん長いこと行っていません。いえ、ほんとうはいつ行ったのか思い出せないほどなのです。ただどうしても心配なのは、そんな娯楽は高くつくんじゃないかしらということです。フェドーラはひたすら頭を振って、あなたはまったく実入りに似合わぬ暮らしをお始めになったと言っています。私自身もそれはわかっています。私一人のために、どれだけ浪費をなさったことでしょう！　どうぞ気をつけてくださいませ。困ったことになりませんように。フェドーラが変な噂について教えてくれました。どうやらあなたがお金を払っていないことで、家主の女主人《おかみ》さんと口論したというのです。私、ほんとうにあなたのことが心配です。

ではこれで、さようなら。私、急いでいますので。ちょっとした仕事ですけれど、帽子のリボンを取り替えているんです。

V・D

ＰＳ　あのね、もし私たちが劇場に行くことになりましたら、私は新しい帽子をかぶって、肩には黒いケープを掛けて行こうと思います。それでいいかしら？

七月七日

親愛なるワルワーラさん

……というわけで、また昨日のお話の続きです。そうなんですよ、昔は私たちも馬鹿な真似をしたものです。その女優に私は惚れたんです。もう首ったけでした。しかしそれだけなら、べつになんてこともないでしょう。いちばんおかしいのは、私はその女優をろくすっぽ見たことがないんです。芝居に行ったのもたった一度きりで、それなのに惚れてしまったんですからね。当時、私のすぐ隣に、血気盛んな若者が五人ばかり住んでいました。私はその連中と親しくなったのです。まあ親しくならざるを得なかったのですが、いつも適当な距離は置くようにしていました。でも、皆に遅れを取るまいと、私は自ら進んで連中のやること為すことすべてに同意していました。

例の女優のことも、連中がさんざん私に吹き込んだのです！　毎晩、劇場が開くや否や、仲間全員が——いつだって、必要最低限の物を買うお金さえ一銭もないくせに——打ち揃って劇場に繰り出し、天井桟敷に陣取ってやんややんやの拍手喝采《かっさい》で、やたらにあの女優の名前を叫んではアンコールの連発です——いやもう、ただ熱狂しているんですね！　その後がまた、寝かしちゃくれないんですよ。夜通しあの女優の話をしまくるんですから。皆が皆、「俺のグラーシャ」と呼んで、彼女一人に夢中で、全員が心に同じ一羽のカナリアを抱いていたというわけです。連中は、無防備な私のことも唆《そそのか》しました。私も当時はまだ若かったのです。自分でもよくわかりませんが、ある日気づいてみれば、連中と一緒に四階の桟敷席に来ていました。見えるものといったら幕の端っこばかりでしたが、その代り声はよく聞こえましたよ。その女優は実に声がよかったんです。よく響く、鶯《うぐいす》のような甘くとろける声でした！　我々は皆、手が痛くなるほど拍手し、叫びまくり、危うくお咎《とが》めを受けるところで、一人などほんとうにつまみ出されてしまったほどです。

私は家へ帰ってからも、熱に浮かされたようにぼうっとなっていました！　ポケットには一ルーブル銀貨が一枚あるきりなのに、給料日までまだ十日ほどもあるんですからね。それでどうしたとお思いですか？　翌日、勤めに出る前に、フランス人の香水屋のところに立ち寄ると、有り金はたいて香水とよい香りの石鹸《せっけん》を買ってしまったのです。いったいどうしてあのときそんなものを買い込んだのか、自分でもよくわかりません。家で食事もせずに、彼女の窓の下をいつまでも行きつ戻りつしていたものです。彼女はネフスキー大通りにある建物の四階に住んでいました。私はいったん家に帰って、一時間かそこら休むと、またネフスキー大通りへ出かけて行きました。ただ彼女の窓辺のそばを歩いてみたいがためなのです。ひと月も私はこんなふうに彼女の後を追いかけていました。しょっちゅうシャレた辻馬車を雇っては、彼女の窓のそばを何度も行ったり来たりしていたのです。とうとう、にっちもさっちも行かなくなり、借金の山を背負い込むことになりました。やがて彼女への熱も冷めました。飽きてしまったのです！　まったく女優一人のせいで、まともな人間がこんなに変わってしまったのですよ、ワーレンカ！　もっとも私も若かった。当時はまだほんの若造でしたからね！……

M・D

七月八日

私の親愛なるワルワーラさん

今月の六日にお借りしたあなたのご本を急いでお返しします。それと共に、この手紙で取り急ぎあなたに釈明したいことがあります。いけませんね、ワーレンカ、私をこんなに切羽詰《せっぱ》まった気持ちにさせるなんて、ほんとうによくないことです。失礼ですが、あえて申し上げれば、ワーレンカ、あらゆる境遇は、至高の神によってそれぞれの人間の運命として定められているのです。ある者は将軍の肩章を身につけることが定められ、別の者は九等官として勤める定めなのです。ある者は命令し、別の者はびくびくしながら従順にそれに従う定めなのです。これはそれぞれの人の才能によってすでに決まっています。ある人には何かの才能があり、別の人にはまた別の才能があるのですが、その才能は神様ご自身が差配なさったのです。

私はもう三十年ほども役所勤めをしていますが、勤務態度は冷静沈着で申し分なく、だらしないだの、いい加減だなどと注意されたことは一度もありません。一市民として私は、それなりの欠点を持っていますが、同時に多少の美徳も兼ね備えた人間だと自覚しています。上司からも尊重されていますし、閣下ご自身も私には満足しておられます。たとえその方たちが今のところまだ好感をお持ちだという特別な徴候《しるし》を示していらっしゃらないとしても、それでもご満足でいらっしゃることを私は知っています。白髪の年まで生きてきましたが、大きな罪を犯した覚えはありません。むろん、小さな罪を犯さない者がどこにいるでしょう？　誰だって罪は犯します。あなたでさえ罪深いのですよ、ワーレンカ！　けれども大きな過失や大それた言動で、つまり規則に反したり、社会の平和を乱したりして、咎められたことなど一度もありません。十字勲章さえ授与されそうになったこともあるんですから――まあそんなことは言わずもがなです！　こんなことはみな、あなたもちゃんとご存知のはずですし、あの男だって知っているべきでしょう。人のことを書くとなったら、そのすべてを知っていなくてはおかしいでしょう。まったくこんな仕打ちをあなたから受けるとは。いやワーレンカ、まさかあなたからこんな仕打ちを受けるとは思ってもいませんでしたよ。

なんたること！　こうなったからには、たとえどんな所であれ、自分の小さな部屋でそっと静かに暮らしていくこともできないじゃありませんか――つまり諺に言う

「水も濁さずに暮らす」ことですが、それは誰にもちょっかいを出さず、神を畏《おそ》れ、自分の身の程をよくわきまえて暮らすことです。その代り、こちらのこともそっとしておいてもらいたい、こちらのあばら家に勝手に忍び込み、いったいどんな暮らしぶりか、たとえばよいチョッキを持っているか、下着はちゃんと揃っているか、靴はあるか、その靴にはどんな靴底が打ってあるのか、何を食べ、何を飲み、何を清書しているのか？……――こうしたことを覗き見されるのは真っ平ごめんです。それに、舗道が悪い所では、ときには私が靴を傷めないように爪先立ちで歩くことがあるとしても、それがなんだというのです！　どうして他人のことを、奴は金に困ってお茶も飲まないことがある、などと書く必要があるんでしょう？　まるで誰も彼もが、必ずお茶を飲まなくちゃいけないみたいじゃないですか！　私が、こいつ何をくちゃくちゃ噛んでいるんだろうと、あらゆる人の口元をじっと見つめたりするでしょうか？　私がそんなことをして、誰かを侮辱したことがあるでしょうか？　いいえ、相手がこちらをそっとしておいてくれるのに、なぜ他人に侮辱を与える必要があるでしょう！

たとえばこういうことですよ、ワルワーラさん。こちらは熱心に勤勉に働いているる――もちろんです！――それに上司もこちらを尊重してくれている（なにはともあれ、とにかく尊重してくれているのです）――そこへ誰かが、こちらの鼻先に、何の理由もなく藪から棒に、私を中傷する文章を突きつけたとしましょう。そりゃあもちろん、誰だって時には何か新しい物をあつらえると嬉しくてたまらず、夜も眠れやしません。たとえば新しい靴を履くときなんて、うっとりした気分ですよ。これは本当です。私もそうでした。自分の足がほっそりとしたシャレた靴の中に納まっているのは、見るからに惚れ惚れしますからね――ここのところは、たしかによく描けていますよ！

それでもフョードルさんともあろう方が、うかうかとあんな本を見過ごしておられ、自己弁明もなさらないのはほんとうに不思議でなりません。彼がまだ若い高官で、ときには怒鳴りつけることはたしかです。でも怒鳴りつけたって構わないじゃありませんか。必要とあらば、我々のような小役人を厳しく叱りつけて、何が悪いんですか？そうですね、まあたとえば、士気を高めるためだけでも叱りつけたって構わないんです。よく躾《しつ》けたり、脅しをかけたりする必要があるんですよ。というのも――ここだけの話ですがね、ワーレンカ――我々役人は、脅しをかけられなけりゃ、何ひとつしようとしないんですからね。誰も彼もがなんとかしてどこかに籍を置きたいと、俺はあそこだ、俺はここだと必死なくせに、仕事からはなるべく逃れよう逃れようとするのです。世の中にはさまざまな官位があって、それぞれの官位が自分にちょうどふさわしい叱責を必要とする以上、叱責の調子というものもおのずからさまざまな階層の色を滲ませるものとなるはずで、これはもう当然のことなのです！　我々は互いに威張り合い、誰もが誰かを叱りつけている、こういうことで世間は成り立っているのですよ、ワーレンカ。こうした叱責という予防措置なしには、この世は立ち行かないし、秩序もへったくれも無くなってしまいます。まったくどうしてフョードルさんが、あんな侮辱をうっかり見過ごしてしまったのか、ほんとうに呆れるばかりです！

それにいったい何のためにこんなことを書くんでしょう？　こんなことが何のために必要なのか？　こんなことを書けば、読者の誰かが外套を作ってくれるとでも言うのでしょうか？　新しい靴でも買ってくれるのでしょうか？　いいえワーレンカ、これを読んだら、またその続きを読みたがるだけです。誰でもときには身を潜め、自分の至らなかった点を隠そうとして小さくなり、どこであれ出かけることにもびくびくすることがあるものです。中傷を恐れるからです。世の中の何であれ、あらゆることから怪文書はでっち上げられますからね。それが今や、こちらの市民生活から家庭生活までが洗いざらい文書になって出廻り、何もかもが印刷され、人に読まれ、嗤《わら》われ、陰口を叩かれているじゃありませんか！　これじゃあ表に顔を出すこともできやしません。なにしろ今では、歩き方ひとつ見ただけで、我々小役人だとわかることがすっかり証明されてしまったのですからね。

せめて最後のほうで、作者が少しは改心して、なにかしら印象を和らげるように一言書き加えてくれたらよかったのです。たとえば、あの主人公の頭に紙吹雪が振りかけられる場面の後にでも――こんなことがあったにもかかわらず、彼は高潔で善良な市民であり、同僚からこんな扱いを受けるべき人物ではなく、目上には従順で（ここで何かその例を挙げてもいいでしょう）、誰にも悪意を抱かず、神を信じ、皆に惜しまれて亡くなった（もし是が非でも死なせたいのなら）――というように……。でもいちばんいいのは、あの可哀相な主人公を死なせたりせずに、こんなふうにすることです――外套は見つかり、彼の美徳の詳細を知った例の将軍は彼を自分の役所に配置転換させ、官位を上げて給料もたっぷり出してやる――こうすれば、いいですか、悪は罰せられ、美徳は勝利し、役所の同僚たちは皆、何ひとつよいことはなかったということになるのです。私だったら、そんなふうにしたでしょう。でも、あの作家のやり方は何が特別なんでしょう、どんなよい点がありますか？　あれでは、ありきたりの卑劣な日常のつまらない引き写しじゃありませんか。まったく、よくもあなたは私に、あんな本を貸す気になりましたね。だってこれは悪意で書かれた本ですよ、ワーレンカ。これはおよそありそうもない話です。なぜなら、あんな役人がいるはずがないでしょう。こういう本が書かれたとなると、不満を表明しないわけにはいきませんよ。正式にクレームを出すべきです。

あなたにこの上なく忠実な僕《しもべ》
マカール・ジェーヴシキン

七月二十七日

親愛なるマカールさん

あなたの最近の出来事とお手紙に、私、衝撃を受けてすっかり肝を潰し、当惑しましたが、フェドーラの話で何もかも合点がいきました。それにしてもマカールさん、いったいどうしてそんな自棄《やけ》をお起こしになって、急にそれほどまでの奈落の底に落ち込まれたのでしょう？　あなたのご説明では、ちっとも納得できませんでした。ねえ私があの実入りのいい職を勧められたときに、お受けすることを主張したのは正しかったではありませんか？　それに加えて、私自身の最近の思いがけぬ出来事にもほんとうに震え上がっています。あなたは私を愛すればこそ、あえて隠していたのだとおっしゃいます。あなたが、私のために湯水のように使っていらっしゃるのは、万が一のために質屋に預けておいた予備のお金だとおっしゃっていた頃も、私は大変なご厄介になっていることはわかっていました。あなたはお金など少しもお持ちでないのに、たまたま私の窮状をお知りになると、たいそう心を動かされ、ご自分のお給料を前借りしてまで私のためにすっかり使い切ってしまう決心をなさり、私が病気だったときはご自分の服まで売り払っておしまいになった――こういうことがすべてわかった今、私はひどく苦しい状況に置かれ、このことをどう受けとめたらいいのか、どう考えたらいいのか、いまだにわからずにいます。

ああ、マカールさん！　最初のうちのご好意、私に対する共苦《きょうく》のお気持ちや肉親に対するような温かい愛情で留《とど》めて、その後の要りもしないものへの無駄遣いをなさってはいけなかったのです。あなたは私たちの友情を裏切ったのですよ、マカールさん。だって私に隠し立てをなさっていらしたのですから。そしてあなたがなけなしのお金を私の着る物やお菓子や散歩や劇場通いや本に使い果たしてしまったことがわかった今、私は自分の許し難い軽薄さを後悔して（だって私は、あなたのことは一つも気遣わずに、こうした何もかもを受け取っていたのですから）、こうしたことすべての高い代償を払っているのです。あなたが私に満足感をもたらそうと思ってしてくださったことが何もかも、今や私にとっては悲しみとなり、ただ、今となっては何の役にも立たない悔恨の情を残すばかりです。私も最近はあなたがふさぎこんでいらっしゃることに気づいていました。そして私自身もふさぎこんだ気分で何かが起こりそうな予感はしていましたが、でも今回のようなことは、想像もしませんでした。なんということでしょう！　マカールさん、あなたがそれほどまでに気が挫《くじ》けておしまいになろうとは！

でも今のあなたを見たら、あなたをご存知の方たちは皆、どう思うでしょう、何と言うでしょう？　私だって皆さんだってあなたのことを、その善良な魂、謙虚さ、分別ゆえに尊敬していましたのに、そんなあなたが今急に、おそらくいまだかつて見たこともないほどの嫌悪すべき放蕩に耽るなんて。あなたが通りで酔い潰れているところを発見され、警察の人に家まで送られて来たという話をフェドーラから聞いたとき、私がどんな思いをしたことか！ 仰天して立ち竦《すく》んでしまいました。もっとも、何か大変なことが起きるのではないかと予感はしていました。あなたは四日間も消息不明でいらしたのですから。でもマカールさん、あなたの上司が、あなたが欠勤していらした本当の理由を知ったら何と言うか、それをお考えになった？ あなたのことを皆が噂っているとおっしゃるのですね——私とあなたの関係に気づいて、隣人の方たちが私のことまで嘲笑《あざわら》っていると……。マカールさん、そんなことは気になさらないで、どうか気を静めてください。あなたが、将校たちとの間に何かあったという話も、心配です。その話ははっきり聞いたわけではありませんけれど。いったいどういうことなのか、詳しく教えてください。あなたは本当のことを私に打ち明けるのが怖かったと書いていらっしゃいますね。打ち明けてしまうと、私の友情を失うことが怖かったのだと。私が病気だったときは、どうやって助けたらいいかわからず自棄《やけ》を起こされたこと、私の生活をしっかりと支えて病院へなど入れたりしないですむように、何もかも売っておしまいになり、借りられるだけの借金をし尽くしたあげく、毎日下宿の女主人《おかみ》さんといざこざを起こしていらしたのだと――。そんなことを何もかも私に隠していらしたために、あなたはいちばん悪い道を選んでおしまいになった……。けれども今となっては、私は何もかも知ってしまったのですもの。私があなたの不幸な状況の原因であることを、当の私に認めさせては気の毒だと遠慮なさったのでしょうが、そのために私は今、二倍の悲しみを味わっています。マカールさん、何もかもが私には衝撃でした。ああ、私の大切なお友達！　不幸は伝染する病いです。不幸せで哀れな者は、さらにひどい病いに感染しないようにお互いに敬遠しなければなりません。あなたがご自分のつつましく孤独な人生でかつて経験なさらなかったような不幸を、私はあなたにもたらしてしまいました。こうしたことすべてを考えますと、私は苦しくて堪らず、打ちのめされそうです。

これからはどうぞすべてを包み隠さずに、いったい何があったのか、どうしてそんな振る舞いをなさる気を起こされたのか、お手紙に書いてくださいませ。どうぞなるべく私を安心させてくださいい。いま私が自分の安心について書いたのは、自尊心ゆえではありません。何があろうと私の心の中から決して消えることのない、あなたへの友情と愛ゆえです。さようなら。お返事を待ち焦がれています、マカールさん。あなたは私のことをよくわかっていらっしゃらなかったのですね。

心からあなたを愛する
ワルワーラ・ドブロショロワ

七月二十八日

私のかけがえのないワルワーラさん

今では万事が終わり、少しずつ旧に復していますので、あなたに申し上げたいことがあるのです。私のことを皆がどう思うかと、あなたは心配していらっしゃいますが、そのことで取り急ぎはっきり申し上げたいのはですね、ワルワーラさん、私にとって何よりも大事なのは自尊心なのです。ですから、私の災難やらこのところの混乱ぶりをご報告するついでに、上司のうちの誰一人として今度のことは何も知らず、これから知るはずもないので、皆、今までどおり、私を尊重する気持ちを抱いてくださるだろうということを申し上げておきます。ただ一つ恐れているのは、くだらない噂です。

下宿では女主人《おかみ》までがぎゃあぎゃあ怒鳴っていましたが、あなたがくださった十ルーブルのおかげで借金の一部を返しましたので、今はぶつぶつ文句を言うだけで、それ以上のことはありません。他の連中は何でもありません。あの連中には金だけは借りちゃいけませんが、それさえしなけりゃ大丈夫です。

私の釈明の締めくくりとして申し上げますがね、ワーレンカ、私を尊重してくださるあなたの気持ちを、私はこの世で何よりも高く評価しており、最近の一時的な混乱の最中でも、これがなによりの慰めでした。幸いにして当初の打撃と苦境も脱しました し、私があなたと別れることに耐えられず、あなたを私の天使として愛するがゆえに自分のもとにとどめようとして嘘をついたにもかかわらず、あなたは私を背信の友ともエゴイストとも思わないでくださいました。今は勤めに精励し、職務を立派に果たすようになりました。エフスターフィーさんも、昨日私がそばを通りかかったとき、べつに何も言いませんでしたからね。正直に申しますと、借金と私の衣服の惨状には参っていますが、これもまた大したことではありませんので、どうかお願いですから、このことに関して絶望しないでください。あなたはまた五十コペイカを送ってくださいましたね、ワーレンカ。この五十コペイカは私の心臓を突き刺しました。まったく今や、こんなことになってしまったのです！　この老いぼれの愚か者が天使のようなあなたをお助けするのではなく、可哀相な孤児《みなしご》のあなたが私を助けてくださっているのですから！　フェドーラは、よくお金を手に入れてきてくれました。私は今のところお金の入る望みはまったくありません。もし少しでも望みが出てきたら、さっそく詳しく書いてお知らせします。でもなによりも心配なのは、世間の噂です。

さようなら、天使さん。あなたのお手にキスをします。どうかお願いですから元気になってください。勤めに急いで出かけなければなりませんので、詳しく書いている暇がありません。せいぜい刻苦精励して、職務怠慢における私の罪の償いをしたいと思いますので。さまざまな出来事や、将校との揉め事については、すべて今晩書くことにいたします。

あなたを尊敬し心から愛する
マカール・ジェーヴシキン

七月二十八日

ああワーレンカ、ワーレンカ！　今度こそ悪いのはあなたのほうですよ。あなたの良心の問題ですよ。あなたのお手紙で私は完全に混乱し、まごついてしまいましたが、今、少し落ち着いて自分の心の内を覗いてみたら、自分が正しかったこと、まったく間違っていなかったことがわかりました。いや、私が醜態を晒《さら》したことではありません（あれはもう、なんともかんとも、ひどい話です！）。私があなたを愛していることです。私があなたを愛したのは、決して軽はずみなことでも、無分別なことでもないのです。ワーレンカ、あなたは何もご存知ないのです。どうしてこういうことになったのか、どうして私はあなたを愛さねばならないのか、それをご存知でさえあったなら、あんなことはおっしゃらなかったはずです。あなたはただ理屈だけであんなことをおっしゃっているのであって、心の中はまったく違っているに違いないと信じています。

私のワーレンカ、私は自分でも将校連中との間に何があったのか、よく憶えていないのです。一つ申し上げておかなければならないのはね、私の天使さん、それまでの間、私はひどく狼狽し動揺していたのです。考えてもみてください。丸々ひと月間、私はいわば細い糸一本にすがって、なんとか持ちこたえているような状態でした。ひどい窮状だったのです。そのことはあなたにも下宿の皆にも隠していたのですが、うちの女主人《おかみ》が騒ぎ立ててがみがみ怒鳴っていました。しかし、そんなことは私にとっては何でもありませんでした。たちの悪い女主人には勝手に怒鳴らせておけばいいのですから。でも、一つには恥さらしですし、もう一つ困ったことに、女主人はどうやって嗅ぎつけたのか、私とあなたの関係を知ってとんでもないことを家中にがなりたてるので、私はあっけにとられて耳を塞《ふさ》いでいました。問題は他の連中は耳を塞ぐどころか、逆に耳をそばだてたことです。私はいまだに身の置き所もないほどですよ……。

そしてとうとう、私の天使さん、こうしたことすべてが、ありとあらゆる困苦が私の身に山のように降りかかったために、私は完全に参ってしまったのです。そこへ不意にフェドーラから妙なことを聞かされました。お宅に恥知らずな求婚者が現れ、あるまじき求婚をして、あなたを侮辱したと言うじゃありませんか。その男があなたを侮辱した、それもひどく侮辱したというのは、私の判断です。というのも、私自身がひどい侮辱を感じたからです。この時点でですね、私の天使さん、私は気が変になり、すっかり我を失って一巻の終わりになってしまったのです。

ワーレンカ、私はいまだかつて経験したことのない、猛烈な憤怒に駆られて、突如駆け出しました。そいつのところに、その罪作りな無礼者のところに行こうとしたのです。自分が何をするつもりなのか、それはよくわかっていませんでした。なにしろ私の天使であるあなたが侮辱されるのは、我慢できなかったのです。いや実に、陰鬱な気分でした！　その時は雨が降っていて、道はぬかるみ、恐ろしいほどの憂鬱が垂れ込めていたのです！……もういっそ帰ろうかと思ったのですが……。ここで私の運も尽きたんですね、ワーレンカ。エメーリャに、そうエメリヤンさんに出会ってしまったのです。彼は役人で――というか元役人で、今はもう役人ではありません。うちの役所をクビになったからです。この男が今何をしているのか私は知りませんが、ひどく苦労しているに違いありません。私たち二人は連れ立って出かけたのです。そこで――いや、こんなこと、あなたにとって何の意味があるでしょう、ワーレンカ。親しい友人の不幸や、災難、彼が受けた誘惑の物語を読まされて楽しいでしょうか？三日目の晩に、まさにエメーリャに唆《そそのか》されて、私はあいつのところに、あなたに求婚したという例の将校のところに出かけたのです。住所はうちの門番に訊いておきました。ついでに言ってしまえば、私はこの若造のことはずっと前から気にしていたんです。奴がまだ我々の家に下宿していた頃から注意して観《み》ていました。今となっては、私は私が無礼を働いたことはわかります。なにしろ奴のところに取り次がれたとき、私は正体をなくすほど酔っ払っていたのですから。実はね、ワーレンカ、何一つ憶えていないんですよ。憶えていることといったら、ただ一つ──奴のところにはやけに大勢将校がいたことぐらいで、あるいはそれも私の目にはダブって見えただけなのかもしれません。それに自分が何を話したかも憶えていないのですが、崇高な義憤に駆られて、やたらにまくしたてたことだけは確かです。私はたちまち追い出され、階段から突き落とされました。いやほんとうに突き落とされたというわけではありませんが、とにかく押し出されたのです。私がどうやって帰宅したかは、もうご存知ですね。これが話のすべてです。

むろん、私の面目は丸つぶれで、プライドは傷つきました。でもこのことは誰も知りません。あなたを除いて誰一人知らないんです。ですから、あんなことは全然なかったも同然なんです。たぶんそういうことでしょう。ワーレンカ、どうお思いになりますか？　私がたしかに知っていることと言えば、昨年、うちのアクセンチーさんがまったく同じように思いきってピョートルさんの顔に泥を塗るような真似をしたのですが、他人には内緒でこっそりやったんです。門番の部屋に呼びつけましてね、私は何から何まで隙間から覗き見していたんです。アクセンチーさんは、しかるべき事を為したわけですが、そのやり方は紳士的でした。なぜなら、これを見ていたのは、私の他に一人もいなかったからです。いや、私なら大丈夫です。つまり、私は誰にもこのことを話さなかったということです。この事件の後、ピョートルさんとアクセンチーさんは、べつに何でもないんです。ピョートルさんはなにしろプライドの高い人ですからね、誰にもこのことを話したりしません。というわけで、あの二人は今ではちゃんと挨拶もすれば握手もするわけです。

ワーレンカ、私もあなたのおっしゃることに異議を唱えるつもりはありません。私はひどく堕落しました。そしていちばん恐ろしいのは、自分で自分の価値が認められなくなったことです。しかしこれも、おそらく生まれたときからの定めなのでしょう。運命に違いありません。ご存知のように、運命からは逃れられませんからね。これが私の不幸と災難の詳細のすべてでです。ワーレンカ、どれもこれもつまらない話で、お読みにならなくたって構わないようなものですが、とにかくあの時はこんなふうでした。

私は少し体調が悪いので、はしゃぐ気にはまったくなれません。それゆえ愛しいワルワーラさん、今日はこの辺で。あなたをお慕いし、愛し、尊敬しつつ。

あなたのこの上なく従順なる僕《しもべ》

マカール・ジェーヴシキン

七月二十九日

親愛なるマカールさん

お手紙二通とも拝読し、ただもうびっくりいたしました！　あのね、マカールさん、あなたはまだ何か私に隠していらして、体験なさった不愉快なことの一部しか書いていらっしゃいませんね。あるいは……お手紙には、たしかにあなたが混乱していらっしゃるご様子が反映されているようです……。どうぞ私のところにいらしてください。お願いですから、今日いらしてくださいい。ああ、そうだわ、いいですか、私たちのところにお食事にいらしてくださいませ。今そちらでどのようにお暮らしなのか、下宿の女主人《おかみ》さんとどうやって仲直りなさったのか、私は存じません。そのことについては、あなたは一切書いていらっしゃらず、まるでわざと伏せていらっしゃるかのようです。

では、今日はこれで、さようなら。私の大切なお友達。今日、必ず私たちのところにお寄りくださいね、いえもういっそのこと、いつも私たちのところでお食事をなさればいいのですけれど。フェドーラの食事はとても美味《おい》しいのです。ごきげんよう。

あなたのワルワーラ・ドブロショロワ

八月一日

私の大切なワルワーラさん

あなたは、善をもって善に報い、私に恩返しするチャンスを神様が与えてくださったことが嬉しいのですね。それは私も信じますよ、ワーレンカ、あなたの天使のようなお心の優しさも信じています。ですから決してあなたを責めるつもりはありませんが、どうか私がこの年になって放蕩に耽るようになったなどと、あの時のように詰《なじ》らないでください。いや、たしかに魔が差したんです。今さらどうしようもありません！　どうしても私が悪かったのだ、とあなたがおっしゃりたいのなら、それはその通りなんです。でも、大切な親友のあなたから、そんなふうに言われるのはつらいんですよ！　私がこんなことを言うからといって、どうか腹を立てないでくださいね。私はさんざん気を揉んで、もうへとへとなんですから。

貧しい人々というのは、わがままなものです――これはもう本質的にそうできているんですよ。私は前からそのことは感じていました。貧乏人ってものは、こせこせしていて選《え》り好みが激しいんです。世間を見る目も一風変わっていて、通りがかりの誰のことでもじろりと横目で睨むし、不安げな視線をそこらじゅうに投げかけては、何か自分のことを言われていやしないかと一言一句聞き漏らしません――何であいつは、あんなに薄汚いんだ？　いったいどんな気持ちなんだろう？　あっちから見たらどうだ？　こっちから見たらどうだ？　などと言われてるんじゃないかとね――。そして誰でも知っていることですが、ワーレンカ、貧乏人はぼろきれ一枚ほどの値打ちもなくて、どんなふうに書かれようと誰からもちっとも尊敬されやしないんですよ！　あの三文文士の連中が何を書こうとね！　貧しい人間は何ひとつ変わることなく、今までどおりなんです。どうして今までどおりなのかですって？　それはですね、あの連中に言わせれば、貧乏人なんて中身をすっかり曝《さら》け出されるべきものだからなのです。貧乏人は、秘密だの自尊心だのをもつべきではないというわけなんですよ！

ついこの間もエメーリャが言っていましたが、どこかで皆が彼のためにカンパをしてくれたそうです。でもこれは、十コペイカずつ彼に払って、いわば公式の見物をしたようなものなのです。連中は無償で十コペイカを彼にやったつもりでしょう。ところがどっこい、連中はあの気の毒な貧乏人の見物代を支払っただけなのですよ。最近はね、ワーレンカ、慈善を行うのもなんだか妙な具合なのです……いや、ひょっとすると、いつだってそうだったのかもしれません。わかったもんじゃありませんよ！　まともな慈善ができないか、さもなければ慈善の達人か、二つに一つなんですからね。たぶんご存知なかったでしょうが、そういうことなんですよ！　他のことならいざ知らず、こういうことなら私たちはよく知っていますからね。では、どうして貧乏人はこういうことを何でも知り抜いて、そんなことばかり考えているのか？　いったいどうしてなんでしょう？――それは経験がものを言うからです！

たとえばすぐそばに、こんな紳士がいるからですよ——その紳士ときたら、どこかのレストランにでも行く道すがら、「そこの貧乏小役人は、今日は何を食うんだろう？　俺はソテー・パピヨット［肉や魚の紙包み焼き］にするが、どうせこいつはバターも入ってないカーシャ［粥《かゆ》］だろうな」などとひとりごちたりするのです。私がバター抜きのカーシャを食べようが、何を食べようが、余計なお世話じゃありませんか！　そういう奴がいるんですよ、ワーレンカ、そんなことばかり考えている奴がね。その手のけしからん諷刺作家がそこらを横行していて、やれ人が石畳を歩くときに足裏をしっかりつけているか、それとも爪先だけで歩いているかだの、どこそこの役所の某九等官は靴から裸足の指が突き出ているだの、上着の肘《ひじ》が擦り切れて穴が開いているだの、そんなことをいちいち見ていて——あげくの果てに何から何まで好き放題に書き立てては、下らないものを印刷するんですからね……。私の肘に穴が開いていたって構わないじゃありませんか！　ワーレンカ、失礼な言い方をお許しくださるなら、貧乏人にもこの点にかけちゃ、いわばあなた方乙女の恥じらいとまるきり同じ羞《しゅう》恥心《ちしん》があるのですよ。あなただって、皆の目の前で——失礼な言葉をお許しください——裸になったりはしないでしょう。ちょうど同じように、貧乏人もぼろ家を覗かれて、家族関係はどうなってるんだなどと詮索されるのは嫌なんですよ。それなのにこの間は、ワーレンカ、正直な人間の名誉と自尊心を脅《おびや》かそうとする敵と一緒になって、どうして私を侮辱したりなさったんですか！

そう、今日も役所で、私は間抜けな熊の仔《こ》か、羽を毟《むし》られた雀みたいな様子で座っていたら、自分が恥ずかしくて、顔から火が出そうでした。ものすごく恥ずかしかったんですよ、ワーレンカ！　袖が破けて剝き出しの肘がぬっと顔を出していたり、ボタンが取れかかって糸の先にぶらさがっていたら、誰だって気後れするのも当然でしょう。それが私ときたら、まるでわざとかというくらいに、頭のてっぺんから爪先までひどくだらしないありさまだったのです！　どうしたって意気は上がりゃしません。そりゃそうでしょう！……ステパンさんも今日、仕事の話を私にしはじめたのですが、話しているうちに思わず「いや、それにしてもマカールさん！」と言いかけて、それきりしまいまで言わずに口をつぐんでしまいました。言われなくても私は、何もかも察しがついて真っ赤になりました。禿《は》げ頭のてっぺんまで赤くなったほどです。こんなことは、実は何でもないことなのですが、それでも妙に落ち着かず、重苦しい物想いに駆られます。ああ、何か嗅ぎつけられたんじゃないだろうか！　どうか嗅ぎつけられたりしませんように！　実を言うとどうもある人物がひどく疑わしいのです。なにしろあの手のならず者にとっちゃ、何でもないことですからね！　人を裏切るんですよ。人のプライヴァシーをほんの端金《はしたがね》で売ってしまうんです――連中にとっちゃ、神聖なものなぞ何ひとつありゃあしないんです。

今では、これが誰の仕業かわかります。ラタジャエフの仕業なんです。あいつがうちの役所の誰かと知り合いで、たぶん、その知り合いに有ること無いこと取り混ぜてあれこれ話したんでしょう。あるいはもしかしたら、ラタジャエフが自分の役所で話したことが、うちの役所に漏れたのかもしれません。うちの下宿では、誰も彼もが何から何まで知っており、窓越しにあなたの家のほうを指差して噂しています。皆が指差していることを私は知っているのです。昨日も私がお宅へ食事に伺おうと出かけたとき、うちの連中は皆、窓から身を乗り出していましたし、女主人《おかみ》ときたら、とんでもない奴が小娘と出来たりしてなどと言った上に、あなたのこともけしからん言葉で罵っていました。しかしこんなことはみな、あのラタジャエフが、私とあなたを自分の小説のネタにして、私たちのことを手の込んだ諷刺作品で描こうという忌まわしい目論見《もくろみ》に比べれば、何でもありません。これは、ラタジャエフ自身が話していたことで、それをうちの下宿の親切な人たちが教えてくれたのです。

私はもはや、何ひとつ考えられませんし、どうすべきなのか決心もつきません。隠してても仕方がないことですが、私たちは神様のお怒りに触れてしまったのですよ、天使さん！　退屈しのぎに私に何か本を送りたいとおっしゃっていましたね。でも、本なんて真っ平ごめんです！　本とはいったい何でしょう？　嘘八百の作り話じゃありませんか！　小説もデタラメです。のらくらした暇人が読むために書かれたたわ言ですよ。どうかワーレンカ、私の長年の経験を信じてください。そして人がシェイクスピアでも持ち出して、「いいですか、なにしろ文学にはシェイクスピアがいるんですよ」などと言い出したとしても、そのシェイクスピアだってたわ言に過ぎないんですよ。そんなのはもう何もかも、まったくのたわ言で、ただひたすら人を誹謗中傷するために書かれたものばかりなんです！

あなたのマカール・ジェーヴシキン

八月二日

親愛なるマカールさん！

どうぞ何もご心配なさらないで。神様がすべてよいようにしてくださいます。フェドーラが自分の分と私の分の内職を山ほどもらってきてくれましたので、二人して、それはそれは楽しく仕事にとりかかったところです。きっと万事うまく元どおりにいくでしょう。フェドーラは、最近、私に起こった不愉快な出来事は、どれもみなアンナさんが関与しているのではないかと疑っています。でも今は私、そんなこと、どうだっていいんです。今日はなんだか不思議なほど楽しくって。あなたはお金を借りるおつもりなのですね。とんでもないことです！　後で返さなくてはならないときに、必ず面倒なことになりますよ。それより、私たちともっと親しくおつきあいなさって、なるべくしょっちゅううちに遊びにいらしてください。そして、お宅の女主人《おかみ》さんのことなんぞ、気にかけるのはおやめなさい。その他の敵や、あなたに悪意を抱いている人たちのことは、マカールさん、きっとあなたの取り越し苦労に違いありませんよ！　どうか気をつけてくださいね。だって前回も申しましたように、あなたの文章の調子はたいそう乱れていますもの。ではこの辺で、さようなら。必ずいらしてくださいね。お待ちしております。

あなたのV・D

八月三日

私の天使、ワルワーラさん！

取り急ぎお知らせします。愛しいワーレンカ、私にも何がしかの希望が湧いてきました。あなたは、私に借金をするなと書いていらっしゃるでしょう、天使さん？　でもね、借金をしないわけにはいかないんですよ。私も手元不如意《ふにょい》ですし、あなただっていつ不意に困ったことになるかもしれないでしょう！　なにしろあなたはか弱いんですからね。ですから、借金はぜひとも必要なのだと申し上げているんです。さて、先を続けましょう。

実はね、ワルワーラさん、私は役所ではエメリヤンさんの隣に座っているんです。あなたの知っているエメリヤンさんじゃありませんよ。こちらのエメリヤンさんは、私と同様、九等官で、私たち二人がうちの役所でほとんど一番の古顔、生え抜きの役人なのです。この人は善良で無欲、口数も少なくて、いつも本物の熊みたいにむっつりしています。その代り仕事はよくできます。筆跡は綺麗な英国調で、正直に申せば私に負けぬほどうまく書けるんです——大した人物ですよ！　私はこれまで特別に親しかったわけではなく、ただ習慣で挨拶を交わすくらいでした。それに時たま、ペンナイフが要るときなど「エメリヤンさん、ちょっとナイフを貸してください」と頼むぐらいで、要するに一緒の職場にいる者としてのつきあいに過ぎませんでした。

そのエメリヤンさんが今日、私にこう言うのです。「マカールさん、何をそんなに考え込んでいるんです？」好意で言ってくれているのがわかりましたから、打ち明けました——これこれしかじかでね、エメリヤンさん、と……。いやもちろん、何もかも言ってしまったわけじゃありません。とんでもない。すべて打ち明けることなんて、絶対にできませんよ。そんな勇気はとてもありませんから、いくつかのことを、手元不如意であることなどを打ち明けたのです。するとエメリヤンさんはこう言うのです。「それなら借りたらいいじゃありませんか、ピョートルさんにでも。あの人は利子を取って貸してくれるんですよ。私も借りたことがありますがね、利子は手頃で、決して法外なものじゃありませんよ」ねえワーレンカ、私は思わず胸が躍りましたよ。もしかすると神様がその情け深いピョートルさんの心を動かしてくださり、ピョートルさんは私にお金を貸してくれるかもしれないと、もうそのことばかり考え続けました。そして、これで女主人《おかみ》に下宿代が払えるし、あなたの援助もできる、それに、自分の身の回りもきちんとできる、さもないと、とんだ恥さらしだからな、などと早くも胸算用を始めました。なにしろ今のままじゃ、役所の意地悪い連中から嘲笑されるのはともかく（あんな連中はうっちゃっておけばいいんです）、自分の席にただじっと座っているだけでも苦痛なんですから。閣下が時折、私たちの机のそばを歩いてゆかれるのですが、そんな時、私にお目を留められて身なりがみっともないことにお気づきになったりしたら、それこそ大変です！　閣下が重視されるのは、清潔さと身なりなのです。たぶん閣下は何もおっしゃらないでしょうが、私は恥ずかしくて堪らず、死んでしまうでしょう——きっとそうです。

というわけで、私は恐怖をこらえ、羞恥心を穴だらけのポケットに仕舞いこむと、ピョートルさんのところへ行ってみたのです。期待に胸を膨らませながらも、どうなることかと生きた心地もせず——何もかもがないまぜになった気分でした。ところがワーレンカ、すべてが実に馬鹿げた結果に終わってしまったのです。ピョートルさんは仕事で忙しそうにしていて、フェドセイさんと話していました。私は脇からそっと近づき、袖を引っ張って、ピョートルさん、ねえピョートルさん、と声をかけてみました。彼がこちらを振り向いたので、私はさらに続けて、これこれしかじかで三十ルーブルほどなんとか……などと言ってみたのですが、初めのうちはさっぱりわかってもらえませんでした。

やがて私がすっかり事情を説明すると、あいつは笑っただけで何も答えてくれません。もう一度同じことを言うと、「担保はあるんですか?」と言うなり、自分の書類を書くのに夢中になって私のことなんか見向きもしません。私はいささかあっけにとられましたが、「いや、ピョートルさん、担保はありませんが、給料が出たらすぐにお返しします。必ずお返しします、何をおいても真っ先に」などと釈明にこれ努めました。ちょうどこの時、奴は誰かに呼ばれたので、私はしばらく待っていましたら、奴は戻ってきましたが、鵞《が》ペンなんぞ削っていて、まるで私の存在など目に入らないかのようです。私は相変わらず自分の話を続けて、「ピョートルさん、なんとかなりませんか?」などと言っていたのですが、奴ときたら黙ったまま、こっちの言うことなんぞ耳に入らぬ様子です。私はひたすらじっと立ち尽くし、よしこれで最後だ、もう一度だけと思って、奴の袖を引っ張ってみました。ところがあいつは、せめて一言でも何か言えばいいものを、黙ったまま鵞ペンを削り、書き物を始めたのです。それで私もその場を離れました。ああいう連中は皆、立派な人間かもしれませんが高慢です。ひどい高慢ちきです――どうだって構いませんがね！　こっちの知ったこっちゃありませんよ、ワーレンカ！　あなたにこれを申し上げるために長々と書いたわけです。

エメリヤンさんも笑って、けしからんというふうに首を横に振っていましたが、誠意ある人ですから、励ましてくれました。実に立派な人物です。彼はある人物を紹介すると約束してくれたのです。この人はね、ワーレンカ、ヴィボルグ通りに住んでいて、やはり利子を取ってお金を貸してくれる十四等官［最下級の文官］だとかという話です。エメリヤンさんが言うには、この人なら必ず貸してくれるそうです。明日行ってみますよ、天使さん。どうでしょうね？　なにしろ借りないことには、大変なんですよ！　女主人《おかみ》は私を下宿から叩き出しかねない勢いですし、食事も出してくれません。靴も耐え難いほどひどいありさまですし、それにボタンがいくつも取れてしまっているんです……。いや、その他にも無いもの尽くしなんですよ！　上司の誰かにこんなみっともないところを見咎められたらどうします？　大変ですよ、ワーレンカ、いやはやまったく大変なことです！

マカール・ジェーヴシキン

八月四日

優しいマカールさん！

お願いです、マカールさん、なるべく早くお金を借りてください。今のような状況にいるあなたには、どんなことがあっても援助をお願いしたくないのですが、私が今どんな目に遭っているか、それをあなたがご存知でしたら！　ここの部屋には私たち、もうどうしてもこのままいるわけにはいきません。私の身の上にものすごく不愉快な出来事が降りかかってきたのです。私が今どれほど混乱して動揺しているか、あなたがご存知でしたら！　ああ、驚きました。今朝、見知らぬ人が訪ねて来たのです。ほとんど老人と言ってもいいようなかなり年配の人で、いくつも勲章をつけています。

この方が私たちに何の用事がおありなのかわからず、私、びっくりしてしまいました。この時、フェドーラはお店に出かけて留守でした。

この人は、私にどんな暮らしをしていて何をしているのか根掘り葉掘り訊ねたあげく、人の答えも聞かないうちに、自分は例の将校の伯父《おじ》であり、甥《おい》の悪しき行状や私たちのことを下宿じゅうに言いふらした件で、甥にはたいそう立腹しているなどと述べ立てました。甥は実に軽薄な若造なので、自分としては喜んであなたの庇護を申し出たい、若い者たちの言うことを聞いちゃいけませんよ、と言うのです。さらに、あなたのことはご同情申し上げ、父親のごとき感情を抱いており、何でも喜んでお助けしたい、と言い添えました。私は真っ赤になってしまい、どう考えたらいいかもわかりませんでしたが、慌ててお礼を申したりはしませんでした。その人は無理やり私の手を取り、それから私の頰を軽く叩くと、あなたはほんとうに可愛らしいですね、えくぼがあるのがこれまた結構、などと言うのです（ほんとうにまあ、なんてことを言うんでしょう！）。あげくの果てには、私はもうお爺さんですからなどと言いながら、キスまでしようとしました（いやらしいじゃありませんか！）。

ちょうどそこへフェドーラが帰って来てくれました。老人はさすがに多少たじろいで、それからまたしても、あなたの謙虚さと品行方正を尊敬しているのです、だの、どうか決して私を疎《うと》んじないでくださいだのと言いはじめました。それからフェドーラを脇へ呼ぶと、なにやら奇妙な口実をつけてお金を渡そうとしましたが、フェドーラはもちろん受け取りませんでした。やっと彼は帰り支度を始め、もう一度さっき言ったことを確認し、また伺います、今度はあなたに耳飾りを持って来ますよなどと言いました（どうやら自分でもさすがにひどく照れていたようです）。それから私に引越しするように勧め、自分が目をつけている素晴らしい部屋があるからそこになさい、あなたは部屋代のことなんか心配しなくていいからなどと言うのです。私が正直で賢い女性なのですっかり気に入ってしまった、ふしだらな若者にはお気をつけなさいと忠告したあげく、とうとう最後に、自分は実はアンナさんを知っており、アンナさんから、近々彼女自身があなたを訪ねると伝えてくれと頼まれてきたのだと打ち明けたのです。これですっかりわかりました。私はそのとき自分がどうなってしまったのかわかりませんが、あんな状態になったのは生まれて初めてです。かっとなってさんざんあの人をたしなめて恥をかかせてやりました。フェドーラも応援してくれて、ほとんど叩き出すようにして部屋から追い出しました。これはきっと、何もかもアンナさんの仕業に違いないと、私たちは思っています。さもなければ、いったいどうしてあんな男が私たちのことを知っているのでしょう？

マカールさん、どうか私を助けてください。お願いですから、こんな状態の私を見捨てないでください。少しでも結構ですからお金を借りてください。私たち、引越すにもお金が無いんです。でもどうしてもここにいるわけにはいきません。そうフェドーラも言っています。少なくとも二十五ルーブルぐらいは必要です。そのお金はお返しします。私が、ちゃんと稼ぎますから。フェドーラが二、三日したらもっと内職を取ってきてくれます。ですから、もしあなたが高い利子のせいで二の足を踏むようなことがあっても、どうぞそんなことは気になさらないで、どんな条件でも呑《の》んでください。私がすべてお返しします。ただ、どうぞお願いですから、私を見捨てずに助けてくださいませ。あなたもお困りのこんな時に、ご迷惑をおかけするのはほんとうに心苦しいのですが、あなたしか頼れる方がいないんです！

さようなら、マカールさん、どうぞ私のことをお考えください。そしてどうか神様があなたを守ってくださり、うまくいきますように！

V・D

八月四日

私の可愛いワルワーラさん！

思いがけない打撃の数々にショックを受けています！　こうした恐ろしい災難こそが、私の気を挫《くじ》いてしまうのです！　その手のありとあらゆるおべっか使いだの、質《たち》の悪い老いぼれだのは、私の天使さん、あなたを病いの床につかせるだけでは気が済まなくて、私のこともさんざん苦しめて殺してしまうつもりですね。誓ってもいいですが、私はきっと殺されてしまいますよ！　現に今だって、あなたを助けられないくらいなら死んだほうがマシだと思っているのですから！　あなたを助けられないなら、それは私にとって死も同然、ほんとうに紛れもない死を意味するのですよ。そして助けたら助けたで、あなたは私のもとから飛び去ってしまうのです。あの梟《ふくろう》どもや猛《もう》禽《きん》どもが寄ってたかってつつき殺そうとしていた小鳥が、巣から飛び立つようにね。これこそが私の苦しみのタネなんですよ。

それにしてもワーレンカ、あなたという人は、なんて残酷なんでしょう！　どうしてそんな真似ができるのです？　あなたはさんざん苛《いじ》められ、侮辱され、苦しんでいらっしゃるのに、その上、私に迷惑をかけることを気に病んで、必ず稼いで借金を返しますと約束なさったりして。それはつまり、はっきり言えば、あなたのか弱いお身体では、期限内に私を借金から解放しようとしたら、ご自分の身を滅ぼすということですよ。ご自分が何をおっしゃっているのか、まあちょっと考えてもごらんなさい。いったいどうしてあなたが針仕事をして働いたり、心配事で悩んだり、可愛いお目々を痛めたり、お身体を壊したりしなければならないのでしょう？

ああワーレンカ、ワーレンカ！　いいですか、私は何の役にも立たない、自分でも役立たずであることは知っていますが、それでもなんとかお役に立てるようになってみせます！　私はいかなる困難にも打ち克《か》ち、自身で内職の仕事を手に入れます。ありとあらゆる作家の原稿を清書します。自分から作家を訪ねて、しつこくせがんで仕事を取ってきます。というのも、作家連中は良い清書屋を求めているんですよ。私はよく知っています。あなたを疲労困憊させたりはしません。あなたが身を滅ぼすようなそんな計画など、実行させるもんですか。ああ私の天使さん、必ず金を借りてきます。借金できないなら、むしろ死んだほうがマシです。そしてあなたは、私が高い利子に怖気づかないようにと書いていらっしゃいますが、怖気づくもんですか。今や私は何ひとつ怖いものなんぞありゃあしません。私は紙幣で四十ルーブルを借りるつもりです。大した額じゃないでしょう、ワーレンカ、どうでしょう？

果たして誰か二つ返事で四十ルーブルをあっさり私に貸してくれる人がいるでしょうか？ つまり、言いたいことはですね、私はひと目見ただけで、これなら信用できると相手に思いこませることができるでしょうかね？ 外見上、一見しただけで、私は好印象を与えられるでしょうか？ ちょっと思い描いてみてください。私なんかにそんな力があるでしょうか？ あなただったら、どう思うでしょうか？ 実は私は恐ろしいんです。ひどく、いやほんとうに恐ろしくて堪らないんですよ！ 四十ルーブルのうち、二十五ルーブルはあなたのために取り置いて、銀貨で二ルーブルは女主人《おかみ》[17]に回し、残りは自分のために使います。そりゃあ女主人にはもっとたくさん渡すべきなんでしょう。いや、ぜひともそうしなくちゃいけないとさえ言えます。しかし、ワーレンカ、私が必要としているものすべてを数えあげ、万事を考え合わせてみてください。そうすれば、これ以上は女主人に出せない、つまりはこれについては、何を言っても仕方がないことがおわかりでしょう。

銀貨一ルーブルで靴を買います。今履いている古靴では、明日勤めにちゃんと行けるかどうかさえ覚束《おぼつか》ないほどなんですよ。首に巻くスカーフもどうしても欲しいところです。なにしろこのスカーフも首に巻きっぱなしでもうじき一年になるんですから。けれどもあなたが、ご自分の古いエプロンで、スカーフばかりか飾り胸当てまで作ると約束してくださったので、スカーフのことを考えるのはもうよしましょう。これで、靴とスカーフは揃いました。あとはボタンですよ、ワーレンカ！ ボタンなしじゃやっていけないことはおわかりでしょう！ ところが私の服ときたら、ほとんど半分のボタンが取れてしまっているんですからね！ こんなだらしのない格好にもし閣下がお気づきになって、何かおっしゃったら――そう、何とおっしゃることか！ それを考えると身体が震えてきます。私はね、ワーレンカ、きっとその言葉も耳に入らないでしょうよ。というのも、私は死んでしまうからです。そう、その場で死んでしまいます。考えただけでも、恥ずかしさのあまりあっという間に死んでしまいます！

17 銀貨一ルーブル＝紙幣三・五ルーブル。したがって、銀貨二ルーブルは紙幣で七ルーブル。

ああワーレンカ！　こうした必要不可欠な物をすべて買った後に、まだ三ルーブルほど残るんです。これは毎日の生活のためと半ポンドの煙草用です。だってね天使さん、私は煙草なしでは生きられないんですよ。それなのにもう九日もパイプをくわえていないんですからね。正直に言えば、あなたに黙ったまま買ってしまってもいいのですが、でもそれでは良心が咎めます。あなたがそちらでほんとうに困っておられ、どうしても必要なものまで事欠く状態なのに、私はこちらでのほほんと、ありとあらゆる楽しみを満喫しているなんて――私がこうして何もかもお話しするのは、良心の呵《か》責《しゃく》に苦しめられたくないからなのです。

ざっくばらんに打ち明けてしまいますが、私は今、極度に悲惨な状態にあります。いやまったくこれほどの窮状は、一度も経験したことがありません。女主人《おかみ》は私を軽《けい》蔑《べっ》していますし、誰一人私に尊敬の念を抱いてくれる者などいません。極端な窮乏生活に借金。勤めに出れば、以前でさえ仲間の役人が優しく親切にしてくれたわけでもないのですから、今はもう、お話にもなりません。私はあらゆることを慎重に仲間の目から隠していますし、自分自身もこっそり隠れるようにして、役所に行くときだって、ほんとうに小さくなって脇のほうからこそこそと人目を避けて入っていくぐらいです。こんなことだって、やっとの思いであなただけに打ち明けるんですから……。

それにしても、もしお金を貸してもらえなかったら！　いや、ワーレンカ、そんなことは考えないほうがいいですね。取り越し苦労で思い悩んでも仕方ないですからね。今こうして手紙を書いているのも、あなたご自身がそんな取り越し苦労で苦しまないようにと、前もって注意しておきたかったからなのです。ああ、でもお金を貸してもらえなかったら、あなたはどうなるんでしょう！　そうなったら、たしかにあなたは引越しもなさらないから、私はあなたのおそばにいることができますが――いや、その時は私は帰って来ません。どこかへ消え失《う》せ、行方《ゆくえ》をくらまします。

あなたへの手紙にすっかり夢中になってしまいました。髭《ひげ》を剃らなくてはいけませんね。そのほうが少しでも風采《ふうさい》が上がるでしょう。体裁がいいというのは何かと得になるものですよ。さてと、うまくいきますように！　神様にお祈りしてから、いざ、出発です！

M・ジェーヴシキン

八月五日

誰よりも優しいマカールさん！

どうぞがっかりなさらないでくださいね！　それでなくても悲しいことばかりなのですから。銀貨で三十コペイカお送りします。これ以上はどうにもなりません。いちばん必要な物をお買いになって、せめて明日までもなんとか生き延びてくださいませ。私たちも、もうほとんど何も残っていませんので、明日どうなるかもわかりません。憂鬱ですね、マカールさん！　でもふさぎこんではいけません。うまくいかなかったんですもの、仕方がないわ！　フェドーラは、しばらくはこの部屋にこのままいられるのだから、それにもし引越ししたとしても、結局それほど得にはならないだろう、向こうがその気になれば、私たちがどこにいようと見つけ出してしまうだろうからと言います。ただそれにしても、これからずっとここにいるのもなんだか具合が悪いような気もします。もう少し気が晴れていれば、いろいろと書いて差し上げられるのですけれど……。

マカールさん、あなたはなんて不思議な性質なんでしょう！　何でもあまりにも強烈に心に受けとめてしまうんですもの。それでは誰よりも不幸な人間になってしまいますよ。丹念にあなたのお手紙を読んでいますと、どのお手紙でもあなたは私のことをそれはそれは心配して、そのために思い悩んでくださっているのに、ご自分のことは一度としてそれほど気にかけてはいらっしゃいません。もちろん、誰もがあなたは優しい心の持ち主だと言うでしょうが、でも私に言わせればあまりにも優しすぎます。マカールさん、お友達として忠告したいのです。私はあなたに感謝しています。あなたが私のためにしてくださったことのすべてを、ほんとうにありがたいと思います。そのことは痛いほど感じているのです。でもいまだに、私が心ならずも原因を作ってしまった、数々の不幸を経験なさった後の今でもなお、あなたときたら、私の人生を通してのみ生きようとなさっている。つまり、私が喜べばあなたも喜び、私が悲しめばあなたも悲しむ、私の心を写し取ってそっくりそのとおりに感じていらっしゃる、そんなご様子を見るにつけ私がどんな気持ちになるか、お察しください！

他人のことを、あなたのように何から何まで心に受けとめて、それほどまでに激しく同情なさるのでは、たしかに誰よりも不幸な人になってしまいます。今日、お仕事の帰りに私のところにいらしたとき、お顔を見てぎょっとしてしまいました。すっかり青ざめて、怖気づいたような絶望的なお顔でしたもの。生きた心地もしないご様子でした――しかもそれはすべて、借金の失敗を私に打ち明けるのが心配で、私を驚かせたりがっかりさせたりするのが怖かったせいなのですね。ですから、私があなたのお話を聞いて思わず笑い出しそうになったら、その様子をご覧になっただけで、たちまち胸のつかえが大方取れてしまったようですものね。マカールさんたら！ もうあまり悲しんだり失望したりなさらないで、もっと冷静に分別をお持ちください――お願いです、どうかこの点をよろしくお願いいたします。そのうちきっとおわかりになるわ、万事うまくいきます、何もかもが良くなりますって。さもないと、永久に他人の悲しみに気を揉んで生きていらっしゃるなんて、大変ですもの。

さようなら、私のお友達、お願いですから、私のことをもうあまり心配なさらないでくださいね。

V・D

八月五日

愛しい私のワーレンカ！

そりゃよかった、天使さん、いやほんとうによかった！　私がお金を借りられなかったことも大したことじゃないとおっしゃるんですね。いやまったくよかった。これであなたのことについては私はすっかり安心しましたし、幸せです。この年老いた私を見捨てずに、今の下宿にそのまま残ってくださることが、かえって嬉しいぐらいですよ。こうなったらすべて言ってしまいますが、あなたがお手紙の中で私についてあんなに良く書いてくださり、私の感情に対してしかるべき賞賛を与えてくださったのを拝見して、嬉しくて胸が一杯になりました。私がこんなことを申しますのは得意になっているからではなく、私の気持ちについてあなたがこんなに心配してくださるからには、私のことをそれだけ愛してくださっているに違いないとわかるからなのです。まあそんなことはどうでもよろしい。私の気持ちの話なんかして何になりましょう！　それはさておき、あなたは気後れしてはいけないとおっしゃいます。ああ私の天使さん、私だって気後れする必要はないことは自分でもわかっています。しかしそうは言っても、明日は役所へどの靴を履いて行けばいいのでしょう！　まさに、そういうことなんですよ、ワーレンカ。こういう心配で人はほんとうに不幸になってしまうこともあるんです。しかも大事なのは、私がこんなことを嘆くのは自分のためではないということなのです。気に病むのは、自分のためではありません。私自身はたとえ立ち木がパリパリと音を立てて凍りつくような極寒に、外套も靴もなしで歩き廻ることだって何でもありゃあしません。私はどんなことだって耐えられるし、我慢できます。なにせ私は、しがない平民ですからね――でも、世間の人が何と言うでしょう？　外套もなしで出かけたりしようものなら、私の敵どもが、意地の悪い毒舌家の連中が何を言い出すことやら。まったく人のために外套を着て、靴を履いているようなものです。というわけで靴はね、私の名誉と面目を保つために必要なんです。穴だらけの靴では名誉も面目も丸潰れですからね。ほんとうですよ、ワーレンカ。私の長年の経験を信じてください。酸《す》いも甘いも嚙み分けたこの老人の言うことをよく聴くんですよ、へぼ作家や三文文士の言うことじゃなくてね。

そう言えば、私が今日どんな目に遭ったか、そのことをまだ詳しくお話ししていませんでしたね。他の人が丸一年かかって体験するほどのひどい精神的苦痛を、私は今朝、ほんの数時間で味わったのです。それはこんなふうでした。まず朝ものすごく早い時刻に出かけました。相手に間違いなく会えるように、それに仕事にも遅れないようにと思ったからです。今日はひどい雨で、道もどろどろのぬかるみでした！　外套にしっかり身を包み、ずんずん歩きながら《ああ神様！　どうか私の罪をお赦しください。そして、どうぞ私の願いごとを叶《かな》えてください》と、ずっと念じていました。＊＊教会の脇を通ったときは、十字を切って自分の犯したあらゆる罪を悔い改めましたが、私のような者が主なる神様に何かお願いをして聞き入れていただこうなどと思うのはもってのほかだと、ふと思いました。私はじっと物想いに耽り、もう何を見る気もせず、道もよくわからぬまま歩きはじめました。街はがらんとしており、たまにすれ違う人は誰もがひどく忙《せわ》しげで、何か憂いを抱えているようでしたが、無理もありません。こんな朝っぱらから、しかもこんな天気に、のんびり散歩に出かける人なんぞいませんからね！　汚らしい労働者の集団と出くわしたら、あの連中、どすんとぶつかって来るじゃありませんか！　急に気後れがして、なんだか怖くなってきました。ほんとうはもうお金のことなんか考えたくもなくて、一か八《ばち》か、もうどうにでもなれという気分でした。ちょうどヴォスクレセンスキー橋まで来たら、靴底がぱっくり剝がれてしまったものですから、あとはもう我ながら何を履いているのやら、わけがわからなくなりました。そこでばったり清書屋仲間のエルモラエフに出会ったのですが、奴ときたら、直立不動で突っ立ったまま、まるでウォトカを一杯ねだるようにじっと私を見送っているんです。《何がウォトカだ？　冗談じゃない！》と思いましたよ。私はひどく疲れてしまったので、ちょっと立ち止まり一休みしてから、またそろそろと歩き出したのです。何でもいいから気の紛れる、少しでも元気が出そうなものがないかと、わざわざ目を凝らしてあれこれ見てみました。ところが駄目なんです。何にも意識を集中させることができません。それどころか、すっかり泥だらけになってしまったので、自分の姿が恥ずかしくなる始末です。

とうとう遥か彼方《かなた》に、見晴台《ベルヴェデール》風の中二階のある黄色い木造の家が見えました。エメリヤンさんが言っていたとおりのマルコフの家で、ああ、あれだなと思いました（利子を取って金を貸してくれるという、その人物がマルコフなのです）。私はもはや頭がぼうっとしており、マルコフの家だとわかっているくせに、巡査にあれは誰の家かと訊ねました。巡査がまた実に無礼な男で、いかにも嫌そうに、まるで誰かに腹を立てているようなぞんざいな口ぶりで、マルコフの家だと答えました。巡査というのは、どいつもこいつも温かみに欠けた連中ばかりです——しかし、巡査なんかに構っちゃいられません。何から何までやけに不吉で不愉快な印象ばかりで、それが次から次へと重なって、とどのつまりはどうも自分の今の境遇と似ているような気がしてきました。こうした場合はいつだってそんな気になるものです。その家の前を三度も行ったり来たりしましたが、歩いているうちにますます気分は落ち込みます。私は思いました――いや、駄目だ、絶対に貸しちゃくれない！　なにしろ見ず知らずの人間だし、持ち込むのはデリケートな問題だ、その上、風采は上がらないときている――まあ後悔しないように、とにかく運を天に任すしかないな。ものは試しだ、どやしつけられはしないだろう……というわけで、そっと木戸を開けました。

ところが、またもう一つ災難が降りかかってきたのです。ろくでなしの馬鹿な番犬がしつこく私につきまとい、死に物狂いで吠《ほ》え立てるじゃありませんか！　えてしてこんなろくでもない、みみっちい出来事で、人はかっとなったり怖気づいたりして、じっくり用意していた決心も覚悟も台無しにしてしまうのです。こんなわけで、私は生きた心地もしない有様で家の中に入り込んだのですが、また入った先でいきなり災難にぶち当たりました――足元が暗くて、敷居の辺りがよく見えなかったものですから、一歩踏み込んだ拍子に、どこかのかみさんにどすんとぶつかってしまいました。

そのかみさんは牛乳を乳搾りの桶《おけ》から水差しへ注いでいるところだったので、すっかりこぼしてしまったのです。馬鹿女は金切り声を張り上げ、「いったいあんたは、どこへのこのこ首を突っ込んでるんだい。何の用があるのさ?」と喚きたてたあげく、ひどい悪態をつきました。あなたにこんなことを申し上げるのは、私はこうした場合、いつだってこんな目に遭うからなんです。もうこれは運命で決まっているみたいで、いつだってなにかしらつまらないことに引っ掛かって身動きが取れなくなってしまうんですよ。騒ぎを聞きつけて、鬼婆《おにばば》ぁみたいなフィンランド人の女主人《おかみ》がぬっと顔を出したので、いきなりその婆さんに訊ねました。「マルコフさんはこちらにお住まいですか?」「いいや」と言うなり、婆さんは突っ立ったまま私の顔をじろじろと見つめています。「マルコフさんに何のご用?」私は、いや実はエメリヤンさんの紹介で……と説明しはじめ、その先は、ちょっと仕事のことで……と言いました。婆さんが大声で呼ぶと、娘が現れましたが、いい年頃なのに裸足のままです。「お父さんを呼んできな、二階の下宿の人のところにいるから――さあさ、どうぞ」と私を招き入れました。中に入ると、悪くない部屋で壁にはいくつも絵が掛かっています。どれも将軍の肖像画です。それに長椅子が一つに丸いテーブル、モクセイソウとホウセンカの植木鉢が並べてあります。私はよくよく考えてみました――退散したほうがいいんじゃなかろうか、まずいことにならないうちにさっさと引き上げるべきではないか？　いやワーレンカ、ほんとうに逃げ出したかったですよ！　明日出直したほうがいいな。天気も良くなるだろうし、明日まで待とう。今日はなにしろ牛乳もこぼしてしまったし、将軍たちもあんなに怖そうな顔で睨んでいるから……と思って、もう戸口へ戻りかけたところへマルコフが入って来ました。これといった特徴のない、小ずるそうな目をしたゴマ塩頭の男で、脂じみたガウンをベルト代りの紐で縛っています。何のご用かと訊ねられ、かくかくしかじか、エメリヤンさんの紹介で、その四十ルーブルをちょっと、まあそういう話なんで――と説明しましたが、しまいまで言えませんでした。奴の目の色を見れば、この話は駄目だとわかったからです。「いや、そういう話なら、私はお金なんかありませんよ。それともあなた、何か担保になるものでもあるんですか？」と言うのです。私は、担保は無いけれど、エメリヤンさんが言うには――と釈明を始め、要するに言うべきことを言いました。それをしまいまで聞き終えてから、「いや、エメリヤンさんなんて言っても駄目ですよ！　私はお金なんか持っていないんですから」とこうなんです。

そうだと思ったよ、そんなこと最初からわかっていたんだ、どうも嫌な予感がしたんだ、と思いました。ああもう、ワーレンカ、いっそ足元の大地が割れてしまえばいいと思いましたよ。ひどい寒気《さむけ》はするし、足は痺《しび》れるし、背筋がぞくぞくして鳥肌が立ちました。私はじっと奴を見つめ、奴も私を見つめたまま、「さあもう帰ったらどうだね、ここにいたって仕方がないだろ」と今にも言いそうです。というわけで、もし他の折にこんな目に遭ったなら、恥ずかしくて居ても立ってもいられなかったでしょう。「それにしてもあなた、いったいなんでお金が要るんです？」（こんなことまで訊ねられるんですよ、ワーレンカ！）私はただ虚《むな》しく突っ立っていたくないばかりに、思わず口を開けて答えようとしましたが、相手は聞こうともせず——いや、金はありません、あれば喜んで貸してあげたいのですがね、と言うばかりです。私は、額はほんのわずかですし、必ず期限内にお返しします、いや期限より早くお返しします、利子はいくらでも結構です、ほんとうにお返ししますから、とさかんに頼みこみました。私はこのとき、あなたのことを思い出し、あなたの不幸や困窮ぶりを思い出し、あなたが送ってくださった五十コペイカのことを思い出していました。ところが相手は、いや、利子なんて関係ありませんよ、担保でもあればね！　ともかく私はお金が無いんですよ、神かけてほんとうに持っていれば喜んでお貸しするんですがね、などと神様まで持ち出して言うんです。あの悪党ときたら！

そんなわけでね、ワーレンカ、いったいどうやって外へ出て、ヴィボルグ通りを通ってヴォスクレセンスキー橋に辿り着いたのやら、覚えてもいません。へとへとにくたびれ、全身ずぶ濡れで凍えきって、ようやく十時に役所に到着しました。ブラシで泥を落としたいと思ったのですが、守衛のスネギリョフが使わせてくれません。ブラシが駄目になってしまう、旦那、ブラシだってお上のものですからね、なんて言うのです。今では皆、こんな調子で、あの連中にとっちゃ私なんぞ靴拭きのぼろきれにも劣る存在なんです。何が私を打ちのめすと思いますか？　お金じゃありませんよ。日々のこうしたありとあらゆる気苦労や、ひそひそ話や皮肉な笑いや意地悪な冗談なのです。閣下もふとした拍子に私について何かおっしゃるかもしれません——ああワーレンカ、私の黄金時代は過ぎ去ってしまいました！　今日は、あなたの今までのお手紙を全部読み返しました。侘《わび》しい思いですよ、ワーレンカ！

さようなら。神様があなたを守ってくださいますように！

M・ジェーヴシキン

PS　自分の災難を冗談混じりに書きたかったのですが、どうも私には冗談というやつはうまくいきませんね。あなたを楽しませたかったのですが……。お宅に伺いますよ、ワーレンカ、明日必ず伺います。

八月十一日

ワルワーラさん！　私の大切な方！　私はもう駄目です。私たちは二人とももう駄目です。一巻の終わりです。私の評判もプライドも――何もかもが失われてしまいました！　私は破滅しました。あなたもですよ、ワーレンカ。私と一緒に破滅してしまいました！　私がいけないんです。私のせいであなたまで破滅させてしまいました！　私は皆に迫害され軽蔑され、物笑いのタネにされているのです。女主人《おかみ》はひたすら私を口汚く罵るようになりました。今日もさんざん人を怒鳴りつけて小言を並べ、ぼろくそに貶《けな》すのです。夜はラタジャエフのところで仲間の一人が、私がうっかりポケットから落としてしまったあなた宛ての手紙の下書きを朗読しだす始末です。ああワーレンカ、あの連中がどれだけ人をコケにして嘲笑ったことか！　私たちのことをさんざん囃《はや》し立て、大笑いをしたのです、あの裏切り者どもは！　私は連中のところへ行ってラタジャエフの背信をなじり、「おまえは裏切り者だ！」と言ってやりました。するとラタジャエフは「おまえこそ裏切り者だ、人をたぶらかして、いろいろとよろしくやっているじゃないか。俺たちに隠れて何かこそこそやっているおまえは、ラヴレスだ[18]」と言うのです。それで今じゃ皆が私をラヴレスと呼んで、他の呼び方なんてしない始末ですよ！

ねえ、いいですか、私の天使さん――今やあの連中は、何でも知っているんです。あなたのことも、何から何まで知りぬいているんですよ！　それどころか！　ファルドニの奴も連中の仲間に加わり、ぐるになっているんです。今日、あいつをソーセージ屋に使いに出そうとしたら、頑として行こうとしません。「忙しいんです」なんて

18 「女たらし」の代名詞。一八世紀から一九世紀初めのロシアで人気のあったイギリスの作家、リチャードソンの小説『クラリッサ』の登場人物の名前から。

言いやがって！　「だっておまえ、それが仕事だろ」と言ってやりましたら、「いえ、違いますよ、あなたはうちの女主人《おかみ》さんにお金を払っていないんだから、私があなたのためにしなければならない仕事なんてありませんよ」と、こうです。私はこんな無学な男から侮辱を受けることに耐えられず、「馬鹿もん！」と言ってやりましたら、「そっちこそ馬鹿じゃないですか」とぬかすのです。こいつ、酔っ払っているからこんな無礼な口をきくんだなと思ったので、「おまえ、酔ってるんだろう、この馬鹿もんが！」と言いますと、「あなたが一杯飲ませてくれたとでも言うんですか？　自分だって酒代も無くて、誰かさんに十コペイカ玉を物乞いしているくせに」と言った上に、「あーあ、これでもれっきとした旦那かね！」とまで言うじゃありませんか。ねえワーレンカ、事ここに至ってるんですよ！　生きてゆくのが恥ずかしいくらいです！　これじゃ、まるで世間から爪弾《つまはじ》きにされているろくでなしみたいじゃありませんか。身分証明書も持っていない浮浪者よりもひどいですよ。耐え難い不幸です！——私は破滅しました。ほんとうに破滅です！　一巻の終わりです。

M・D

八月十三日

誰よりも優しいマカールさん！

私たちには、次から次へと不幸ばかり降りかかってきますね。私、もう自分でもどうしたらいいかわからないくらいです！　これから先、あなたはどうなるのでしょう。私のほうは、希望はあまりありません。今日、左手をアイロンで火傷《やけど》してしまいました。うっかりアイロンを取り落として、打ち身と火傷をいっぺんにやってしまったのです。これではどうにもお針仕事もできませんし、フェドーラだってもう三日も具合が悪いのです。心配で心配で堪りません。銀貨で三十コペイカをお送りします。これが私たちの手元にあるほとんど最後のものなのです。神様はご存知ですが、あなたがお困りの今、私、ほんとうはあなたをどんなに助けて差し上げたいか……。悔しくて涙が出そうです！　ごきげんよう、私の大切なお友達！　今日いらしてくだされば、私にとってどんなに慰めになることでしょう。

V・D

八月十四日

マカールさん！　どうなさったんです？　あなたは神様に対する畏れを失《な》くしてしまったに違いありません！　あなたのせいで、私、ほんとうにおかしくなりそうです。恥ずかしくありませんか！　ご自分を破滅させていらっしゃいます。ちょっとはご自身の評判のことを考えてみてください！　あなたは誠実で、高潔で誇り高い方でしょう──それなのに、皆が今のあなたを知ったら、どうでしょう！　きっとあなたは、恥ずかしさのあまり死にたくなるに違いありません！　それとも白髪頭のお年になって情けないとお思いにならないんでしょうか？　ほんとうに神様を畏れていらっしゃらないんですか！　フェドーラは、もう今後あなたをお助けしないと言っていますし、私ももう、あなたにお金を差し上げません。マカールさん、私にこんなことまで言わせるなんて！　あなたがどんなひどい振る舞いをなさろうと、私は平気だと思っていらっしゃるんでしょう。あなたのせいで私がどんなにつらい思いを耐え忍んでいるか、あなたはご存知ないんです！　私、うちの階段をまともに通ることもできやしません。皆がじろじろ見ては指差して、それはそれは恐ろしいことを言うんですもの。あいつは酔っ払いとくっついているんだなんて、あからさまに言うんですからね。こんなことを聞いたら、どんな気がすると思いますか？　あなたが馬車で送られて帰って来る度に、下宿人の誰もが、さも軽蔑したようにあなたを指差して、ほら、あの役人がまた送られて来たぞと言うのです。私はあなたのことを思うと、恥ずかしくて堪りません。誓って申し上げますが、私はここを出て行きます。どこかへ行って、小間使いか洗濯女にでもなります。ここにはもういたくありません。うちへ寄ってくださるようにとお手紙を差し上げましたのに、あなたはいらしてくださいませんでした。つまり、あなたにとって、私の涙やお願いは何の意味もないのですね、マカールさん！　それにいったいどこでお金を入手なさったんでしょう？　どうかお願いですから、ご自分を大切になさってください！　そんなことをなさっていては破滅です、ただいたずらに身を滅ぼしておしまいになります。それに、なんという恥さらしでしょう！　昨晩は、女主人《おかみ》さんがあなたが家の中へ入ることを許さず、あなたは玄関のホールで夜明かしなさったでしょう。私、何でも知っているんですから。これを知ったときどんなにつらかったか、わかってくださったら……。

どうぞうちへいらしてください。うちなら楽しくお過ごしになれます。一緒に本を読んだり、昔話をしましょう。フェドーラが巡礼に行ったときの話をしてくれます。どうか私のためを思って、ご自分も私も破滅させないでください。なにしろ私はまさに、あなた一人のためだけに生きているのですし、あなたのためを思って、おそばを離れずこうしているのですから。それなのに、今のあなたのご様子ときたら！　どうか不幸のなかにあっても高潔で毅然《きぜん》とした人間であってください。貧困は悪徳にあらず、ということを覚えていらしてください。それに、自棄《やけ》を起こすことはないではありませんか。こんなことは、何もかも一時的なことです！　きっと神様が万事よくしてくださいますから、どうか今はなんとか頑張ってください。二十コペイカをお送りします。煙草でも何でもお好きなものを買ってください。うちへいらしてください。ただし、お願いですから、悪いことにはお使いにならないでくださいね。きっとですよ。もしかしたら、あなたは相変わらずきまり悪いと思っていらっしゃるのかもしれませんが、そんなのは偽りの気兼ねです。そんなことより、本物の後悔の念をお持ちになりますように。神様をお頼りになることです。神様が万事よいようにしてくださいますから。

V・D

八月十九日

ワーレンカ!

恥ずかしいです、私の愛しいワルワーラさん、心から恥じ入っております。とは言え、ワーレンカ、私のしたことは特別なことでもないでしょう? 少しは気晴らしをしたって構わないでしょう? 憂さ晴らしをしている間は、靴底のことを考えないで済むんです。しょせん靴底なんてくだらないものですし、いつまでたってもしがない、みみっちい泥だらけの靴底に過ぎないのですからね。そう、それに靴だってくだらないものです! ギリシャの賢人たちも靴なんか履かずに歩いていたのに、なぜ私たちのような者が、こんなろくでもない物に手こずらなけりゃならないんです? どうして私が侮辱されたり軽蔑されたりしなきゃならないんです? ああワーレンカ、あなたもずいぶんなことを書いてくれましたね！　フェドーラには、おまえは口喧《くちやかま》しくて落ち着きのない気性の荒い女だ、その上、馬鹿な女だ、どうしようもない愚か者だ！と言ってやってください。白髪頭についてもあなたは誤解していますよ、ワーレンカ。私はあなたが考えているほどの年寄りでもないんですからね。エメーリャがあなたによろしくと言っています。あなたはご自分が嘆き悲しんで泣いたと書いておられますが、私も心痛のあまり泣いたことをお伝えいたします。

末筆ながら、あなたのご健康とご多幸をお祈りいたします。私も息災にしております。

常に変わらぬあなたの友である
マカール・ジェーヴシキン

八月二十一日

親愛なる心優しき友、ワルワーラさん！

私がいけないのだということ、あなたに悪いことをしたということ——それはわかっております。でも、あなたが何とおっしゃろうと、いくらそんなことがすっかりわかっていても、なんの役にも立たないようです。私は、あの失態を演じる前から、酒に溺《おぼ》れるのは罪だとよくわかっていました。けれどもがっくりと気落ちしたために、罪の意識はありながら、堕落してしまったのです。ワーレンカ、私は意地悪でも残忍でもありません。あなたの小さな心を八つ裂きにするには、まさしく血に飢えた虎にならねばなりませんが、私ときたら羊のごとき小心者で、ご存知のように飢えたる虎の血への渇望は持ち合わせておりません。というわけで、例の失態も必ずしも私だけが悪かったとも言えないわけで、また私の心根も考えも悪くはなかったのです。こうなるともう、何が悪いのか私にはわかりません。いやはやまったくわけがわかりませんよ、ワーレンカ！　あなたは銀貨で三十コペイカを送ってくださり、その後また二十コペイカもくださいました。あなたの貧者の一灯のお金を見ていると、胸が疼きます。ご自分だって手を火傷なさり、もうすぐ食べる物もなくなってお困りでしょうに、私に煙草を買うようにとお書きになるのですから。こうした場合、いったい私はどうすればよかったのでしょう？　いっそのこと、いけしゃあしゃあと強盗みたいに、孤児《みなしご》のあなたから何もかも略奪すべきなのでしょうか！

ここで私はがっくりと気落ちしてしまったんですよ、ワーレンカ。いや、というより、まず初めに、自分が何の役にも立たない、靴底よりほんの少しマシなだけなのだという気にいやでもなってしまい、自分がなにかしら意味のある存在だと思うことすらふとどきなことに思われ、それどころかやがて、自分の存在そのものがふとどきでかなりみっともないものだと思うようになったのです。こうして、自身を大切に尊重する気持ちを失い、己の良き資質や尊厳を否定してしまったとたんに万事休すとなり、何もかもが崩れ落ちてしまったのです。これはもはや運命で、私の責任ではありません。初めはちょっと外の空気でも吸って、気分転換をしようと出かけたんですよ。ところが、これがまた、どっちを向いても冴《さ》えないことばかり――辺りはじめじめと陰鬱ですし、寒い上、雨も降り出す始末。おまけにばったりエメーリャに出くわしてしまったのです。あの人はね、ワーレンカ、もう持っているものは洗いざらい質に入れてしまって、手元には何もないものですから、私が会ったときは、丸二日間、飲まず食わずだったのです。それでとうとう、どうしたって質に入れることができないような代物《しろもの》まで入れようとしているところだったのです。なにしろあんな質草なんて聞いたこともありませんからね。

ねえワーレンカ、私がくじけてしまったのは自身の欲望のせいというより、人類に対する共苦、同情心ゆえだったのですよ。かくしてああした罪をしでかしたというわけです！　エメーリャと二人でどんなに泣いたことか！　あなたのことを思い出していたんです。あの人は実に優しい、ほんとうに善良な人です。それにたいそう感受性の豊かな人なんです。実は私自身も、何でもかんでも敏感に感じてしまうほうでしてね。私にこうしたことが次々に降りかかってくるのも、私が何に対しても感受性が強すぎてしまうからなんです。ワーレンカ、私はあなたにどれだけ感謝していることか！　あなたと知り合ってから、私はまず自分というものがよりよくわかるようになり、それからあなたを愛するようになりました。あなたを知る前の私は一人ぼっちで、まるでこの世で眠って暮らしていたようなものです。とてもまともに生きていたとは言えませんでした。あの底意地の悪い連中ときたら、私の格好のことまでふとどきだなどと言って毛嫌いするので、我ながら自分のことが嫌になっていました。連中が私のことを愚鈍だと言うので、私もほんとうに自分はそうなのだと思っていましたが、あなたが目の前に現れて真っ暗な人生を明るく照らしてくださったのです。すると私の心も魂もぱっと輝いて、私は心の平安を得ました。私だって他人に劣っているわけではないのだ、ただ、これといって際立ったところも輝かしい側面もなく、風格にも欠けるが、それでもとにかく一人の人間であり、心もあれば頭もある立派な人間なのだと気づいたのです。ところが今の私は運命に翻弄《ほんろう》され虐《しいた》げられ、己の尊厳を否定してしまい、自身の災厄に意気消沈し、がっくり気落ちしております。

ワーレンカ、今はもう何もかもご存知なのですから、どうかこれ以上このことについてお訊ねにならないでください。心からのお願いです。つらくて苦しくて私の胸は張り裂けそうなのですから。

あなたを尊敬し、いつまでもあなたの忠実な友である

マカール・ジェーヴシキン

九月三日

マカールさん、この前のお手紙はおしまいまで書けませんでした。書くのがつらかったからです。この頃ときどき、一人きりでいることが、たった一人で誰とも交わ

らずにふさぎこんでいるのが心地よいときがあるのです。そういう時がますます多くなってきました。思い出に耽ることは、私にとっていわく言いがたい特別なもので、そうしていると、思わず夢中になってしまい、何時間も今の身の回りのことは一切感じられなくなり、現実のすべてを忘れてしまうのです。それに今の生活で私が抱くさまざまな印象のうち——それが楽しいものであれ、つらいものであれ、悲しいものであれ——昔の思い出に繋がらないもの、特に子供時代、私の黄金の子供時代を思い出させないものは何ひとつないのです。でも、そうした思い出に耽った後はいつもつらくなってしまいます。私はなんだか衰弱しているようで、夢想癖は身にこたえるのです。それでなくても身体の具合がどんどん悪くなっていますから。

けれども今日は、この地では珍しいくらい爽やかな明るいきらきらとした朝で、私は生き返ったような嬉しい気持ちでした。そう、もう秋なのです！ ああ、私は田舎の秋がどんなに好きだったことか！ まだほんの子供でしたが、私はすでにいろいろなことを感じていました。秋の夕べのほうが朝よりも好きでした。家から歩いてすぐの丘のふもとに湖があったのを憶えています。この湖は今でも目の前に見えるようですが、広々として明るく、清らかで水晶のようでした！ 風が止むと、湖はしんと静まりかえります。湖畔の木々の葉がさやぐこともなく、水面はじっと動かぬまま、まるで鏡のよう。ひんやりとしてなんて爽やかなんでしょう！　草に露が宿り、湖畔に並ぶ百姓家にあかりが灯り、家畜の群れが家路につくころ——そんな時に私は湖を見るためにそっと家を抜け出して行き、私の湖にいつまでもじっと見とれていたものでした。

水辺のすぐそばで、漁師たちが枯れ枝か何かを焚《た》いており、その光が水面を遥か彼方まで伝っています。空は冷たい群青《ぐんじょう》色で、地平線の辺りには赤く燃えるような帯が幾筋も伸びているのですが、その帯が時間がたつにつれ少しずつ薄い色になってゆき、月が出ます。空気は澄み渡ってよく音が響き、小鳥が何かにびくっと驚いて飛び立っても、微《かす》かな風に葦《あし》がそよいでも、水の中でぱしゃりと魚が跳ねても——何もかもがよく聞こえました。群青色の水の上に、白く透けるような蒸気がうっすらと立ち昇ります。遠くは暗く翳《かげ》りつつあり、すべてがすっかり霧の中に沈んでゆくようですが、近くのものはボートも岸辺も島々もみな、まるで鑿《のみ》で削ったようにくっきりとその姿を刻まれています。水際に打ち捨てられた樽か何かが水面に微かに揺れており、黄葉《こうよう》した柳の枝が葦の藪にからまっている——その中から、帰り遅れたカモメが一羽、ぱっと飛び立ったかと思うと冷たい水の中にもぐりこみ、また飛び立って霧の中に消えていくのです。私はうっとりと見とれ、あたりの音に聴き惚れていました——ああ、ほんとうに素敵でした！　でも私はまだほんの初心《うぶ》な子供だったのです！……

私は秋が大好きでした——穀物の穫《と》り入れが済み、あらゆる作業も終わって、あちこちの百姓家では夕べの集いが始まり、皆が冬支度を始める晩秋が——。その頃は辺りは日毎に陰鬱な気配に包まれていきます。空はどんよりと雲に覆われ、黄色い木の葉が吹き寄せられて、裸になった森を縁取る小道のようになり、森は深い青みを帯びて黒ずんでいくのです。特に夕方、辺り一面が湿っぽい霧ですっぽりと覆われ、その霧の中から樹々が巨人のように、ぼんやりとした恐ろしい幻のようにちらちらと姿を現すときなどは、森は黒々として見えました。散歩をしているうちに、つい思いがけぬほど遅くなってしまい、他の人たちに置いて行かれてたった一人で急いで歩いているときの薄気味悪さ！　木の葉のように震えながら、今にも誰か恐ろしい人があの木の洞《うろ》から出て来るんじゃないかしら、と思ったりして。その間にも風が森を吹き抜け、唸《うな》り、ざわめき、ひゅうひゅうと哀しげな声で泣きはじめ、哀れな枝から葉っぱをごっそりと毟《むし》り取り、宙へ巻き上げます。その木の葉を追いかけて、鋭くけたたましい叫び声をあげながら、長く幅広の騒々しい群れをなして鳥たちが飛んでゆくので、空はすっかりその影に覆われて黒くなり、私は怖くなってしまいます。するとちょうどそこへ、まるで誰かの声が、囁きかける声が聞こえるような気がするのです。《さあさあ、いい子だから、急ぐんだ。遅れちゃいけないよ。もうすぐここでは恐ろしいことが起きるからね。さあ、急いで走ってお帰り！》恐ろしさに心臓を射抜かれて、もう無我夢中で走りに走るものですから、息が止まりそうになります。

息も絶え絶えになって駆け戻ると、家の中は賑やかで楽しそうです。私たち子供には皆、えんどう豆の莢《さや》を剝《む》いたり、芥子《けし》の実を殻から出したりする仕事が与えられます。湿った薪《まき》がぱちぱちとはぜ、ママは嬉しそうに、私たちの楽しい仕事ぶりを見守っています。年老いた乳母《ばあや》のウリヤナが、昔話や、魔法使いや死人の出て来る恐ろしいおとぎ話をしてくれます。私たち子供は怖くて身体をぴったりと寄せ合っているのですが、皆、口元には微笑が浮かんでいます。不意に全員がいっせいに黙り込みます……ほら、何か物音がする！　誰かがドアをノックしているみたい！　でもそれは何でもないのでした。フロロヴナ婆さんの足踏み紡車《つむぎぐるま》の音だったのです。まあどんなに笑ったことか！

やがて真夜中になると、怖くて眠れなくなってしまいます。恐ろしい夢を見るからです。目を覚ますと、ぴくりともできぬまま、夜明けまで毛布の下で震えていました。でも翌朝は、一輪の花のように爽やかな気分で目覚めます。窓の外を覗くと、野原《の》一面、寒気に包まれ、すっかり葉を落として裸になった枝に秋の霜がうっすらと降り、湖には紙のように薄い氷が張り、湖面に白い蒸気が立ち昇っています。小鳥たちも楽しげに歌っています。太陽の光がキラキラと輝き、その光線が薄氷をガラスのように割ってゆくのです。なんて明るくキラキラして、楽しいんでしょう！　暖炉ではまた薪がはぜ、皆はサモワールを囲んで座ります。それを、一晩中寒さで震えていたうちの黒犬のポルカンが、窓の外から覗き込み、人懐《ひとなつ》っこく尻尾《しっぽ》を振ってみせるのです。元気のよい馬に乗ったお百姓のおじさんが、窓の外を通って森へ薪《たきぎ》を伐《き》りに行きます。皆が満ち足りて、皆が幸せでした！……ああ、私の子供時代は、なんという黄金時代だったのでしょう！……

そして今、思い出に夢中になっているうちに、私は子供みたいにわあわあ泣いてしまいました。何もかもを、それはそれは生き生きと思い出し、過去のすべてが目の前に鮮やかに浮かび上がりましたのに、現在はすべてがくすんでぼんやりと暗いんですもの！……これからいったいどうなるんでしょう。どんな結末になるんでしょうか？　実は私、なんだか確信みたいなものがあるんです——きっと今年の秋に自分が死ぬに違いないという……。私、具合がひどく悪いんです。自分が死ぬことをしょっちゅう考えているんですが、それでもここでこのまま死にたくありません——この土地に埋葬されるのは嫌なのです。たぶん私は、この春と同じように、また重い病気になって寝込んでしまうでしょう。まだちゃんと治っていなかったのです。今こうしていても、とてもつらくて堪りません。フェドーラは、今日は一日中どこかへ出かけてしまい、私は一人ぼっちなのです。いつの頃からか、一人きりでいるのが怖くなってしまいました。部屋の中に私の他に誰かもう一人いて、その人が私に話しかけているような気がしてなりません。特に何か物想いに耽っていて、ふと我に返ったときなど、そんな気がして怖くなってしまうのです。それであなたにこんなお手紙を書いたのです。書いていると気が紛れるからです。

さようなら。お手紙もこれでおしまいにいたします。便箋も時間ももうありませんから。私のドレスや帽子を手放して得たお金も、銀貨でたった一ルーブルしか残っていません。あなたは女主人《おかみ》さんに銀貨で二ルーブルお渡しになったんですね。ほんとうによかったですね。これでしばらくはうるさく言われないでしょう。

なんとかご自分のお洋服を直してくださいませ。私はどうしてこんなに身体が弱くなってしまったのかわかりません。ほんのちょっと何かしただけで、ぐったりしてしまうのです。お針仕事が見つかっても、とても仕事どころじゃありません。それを考えると、また気が挫けてしまうのです。

V・D

九月五日

愛しいワーレンカ！

今日はね、私の天使さん、実に多くのことを目にして、さまざまな感想を抱きました。そもそも一日中頭痛がしていたのですが、外気に触れてなんとか気分転換しようと思い、フォンタンカ運河沿いに少し散歩でもしようと出かけたのです。なんとも薄暗くてじめじめした晩でした。五時過ぎには、もう黄昏《たそが》れてきます――今はもうそんな時節なんですね！　雨は降っていませんでしたが、その代り本物の雨より質《たち》の悪い霧が出ていました。空には幅が広くて長い雨雲の筋が何本も広がっています。河岸《かし》通りには大勢の人がうようよと出ていましたが、これがまたまるで嫌がらせのように、どれもこれもおそろしく陰鬱な顔つきをした者ばかり――酔いどれの男に、長靴を履いて何も被らず頭を剝き出しのままにした獅子鼻のフィンランド女、職人、辻馬車の御者、何か用事を抱えているらしい私と同じような人種、少年たち、煤《すす》と油にまみれた顔をして手には錠前を持ち、縞模様の上っ張りを着ているひょろひょろと痩せ衰えた鍛冶《かじ》屋の見習い、背丈が二メートルもありそうな復員兵――ざっとこういった連中ばかりです。どうやらその他の人種は現れそうもない時刻のようでした。フォンタンカというのは、なるほど船舶航行用の運河というだけのことはありますね！　艀《はしけ》は数知れず、よくもまあこれだけ入る場所があったと思うほどです。いくつもある橋の上には、湿気《しけ》た糖蜜菓子や腐りかけた林檎を抱えたかみさん連中が座っているのですが、どれもこれも薄汚れたびしょ濡れのおばさんばかりです。フォンタンカを散策するのは侘しいものです！　足元には濡れそぼった御影石《みかげいし》、両側には背の高い煤だらけの黒い家ばかり。足元も霧なら、頭の上にも霧が流れている――今日は、そんな陰気で薄暗い夕べでした。

ゴロホヴァヤ通りに曲がった頃には、すでに辺りはすっかり暗くなり、ガス灯がともりはじめました。私はもう長いことゴロホヴァヤ通りには行っていませんでした——そんな機会がなかったのです。賑やかな通りですねえ！　なんて豪華な店が並んでいることか——ショーウィンドウに飾られた生地も花も、リボンのついたさまざまな帽子も、何もかもがキラキラと光り輝いています。これはみな、ただ飾りのために並べられているのかと思うのですが、そうではありません。こういう物すべてを買って、女房にプレゼントする人たちがちゃんといるんですからね。贅沢《ぜいたく》な街ですよ！　ドイツ人のパン屋もゴロホヴァヤ通りには大勢住んでいます。これも裕福な人たちに違いありません。どれだけの馬車がひっきりなしに行き交うことか。よく舗道がもつものですね！　豪華な馬車は窓ガラスが鏡みたいにぴかぴかですし、中はベルベットとシルク張りです。従僕も貴族的で、肩章をつけてサーベルまで吊っています。私はあらゆる馬車を一つ残らず覗いてみましたが、貴婦人が装いを凝らして乗っていました。たぶん、公爵令嬢だの伯爵夫人だのでしょう。ちょうど皆が舞踏会やパーティに急いでいる時刻だったに違いありません。公爵夫人を、いや、そもそも貴族のご婦人を間近で見るのは興味深いものです。そういった方々を目にするのは、たしかにいものですよ。もっとも私は、一度もそんな方たちと直接会ったことはありませんがね、今みたいに馬車の中を覗き込んだりする以外は。あのときあなたのことをすぐに思い出しました。

ああ愛しいワーレンカ！　こうしてあなたのことを思うと、心が疼いてなりません！　ワーレンカ、あなたはどうしてそんなに不幸なんでしょう？　私の天使さん！　あなたは他の皆に、何ひとつ劣っているわけでもないのに！　ほんとうに優しくて美しく、教養もある方なのに、一体どうしてあなたにばかり意地悪な運命が降りかかってくるのでしょう？　どうして良い人に限ってうらぶれた暮らしぶりで、そのくせ幸福は他の誰かのところへは頼まれもしないのに自分のほうから押しかけて行ったりするのでしょう？　こんなことを考えるのは悪いってことぐらい、よくよくわかっていますよ。これは自由思想だってことぐらいね。しかしほんとうのことを言えば、どうしてある人は母親の胎内にいるときから幸せな運命に祝福されるのに、別のある人は人生の出発点が養育院なのでしょう？　しかも得てして幸せを手に入れるのは、イワンの馬鹿[19]なんですからね。イワンの馬鹿よ、おまえは先祖伝来の金袋にいくらでも手を突っ込んで、好きなだけ飲み食いして楽しくやるがいい、で、そっちのおまえは涎《よだれ》でも流していろ、おまえにはそれがちょうどお似合いさ、というわけです。こんなことを考えるのは良くないことですよね、ワーレンカ。でもどうしても罪深い考えが浮かんでしまうんです。

もしもあなたがあんな立派な馬車に乗っていたら、私みたいな者ではなくて将軍さま方が、あなたの優しい眼差《まなざ》しにひと目触れたいと夢中で追いかけるでしょう。あなたが薄っぺらな木綿のぼろぼろの服なんかじゃなくて絹と黄金で着飾っていたなら、あなたが今みたいに弱々しくやつれた痩せっぽちでなく、砂糖菓子のお人形さんみたいに潑剌《はつらつ》として頰は薔薇色でふっくらしていたなら、私なんかそれこそ通りから光り輝くお屋敷の窓を見上げて、あなたの影がちらりと見えただけで幸せになるでしょう。ああ、可愛らしいあなたが今あそこで幸せに楽しくしているのだと思うだけでね。ところが今はどうでしょう。意地の悪い連中があなたを破滅させるだけでは足りずに、そ

19 一八八六年トルストイ作のものではなく、ロシアに伝わる民話の『イワンの馬鹿』。民話では、イワンは乱暴者で、最後に貴族を氷の中に突き落として富を手に入れる。ここでは「何のとりえもない馬鹿者がなぜか幸運を手にする」という意味で使われている。

の辺のどうしようもない屑《くず》みたいな飲んだくれが、あなたを馬鹿にするのですからね。燕尾服を着てふんぞり返っているからとか、金縁の柄付き眼鏡をかけているからというだけで、何もかもがその恥知らずな奴の思いどおりになってしまうし、不届き千万なそいつの話をこちらはへりくだって聞いてやらなければならないのです！　もうたくさんですよ！　いったいどうしてこんなことになるんでしょう？　それはあなたが孤児《みなしご》で、しっかりと支えてくれるような有力な友人がいないからなんです。でも、孤児を平気で馬鹿にするとは、どういう人間でしょう。そんなのは屑です。人間じゃありません、ほんとうにただの屑です。一応人間の数のうちに入ってはいても、実は、人間なんかじゃないんですよ──はっきりとそう言えますとも。あの連中は、そんな奴らなんです！

思うに、むしろ今日ゴロホヴァヤ通りで見かけた流しの手回しオルゴール弾きのほうが、あの連中より尊敬に値しますよ。たしかにあの男は丸一日歩き廻ってへとへとになりながら、みじめな端金《はしたがね》が手に入ることを期待して、それでなんとか糊口《ここう》を凌《しの》いでいるわけですが、その代り、あれでも自分が自分の主人であり、自分で自分を養っているんですから。あの男は人の施しにすがるような真似はしたくないんです。そうではなくて、人に喜びをもたらすために、来る日も来る日も休みなく働いているのです――何か自分のできることで人を喜ばせたいと……。極貧も極貧、たしかに乞食同然でしょう。でもその代り、高潔な乞食ですからね。疲れ果て、寒さに震え、それでも働いているのです。彼なりの働き方ですが、とにかく働いていることは間違いありません。そして世の中には、自分の仕事の量と有益さに応じてたとえ少しずつでも自分で稼ぎ、誰にも頭を下げず、パンを恵んでもらうこともない、そういう正直な人が大勢いるんですよ。この私もあの手回しオルゴール弾きと同じで、いやまったく同じというわけでもありませんが、ある意味で、つまり高潔で気品があるという意味では、彼と同じように自分なりにできる限りのことをやって働いているのです。それ以上のことを私に求められてもできません。無い袖は振れないんですから。

こんなオルゴール弾きの話を始めたのはね、ワーレンカ、今日私は自分の貧しさを二重に痛感する体験をしたからなのです。私はあの大道芸人を見物しようと思って、立ち止まりました。さきほどのような考えばかりが頭に浮かんでくるので、気を紛らすために立ち止まったのです。私の他に立っていたのは、辻馬車の御者たち、あの手の女が一人、それに全身泥だらけのまだほんとうに小さな女の子が一人でした。大道芸人は、ある家の窓の下で演奏していました。ふと見ると十歳くらいの小さな男の子が一人います。ほんとうは可愛らしい子のはずなのに、見るからにやつれてひょろひょろと貧弱ですし、シャツ一枚の上に何かちょっと羽織っているだけで足は裸足同然です。ぽかんと口を開けたまま音楽に聴き入っているのは、やはり子供なのですね！ドイツ人のオルゴール弾きの人形たちがダンスをしている様子にじっと見とれているのですが、手も足もかじかんで、ぶるぶる震えながら袖口を嚙んでいるのです。ふと気づくと、手に何か紙切れを持っています。紳士が一人通りかかり、オルゴール弾きに小銭を一枚投げました。小銭は小さな柵《さく》で周りを囲んだ箱の中にちょうどうまく落ちました。その箱の中では、フランス人をかたどった人形が貴婦人たちと踊っているのです。小銭がちゃりんと落ちるや否や、男の子ははっと身震いすると、おずおずと辺りを見廻し、どうやら私がお金を入れたのだと思ったようです。私のところへ駆け寄り、ちっちゃな手も声も震わせながら、私に紙切れを差し出して言いました。「お手紙！」私は手紙を開きましたが、内容はすべてわかりきったことです――お恵み深いお方、この子の母親は死の床にあり、三人の子供たちは飢えております。どうか私たちをお助けください。私が死にましたら、今、あなた様が私の子供たちのことをお見捨てにならなかったことに対して、あなた様のご恩をあの世で決して忘れはいたしません、というわけです。いや、わかりきったこと、よくある話ですが、私にどうしろというのでしょう？　結局、その子には何もやりませんでした。実に可哀相なことをしましたよ！

男の子はみすぼらしく、寒さで顔が青ざめており、たぶんお腹《なか》も空いているのでしょう。この子は決して嘘をついているわけではないのです。それは私もよくわかっています。ただ腹が立つのは、どうしてああいう卑劣な母親たちは子供たちをちゃんと守ってやらずに、裸同然の姿で、書き付けなんか持たせてこの寒空《さむぞら》に放り出すのかということです。たぶん、愚かな上に、意志薄弱な女で、一肌脱いでくれるような人もいないものだから、ただどうしようもなくじっとしているのでしょう。それにほんとうに病気なのかもしれません。それにしても、しかるべきところへ助けを求めればいいじゃありませんか。もっともその母親は単なるペテン師で、人を欺《あざむ》くためにお腹を空かせたひ弱な子供をわざと物乞いに出し、ほんとうに病気にさせてしまうつもりなのかもしれません。すると、あんな書き付けを持たされた可哀相な子供は、何を学ぶでしょうか？　残忍な心の持ち主になるだけです。あの子は歩き、駆け廻り、物乞いをします。そこらを歩いている人はいますが、皆、他人に構っている暇なんかありゃしません。心は石のようだし、言葉は冷酷無情そのものです。「あっちへ行け、とっとと消えろ！　冗談じゃない！」誰から聞かされるのも、こんな言葉ばかり。子供の心は冷たく強張《こわば》ってゆき、壊れた巣から落っこちてしまったひな鳥のようなこの哀れな子供は、寒空の下でいたずらに身体を震わせています。手も足もかじかんで、息も止まりそうなのです。どうやらこの子はもう咳をしていますよ。もう今にも病魔が、嫌らしい爬虫類《はちゅうるい》のようにこの子の胸に這い上がり、やがて死神がこの子の上にのしかかって来るでしょう。悪臭ふんぷんたる部屋の中で、看護の手も援助の手もないままに——これがこの子の全生涯なのです！　人生とは、こんなものなんです！

ああワーレンカ、「キリスト様のために」という物乞いの言葉を聞きながら、何もやれずに「神様が与えてくださるよ」と言ってそばを通り過ぎるのは、つらいものですよ。「キリスト様のために」でも、ある種のものは、べつにどうってことはありません（同じ「キリスト様のために」でも、いろいろなものがあるんですよ）。なかには、長々と言葉を引き延ばしたような、習慣化してすっかり身についた、いかにも乞食然とした「キリスト様のために」もあります。こういう相手には、何もやらなくてもそれほどつらくありません。これはもう長いこと乞食をやっているプロの乞食であり、もうすっかり慣れっこになっているし、なんとかやっていくはずだ、どうやって耐え凌ぐか、それを心得ている人だと思えるのです。ところが、これとは違う「キリスト様のために」もあって、それはまだ不慣れで、粗野で恐ろしい響きがあります。今日ちょうど私が男の子の書き付けを手に取ろうとしたとき、すぐそばの塀のところに立っていた男が、誰かれ構わず物乞いするわけでもなく、私に向かって「よう旦那、半コペイカ恵んでおくれよ、キリスト様のために！」と言ったのです。その言い方があまりにもぶっきら棒で乱暴だったので、私は恐ろしさのあまりなんだか身震いがして、金はやりませんでした。無かったのです。それにしても金持ちは、貧乏人が自分の不運をかこつのを嫌いますね――あの連中は、まったくうるさい、しつこくてかなわないよ！　というわけです。そりゃ確かに貧困はいつだってしつこいものですが、お腹を空かせた者たちの唸り声が、金持ちの安眠を妨げるとでも言うんでしょうか！

実を申しますとね、ワーレンカ、あなたにこんなことをあれこれ書こうという気になったのは、一つには気晴らしのためでしたが、むしろそれ以上に、私の文章が立派な文体で書かれている例をお目にかけたかったんです。というのも、あなたご自身も認めてくださるに違いありませんが、私の文体が、最近、体《たい》をなしてきたからです。

それなのに今の私は、すっかりふさぎの虫にとりつかれてしまっているものですから、自身の考えに、そうだ、そのとおりだと思ってただ心から共感してしまうのです。自分で自分に同情してみても何の役にも立たないことぐらい、よくわかっていますが、それでもこうすることで幾分かは自分の正統性を認めることになりますからね。実際、得てして自分のことは何の理由もなしに卑下して、一文の値打ちもない吹けば飛ぶような木っ端《こば》同然と思いがちです。その理由は、たとえば今日私に物乞いをしたあの哀れな男の子と同じように、私自身がいつも虐げられておどおどしているからなのかもしれません。もう一つ喩《たと》え話でお話ししましょう。いいですか、よく聴いてくださいよ。

私は、朝早く勤めに急いで出かける途中で、町の様子に圧倒されて見とれてしまうことがあります。町が目を覚まし、動き出し、煙を吐いて、湯を沸かし、ガチャガチャと音をたてる、そうした光景を目にすると、時にはすっかりいじけてしまい、まるで誰かに詮索好きで突き出した鼻先をパチンと弾かれたかのように、こりゃ駄目だ、とても太刀《たち》打ちできないとばかりに、すごすごと退散することになるのです！　では次に、こうした黒く煤けた大きな家々の中で何が行われているか、よく見てごらんなさい。中を覗いたら、わけもなく自分を卑下してやたらに狼狽するのが、正しいかどうかわかるはずです。いいですか、ワーレンカ、私は比喩《ひゆ》的にお話ししているのであって、文字どおりの意味ではありませんよ。さあ、この家々の中で何が起きているのか見てみましょう。ある家の中の、煙のたちこめる片隅——必要上やむを得ず貸間とみなされている犬小屋同然のじめじめした部屋で、どこかの職人が目を覚ましました。その職人は眠っている間、一晩中、まあたとえば、昨日自分がうっかり裁《た》ち損なった靴の夢ばかり見ていたのです。まるでこんな下らないことしか夢に見てはいけないと決まっているかのようにね！　しかし、しょせんこの男は職人、靴職人ですから、自分の周りのことばかり考えていても、それは仕方がないことでしょう。子供はぴーぴー泣くし、女房は腹を空かせています。

ところが、必ずしも靴職人だけがこんなふうに目覚めるわけでもないのですよ。こんなつまらないことはわざわざ書くまでもないことかもしれませんが、しかし実は、さらに次のような事情があるのです。この同じ建物の一階上か下の、金ぴかの立派な部屋で、ある大金持ちが、夜間、やはり靴の夢を見ていたのかもしれないのです。いや、同じ靴といっても、もっと別のスタイルですがね。それでも靴は靴です。というのも、私が今、言おうとしている意味合いでは、我々は皆、多少なりとも靴職人というわけなのです。そして、こんなことはどうでもよいことなのですが、よくないのは、この大金持ちのそばには「そんなことを考えるのは、もうたくさんでしょう。自分のことばかり考えて、自分一人のためだけに生きるのは、いい加減にしたらどうですか。あなたは靴職人じゃないんだし、お子さんたちは元気で、奥さんもお腹を空かせているわけじゃないんだから。ちょっと辺りを見廻してごらんなさい。自分の靴よりはもう少し上等な心配すべきことがあるでしょうに！」と耳元で囁いてくれるような人がいないことなのです。

私が喩え話でお話ししたかったのは、こういうことなんですよ、ワーレンカ。これはひょっとすると、あまりにも自由思想かもしれませんが、でもこういう考えが時には浮かぶんです。そして思い浮かぶと、それは熱い言葉となって思わず心から迸《ほとばし》り出てしまうんです。というわけで、ちょっと騒がれたり、雷を落とされたからと言って、いちいちびくびくして、自分は一文の値打ちもない者だなどと思い込む理由はなかったわけです！　最後に申し上げておきますが、ワーレンカ、もしやあなたは、私が誹謗中傷の類を口にしているか、さもなければふさぎの虫にとりつかれたか、あるいは何かの本から書き写したと思われるかもしれません。いいえ、それは違います。

そんなふうに考えないでください――中傷は嫌いですし、ふさぎの虫にとりつかれたのでもありません。そしていかなる本から書き写したわけでもありません――そういうことなんです！

私は憂鬱な気分で帰宅し、机の前に座ると、ティーポットを温めお茶でも一、二杯飲もうと思って支度をしました。ふと気づいたら、うちの可哀相な下宿人のゴルシコフが私の部屋にやって来るじゃありませんか。私はまだ朝のうちから、ゴルシコフがうちの住人の間をうろうろして、私のところにも来たそうにしていることに気づいていました。ついでに言っておきますがね、ワーレンカ、あの人のうちの暮らしぶりは、私の暮らしどころじゃないんです。ずっとひどいんですよ！　奥さんも子供たちもいますからね！　もし私がゴルシコフの立場だったなら、いったいどうしたらいいのかわからないほどなんです。ゴルシコフは私の部屋に入って来てお辞儀をするのですが、いつもながら睫《まつげ》は目やにのような涙で濡れているし、足取りもよたよたと引きずるようで、自分からは一言も口をきくことができません。

なにはともあれ、私は彼を椅子に座らせました。もっともその椅子も壊れかけたものでしたが、他にはなかったのです。お茶を飲むように勧めますと、彼は何度も何度も遠慮したあげくに、ようやくコップを手に取りました。砂糖なしで飲もうとし、またもや遠慮しますので、ぜひとも砂糖を入れなくてはいけないと説得しました。また長い押し問答の末、やっといちばん小さなかけらをコップに入れ、このお茶はものすごく甘いですねと言うのです。まったく貧困は人をどこまで卑屈にするのでしょう！「さて、いったいどうなさいました？」私は訊ねました。「いや、その、こういうことでして。お情け深いマカールさん、どうか不幸な家族に、神様のお恵みをお示しください。子供たちも妻も食べる物が無いのです。父親として、私がどんな気持ちでおりますことか！」私が何か言いかけると、彼は遮《さえぎ》ってこう言いました。「マカールさん、私、ここの皆さんが怖いのです。いや、怖いというわけでもないのですが、ただ、その、きまりが悪いのです。皆さん、プライドが高くて、高慢ちきな方ばかりですからね。あなたにもご迷惑をおかけしたくないんですけれど……。あなたご自身もいろいろと面倒なことがおありになったことは存じております。ですから、たくさん貸していただくわけにはいかないこともわかっておりますが、ほんの少しだけでもお貸しいただけませんでしょうか。勇気を出してあなたにお願いに伺いましたのは、あなたは優しい心の持ち主で、しかもご自身も貧乏をなさったことがあり、今もお困りでいらっしゃる——だからこそ、あなたの心は人と共に苦しむ同情の念を感じてくださると私は知っているからなのです」最後に彼は、図々しいお願いをする失礼をお許しくださいと言って話を終えました。私は、喜んで貸して差し上げたいところだが、持ち合わせが、まったく一文も無いのだ、と言いました。すると「マカールさん、なにもたくさん拝借したいわけじゃないんです。これこれしかじかで（このとき彼は顔が真っ赤になりました）妻も子供も腹を空かせていますので、せめて十コペイカでもお願いできませんでしょうか」と言うのです。

これにはさすがに私も胸が締めつけられる思いでした。これはもう、私の貧しさをはるかに凌《しの》いでいます！　ところが私も、手持ちはわずかに二十コペイカしかなく、しかもそれは使う当てのあるお金でした。明日、最低限のものを買うためのお金だったのです。「いや、残念ですが、ご用立てできません。これこれしかじかで」と申しますと、「マカールさん、おいくらでも結構なんです。せめて十コペイカでも」と言うじゃありませんか。仕方ありません。引き出しから二十コペイカを出して、渡してやりました——わずかといえども、とにかく善行をなしたわけです！　まったく貧乏ってものは、やり切れませんね！　彼と話し込みました。いったいまたどうしてそんなに困窮しているのか、それなのに、なぜ銀貨で五ルーブルもする部屋を借りているのか訊ねました。ゴルシコフの説明によれば、部屋は半年前に借りて、三カ月分前払いしたのですが、その後、いろいろと面倒な状況が重なり、気の毒なことに、にっちもさっちもいかなくなってしまったのだそうです。そのうち事件も解決するだろうと期待していたのでしょうが。実に不愉快な事件に巻き込まれているんです。この人はですね、ワーレンカ、何かの事件で法廷で責任を問われているんですよ。お上の請負仕事で詐欺を働いたある商人と係争中なのです。詐欺が暴かれ、その商人は告訴されたのですが、ゴルシコフはたまたまそこに居合わせたということで、この横領事件に巻き込まれてしまったのです。

実のところゴルシコフの罪は、単に国益を守るという点から見れば、職務怠慢と不注意、それにあるまじき手抜かりがあったというだけの話なのです。審理はもう何年も続いており、彼にとっては不利な障害が次々と起こっています。「私が濡れ衣を着せられている不正行為について、私は無実です。詐欺や横領についても、まったく身に覚えのないことです。私は潔白なのです」とゴルシコフは言いますが、この裁判沙汰で彼の名誉は少なからず汚され、職場もクビになりました。そして、彼がたしかに有罪であると認められたわけでもないのに、完全に無実と決まるまでは、相当額のお金をその商人から取り返せないのです。そのお金は本来、当然彼に支払われるべきものなのですが、現在は係争中というわけです。私はゴルシコフの言うことを信じていますが、裁判所は彼の言葉を信用してくれません。問題は要するに、何もかもがこんがらかり、引っ掛かっているので、百年かかってもこの縺《もつ》れをほぐすことなどできそうもないということなのです。せっかくちょっとほぐれかかったかと思うと、例の商人がまたもや新たな問題を縺れさせ、こじらせてしまうのです。

ゴルシコフがほんとうに気の毒で、私は心から同情しています。何の職にもついていませんが、それはどうにも先が見えない状況ゆえに、どこにも雇ってもらえないからです。蓄えもすっかり食い潰してしまいました。事件は縺れに縺れ、しかしその間も生きてゆかねばなりません。そうこうするうちに、実に間の悪いことに、ひょっこり赤ん坊が生まれました――これでまた物入りです。息子が病気したと言っては物入り、死んだと言ってはまた物入り。女房は病身、ゴルシコフ自身も持病があって、健康とは言えません。端的に言って、苦労に苦労を重ねているのです。とはいえ彼の話では、あと数日で事件も円満解決するはずで、今度こそは絶対に間違いないということですが、とにかく気の毒です。いやまったく可哀相な人ですよ！　私は彼に親切にしてあげました。すっかり狼狽し、途方に暮れており、誰かの庇護を求めているので、優しくしてあげたのです。

では、さようなら、ワーレンカ。ごきげんよう。どうぞお身体をお大事になさってください！　あなたのことを思うと、まるで病んだ心に薬をつけるように癒されます。たとえあなたのことを心配して苦しんでも、あなたのための苦しみなら、それすら私にとっては、心地よいものなのです。

あなたの誠実なる友
マカール・ジェーヴシキン

九月九日

私の愛しいワルワーラさん！

今、私は興奮して我を忘れてこの手紙を書いています。恐ろしい出来事があり、すっかり動揺してしまいました。周りのものがみな、ぐるぐる回っているような気がします。いったい何が起こったと思いますか？　こんなことは予想だにしませんでした。いや、予感しなかったなどとは思いません。ほんとうは全てわかっていたんです。今日あったことは何もかも、私の心に予感はあったのです！　つい最近、これとそっくりなことを夢に見たほどです。

こういうことなんですよ！　文体は気にせず、心に思いつくままにお話しします。今日、私は勤めに出かけました。役所に着くと席に座り、清書を始めました。ここで知っておいていただかなければならないのは、私は昨日も清書したということです。つまり昨日、チモフェイさんが私のところに来ると、じきじきに命じられたのです――これは重要な急ぎの書類だ、なるべくきれいに、早く、丁寧に清書するように。今日、閣下にご署名いただくのだから、と……。一言言っておかなければならないのは、昨日、私はなんだか落ち着かず、何も見る気がしないほどでした。憂鬱で、ひどくふさぎこんでいたのです！　侘しい気分で心は真っ暗、思うことといえばあなたのことばかりでしたよ、ワーレンカ。ともあれ、清書に取り掛かりました。きれいに立派に仕上げたのですが、どう言えばよいものか、魔が差したのか、あるいは何か神秘的な運命でそう定まっていたのか、それとも単にそうならざるを得なかったのか――私は丸々一行をすっ飛ばしてしまったんです。どんな文章になったものやら、およそ意味をなしていなかったでしょう。昨日は書類の処理が遅れて、閣下の署名に回されたのは今日になってからでした。そんなこととは露知らぬ私は、何事もなかったかのように今日もいつもの時間に役所に出ると、エメリヤンさんの隣の席に着きました。

実を言いますとね、ワーレンカ、この頃私は、以前の二倍も気後れがして、恥じ入るようになっているのです。最近は誰の顔もまともに見られないくらいです。誰かの椅子がちょっとでも軋《きし》もうものなら、もうそれだけで生きた心地もしなくなるのです。まさに今日も、静かに息を潜め、ハリネズミみたいに神経を尖《とが》らせてじっと座っていましたので、エフィムさんが（こんなに人にちょっかいを出して喧嘩を吹っかける人は他にいません）わざと皆に聞こえるような大声で「マカールさん、なんでまた、そーんな顔をして座っているんですか？」と言って、ひどいしかめっ面をして見せたので、周りの者は誰も彼も笑い転げました。むろん私のことを嗤《わら》っているのです。連中はもう笑いに笑うばかりです！ 私は耳を塞《ふさ》ぎ、目を細め、身じろぎもせずにじっと座っていました。これがいつもの私の手で、こうしていると早く忘れてもらえるのです。

不意に辺りが騒々しくなりました。人がバタバタと駆け廻り、右往左往しています。空耳なのか、私の名前を呼ばわって、ジェーヴシキンを呼べ、と言っているではありませんか。私は心臓がドキドキしました。何に仰天したのか自分でもわかりませんが、とにかくこんなにびっくりしたのは生まれて初めてです。私は金縛りにあったように椅子に貼り付いて座っていました——まるで何事もなかったかのように、私が私であることさえ知らぬ振りをして。ところがまたもや騒ぎが大きくなり、それはどんどん近づいてきます。もう、すぐ耳元で、ジェーヴシキンを呼べ！　ジェーヴシキンだ！　ジェーヴシキンはどこだ？　と聞こえるのです。目を上げると、目の前にエフスターフィーさんが立っており、「マカールさん、閣下のところへ、早く！　あなたは書類で大失態をやらかしたんですよ！」と言うじゃありませんか。彼はこう言っただけですが、これで充分でしょう、ワーレンカ？

私は呆然となり、ぞっと寒気がして、あらゆる感覚が麻痺《まひ》したまままもう生きた心地もなく歩きはじめました。一つ目の部屋、二つ目の部屋、三つ目の部屋に通され、執務室に入り、閣下の目の前に立ったのです！　そのとき私が何を考えていたのか、はっきりとしたことは何も言えません。ふと見ると閣下が立っておられ、その周りに皆が立っています。どうやら私はお辞儀もしなかったようです。忘れてしまったのです。あまりのことに周章狼狽し、唇も足もわなわなと震えるばかりです。それも無理のないことでしたよ、ワーレンカ。まず何よりも恥ずかしかったからです。右手にあった鏡をふと覗くと、そこに映っていた姿を見ただけでも気が狂いそうでした。それに私はいつも、自分のような者は、あたかもこの世に存在しないかのように振舞ってきました。ですから、閣下はおそらく私の存在さえもご存知なかったでしょう。ひょっとしたら、役所にジェーヴシキンという男がいるということを、ちらりと小耳にはさまれたことぐらいはあるかもしれませんが、それ以上お近づきになる機会など一度もありませんでしたから。

閣下は怒りをこめてお話を始められました。「いったいこれは、どういうつもりなんだね！　どこを見ているんだ？　大事な至急の書類なのに台無しではないか。どうしてこんなことを？」閣下はエフスターフィーさんのほうを向かれました。「職務怠慢だ！　不注意じゃないか！　困ったことをしてくれた！」私は何か言おうとして口を開きました。お詫びを申し上げたかったのですが、口がきけず、逃げ出そうにも、とうていそんな真似もできずにいたそんな時……まさにそんな時に、ワーレンカ、今思い出しても恥ずかしくてペンを取り落としそうになる、とんでもないことが起きたのです。私のボタンが――ええい、こん畜生！――糸一本でぶら下がっていたボタンが、不意に取れたかと思うと、ぴょんと跳ねて（どうやら私がうっかり弾いてしまったらしいのです）ちゃりんと音を立てて、よりによって、ああ忌まわしい、ちょうど閣下の足元へ転がっていきました。しかも、しーんと静まりかえったなかで！　これが私の閣下に対する弁明、謝罪、回答のすべて、閣下に申し上げようとしていたことのすべてとなってしまったのです！

結果は恐ろしいものでした！　閣下は、直ちに私の格好と制服に注目なさいました。私は鏡に映った己の姿を思い出し、慌ててボタンを拾い上げようと突進したのです！　あろうことか馬鹿なことをしたものです！　身を屈め、ボタンを拾おうとするのですが、ボタンはころころと転がったり、くるくると廻ったりするばかりで摑めないのですよ。要するに、不器用さにかけても相当なものだとばれてしまいました。こうなると、もはや私に残った最後の力にも見放され、もう何もかも失くしてしまったのだという気がしてきます。体面も丸潰れですし、一人の人間としての存在が一巻の終わりです！　するとどういうわけか、耳の中で、テレーザとファルドニの声ががんがん響きはじめました。そしてやっとのことでボタンを摑まえると身を起こし、せっかくぴんと背筋を伸ばして立ち上がったのですから、馬鹿は馬鹿なりにそのままおとなしく直立不動の姿勢でいればよさそうなものを、わざわざボタンを切れた糸にくっつけようとしはじめたのですよ。まるでそうすれば元通りにくっつくとでも思ったかのように。しかもその間中にやにやと薄ら笑いまで浮かべて。

閣下は初めは顔をそむけられ、それから再び私のことをちらりとご覧になると、エフスターフィーさんにこうおっしゃるのが聞こえました。「いったいどういうことなんだ？　この男の姿を見てみたまえ！　この男はどうしたんだ！……なんなんだ、これは！……」ああ、愛しいワーレンカ、もうこうなったらどうしようもありません——この男はどうしたんだ！　なんなんだ！　なんて……。えらいことになってしまいました！　エフスターフィーさんが答えるのが聞こえます。「落ち度はございません。何ら咎むべき点はございません。素行は模範的でして、給料は俸給表どおり充分に与えております……」閣下がおっしゃいます。「では、なんとかもう少し楽にしてやったらどうだ。前渡しをしてやるなり……」「この者は前借りはしております。

これこれの期間分、前借りはしております。何か事情があるのでございましょうが、素行は良好でして、咎むべき点は、今まで何ひとつございませんでした」私は真っ赤になりましたよ、ワーレンカ。地獄の炎に焼かれたみたいに火照《ほて》って、死にそうでした！　閣下は大声で仰《おお》せになりました。「では、なるべく早くもう一度清書をするように。ジェーヴシキン、こちらへ来なさい。清書し直すんだ。間違いのないように。あ、それから……」ここで閣下は他の人々のほうをお向きになると、さまざまな指示をお与えになり、皆は散り散りになりました。皆が出払ってしまうとすぐに閣下は紙入れを取り出して百ルーブル札を抜き出し、「私にはこれぐらいしかできないが、とにかく取っておきなさい」とおっしゃり、お札を手に握らせてくださったのです。

　私はね、私の天使さん、びくっと身震いがして、心の底を揺さぶられるほど感激しました。自分に何が起きたのかわかりませんが、閣下のお手を取ろうとしたのです。すると閣下はすっかりお顔を赤らめられ——ねえ、ワーレンカ、私は毛ほども嘘はついていないんですよ——しがない私の手をお取りになると、さっと一振り軽く握手されました。いやほんとうに、いきなりまるで同等の、ご自身と同じ将軍にでもなさるように握手した手をさっと揺すられて、こうおっしゃったのです。「さあ行きなさい。

私にはこれぐらいのことしかできないが、今度のことはおまえのせいばかりじゃないのだから。これからは間違いをしないように」

さて、ワーレンカ、私は決心しました。あなたとフェドーラにお願いしたいのです。それにもし私に子供がいたら、子供たちにも命じたいところです。たとえ実の父親のためには祈らないとしても、閣下のためには、毎日、これから永久に祈るようにと。もう一つ申し上げます。しかもこれは厳粛な気持ちで言うのですから、よく聴いてくださいよ——誓って言いますが、私たちの不幸な耐え難い日々に、あなたを、あなたの困窮ぶりを、そして私自身を、私の屈辱と不甲斐《ふがい》なさを見るにつけ、たしかに私は悲痛な思いにかられ、死ぬほどの苦しみを味わいました。それにもかかわらず、誓って申しますが、私にとっては百ルーブルよりも、閣下が御自ら、藁《わら》しべのような飲んだくれのしがない私の手をお取りになって握手してくださったことのほうが、もったいなくも大切なことなのです！　このようにして、閣下は私に自分を取り戻させてくださいました。閣下のこのお振る舞いのおかげで、私の精神は蘇り、私の人生は永遠により楽しいものとなったのです。確信しているのですが、神様に対して私がいかに罪深い存在であろうと、閣下の幸福と無事を祈る私の気持ちは、必ずや神の玉座に届くに違いありません！……

愛しいワーレンカ！　私は今、精神的にひどく混乱し、動揺しています！　心臓がドキドキして口から飛び出しそうです。そしてなんだか全身がぐったりしています。あなたに紙幣で四十五ルーブルお送りし、女主人《おかみ》に二十ルーブルを渡し、手元には三十五ルーブル残すことにします。二十ルーブルで服を直し、十五ルーブルは生活費にとっておきましょう。今頃になってようやく今朝受けたショックが私の全存在を揺るがしているのです。私は少し横になって休みます。とは言え、大変安らかで落ち着いた気分です。ただ心が痛むのです。どこか深い奥のほうで、心がぴくぴく、わなわなと震えているのです。後でお宅に伺います。ただし今は、この感激に酔ったように興奮しているのです……。私のかけがえのない愛しいあなた、神様は何もかもわかっておいでなのですね。

あなたにふさわしい友
マカール・ジェーヴシキン

九月十日

優しい私のマカールさん！

あなたのお幸せが、私は言葉に尽くせないほど嬉しくて堪りません。あなたの上司の方がお示しになった善行の素晴らしさもよくわかります。これであなたも不幸から解放されて、ほっとなされますものね！　ただお願いですから、どうかまた浪費をなさいませんように。ひっそりと、なるべく倹《つま》しくお暮らしになって、さっそく今日から、たとえわずかずつでも毎日貯金をなさってくださいませ。また突然の災難に見舞われるようなことがありませんように。私どものことは、どうかご心配なく。私とフェドーラは、なんとか暮らしてゆけます。どうして私たちにあんなにたくさんのお金を送ってくださったのでしょうか、マカールさん？　私たちにとって、まったく不要なお金です。私たちは手持ちのもので充分満足しております。たしかにもうすぐここから引越すためのお金は必要になりますが、それもフェドーラは、昔誰かに貸したお金を返してもらえると当てにしていますから。とは言え、どうしても必要な場合に備えて、二十ルーブルだけ頂いておきます。残りのお金はお返しいたします。ごきげんよう。これからは、どうか安心なさってお元気で明るくお過ごしください。もっと長いお手紙を書きたいのですが、私、なんだかひどく疲れているんです。昨日など、一日中ベッドから起き上がれなかったぐらいです。うちへ寄るとお約束くださって、ほんとうによかったわ。どうぞいらしてくださいね、マカールさん。

V・D

九月十一日

私の可愛いワルワーラさん！

どうかお願いですから、私がやっとすっかり幸せになり、すべてに満足しきっている今、私のもとから離れて行ったりしないでください。私の愛しい人！　フェドーラの言うことなんか、お聞きになっちゃいけません。私はあなたがお望みのことなら何でもやります。品行も慎みます。閣下に対する尊敬の念からだけでも、品行を慎み、立派な行動をするようにいたします。私たちはまた、お互いに幸せな手紙を書いて、お互いの考えも喜びも、そしてもしあるなら心配事も確かめ合いましょう。二人で仲良く幸せに暮らしてゆきましょう。文学の勉強もいたしましょう……。ああ私の天使さん！　私の運命の一切が変わりました。万事が好転したのです。女主人《おかみ》は話がわかるようになりましたし、テレーザも今までより賢い女になりました。あのファルドニですら、よく気がつく機敏な男になったのです。

ラタジャエフとも仲直りしました。嬉しかったものですから、こちらからラタジャエフのところへ行ってみたのです。あの男はまったく良い奴なんですよ、ワーレンカ。いろいろと悪く言われていたことは、全部デタラメです。あの人は私たちのことを書く気などさらさらなかったのです。本人がそう言ってました。新しい作品を朗読してくれましたよ。それからあの時、私をラヴレスと呼んだのは悪口でも何でもなく、ラヴレスというのはべつにいかがわしい名前ではなかったのです。彼が説明してくれました。これは外国文学から直接取ってきたもので、「機敏な青年」という意味であり、もう少しシャレた文学的な表現なら「隅におけない奴」といったところだそうです――どうですか！　他に変な意味があるわけではないのです。罪の無い冗談だったわけですよ。それを私は、教養がないものですから、愚かにも腹を立ててしまったのです。

そんなわけで今回、彼に謝りました……。それに今日はお天気も良いですね、ワーレンカ。絶好の日和《ひより》です。たしかに朝のうちはうっすらと、まるで粉を篩《ふるい》にかけたような霜が降りていましたが、なんてことはありません！ むしろそれで空気が少し洗われて爽やかになったぐらいです。私は靴を買いに行き、素晴らしいものを手に入れましたよ。ネフスキー大通りを散歩して、「蜜蜂」[20]を読みました。そうそう、大事なことをお話しするのを忘れていました。

実はこういうことなんです。

今朝私は、エメリヤンさんとアクセンチーさんと一緒に、閣下のことをいろいろと話し合いました。そうなんです、ワーレンカ、閣下が慈悲深く接していらっしゃるのは私だけではないのです。閣下は、私にだけお目をかけてくださったのではなく、お心の優しさではつとに有名なのですよ。実にあちこちから閣下に敬意を表して賞賛の声が上がり、感謝の涙が流されているのです。ある孤児《みなしご》の女の子をお手元で養育され、すっかり支度をしてやり、閣下の下で特別の任務についていた、しかるべきお役人の

20 保守系新聞「北方の蜜蜂」のこと。

ところに嫁に出されたのでした。また、ある未亡人の息子をどこかの役所に就職させておやりになったこともあるし、その他にもまだいろいろと善行を施していらっしゃいます。

私は、自分もここで応分の貢献をすることが義務であると考え、閣下のお振る舞いについて大いに喧伝《けんでん》しました。すべてを包み隠さず話しましたよ。羞恥心はポケットにしまい込んだのです。この際、羞恥心だの自尊心だのと言ってられますか！　ほんとうにはっきりと声に出して、皆に話して聞かせたのです——閣下のお振る舞いに栄光あれ！　というつもりで。私は夢中になって熱く語りました。そして顔を赤らめたりはしませんでした。それどころか、このような話をすることを誇らしく感じたくらいです。私は何から何まで話しましたよ（あなたのことだけは、よく考えて黙っておきましたが）。うちの女主人《おかみ》のこともファルドニのこともラタジャエフのことも靴のこともマルコフのことも——話して聞かせたんです。何人かは顔を見合わせてにやにやと笑いましたが。いや、たしかに皆、くすくすと笑っていましたが、それはただ私の格好がなんとなく滑稽だったのでしょう。でも、悪気があって笑ったはずはありません。ただ彼らの若さゆえですよ。あるいは、あの連中が皆、金持ちのせいなのです。

けれども、悪意をこめて私の話を嘲笑したはずはありません。閣下に関することで、少しでもそんな真似ができるわけがありませんからね。そうでしょう、ワーレンカ？

　私はいまだにどうも平常心を取り戻すことができないんですよ、ワーレンカ。我が身に起こった出来事の数々にすっかりうろたえてしまい、どぎまぎしているのです！　お宅には薪はちゃんとありますか？　風邪を引かないでくださいよ、ワーレンカ。あなたはすぐに風邪を引いてしまうんですから。ああワーレンカ、あなたが悲しい思いでいると思うと、私はつらくて堪りません。あなたのために、神様にどんなにお祈りしていることか！　たとえば、あなたはウールの靴下や暖かいお召し物はちゃんとお持ちですか？　お大事にしてくださいよ。もしも何かお入用《いりよう》になったら、どうかお願いですから、この年寄りに恥をかかせないでくださいよ。ほんとうにすぐに私にご相談ください。今や悪い時期は過ぎ去りました。私のことはどうぞご心配なく。前途は洋々たるものです！

　つらい時代でしたね、ワーレンカ！　しかしもうそれはどうでもいいことです。過ぎ去ったのですから！　何年かたったら、この時代のことを思ってため息でもつきましょう。若い頃のことを憶えていますが、それはもう今とは比べものになりませんでしたよ！　どうかすると一コペイカも無くてね。寒くて腹を空かせて、それでも楽しくて仕方ありませんでした。朝、ネフスキー大通りを散歩して、可愛い女の子を見かけると一日じゅう幸せだったものです。それはそれは素晴らしい時代でしたよ！　この世に生きているというのは素敵なことですね、ワーレンカ！　特にペテルブルグ暮らしはね。昨日私は、神様に対して、このつらく苦しい時期に私が犯した罪──不平不満、自由思想、醜態、賭け事──これらすべてを赦してくださるように、涙ながらに懺悔《ざんげ》しました。あなたのことも慈愛の気持ちと共に思い出してお祈りしました。あなただけが私を励まし慰め、有益なアドヴァイスと訓戒を与えてくださいました。このことは決して忘れません。今日はあなたがくださったお手紙のすべてにキスをしましたよ、私の愛しい人！　では、さようなら。ここのそばで服を売っているところがあるそうなので、ちょっと立ち寄ってみようかと思います。さようなら、天使さん。さようなら！

心からあなたを敬愛する
マカール・ジェーヴシキン

九月十五日

親愛なるマカール様！

私はひどく興奮しています。私たちに何があったかお聞きくださいませ。何か運命的な予感がいたします。私のかけがえのないお友達、まあどうでしょう！　ブイコフ氏がペテルブルグに来ているのです。フェドーラが会ってしまいました。ブイコフ氏は馬車に乗っていたのですが、それを止めさせて、わざわざフェドーラのほうに歩み寄り、どこに住んでいるのか訊ねたのです。フェドーラは初めは答えませんでした。すると薄ら笑いを浮かべながら、おまえと一緒に誰が暮らしているか知っているぞ、と言ったのです（たぶん、アンナさんがすべて話してしまったのでしょう）。フェドーラは堪《こら》え切れずに、いきなり往来の真ん中で相手を詰《なじ》りはじめ、あなたは不道徳な人だ、お嬢さんの不幸は何もかも、あなたのせいだと言いました。ブイコフ氏は、一文も無ければ誰だって不幸になるのは当然だ、と言い返したそうです。フェドーラは、お嬢さんはお針仕事をなさってても生きてゆけるし、お嫁にいらしてもいいし、さもなければどこかで勤め口を探すことだっておできになるはずだった。それなのに今は幸せにすっかり見放されておしまいになり、その上、病身でもうじき亡くなるだろうと言いました。するとあの人は私のことを、まだあまりにも若すぎるので、頭の中にもやもやと余計な想いが浮かんでいるから、こちらのせっかくの善行もありがたみがわからなかったのだ（これはあの人の言葉です）などと言ったそうです。私とフェドーラは、ブイコフ氏は私たちの住まいを知らないのだと思っていましたが、昨日突然、ちょうど私がマーケットへ買い物に出かけるとすぐに、あの人が私たちの部屋にやって来たのです。私とは顔を合わせたくなかったのでしょう。フェドーラに、私たちの暮らし向きのことを根掘り葉掘り訊ね、私たちの部屋のものを一つ残らずじろじろと眺め廻し、私のお針仕事も見たあげく、最後に「あなた方の知り合いの役人は、いったい何者か？」と訊ねたそうです。その時ちょうどあなたが中庭をお通りになるところで、フェドーラが、あれがジェーヴシキン氏だと教えますと、ブイコフ氏はちらっと見てにやりと笑いました。フェドーラは、どうぞお引取りください、お嬢さんはそれでなくても悲嘆のあまりお身体の具合が良くないのだし、あなたにここでお目にかかるのは、たいそうご不快でしょうから、と申しました。ブイコフ氏はしばらく黙り込んでから、自分は暇つぶしにただなんとなく立ち寄っただけだと言って、フェドーラに二十五ルーブル渡そうとしましたが、フェドーラはもちろん受け取りませんでした。

これはいったいどういうことなんでしょう？　どうしてあの人は、私たちのところへ現れたんでしょう？　どうしてあの人が、私たちのことを何もかも知っているのか、さっぱり訳がわかりません！　あれこれ推量してもわからず、当惑しております。フェドーラが申しますには、私たちのところへよくやって来るフェドーラの義姉のアクシーニャが、洗濯女のナスターシャの知り合いで、そのナスターシャの従兄《いとこ》が、ある役所の守衛をしているのですが、その役所にアンナさんの甥の知人が勤めているとかで、そんなことから何か噂が広がったのではないかということです。とは言え、フェドーラの勘違いということも大いにあり得ることです。どう考えてよいやらわかりません。まさかあの人が、また現れるんじゃないでしょうか？　そう考えただけでぞっとします。フェドーラが昨日、この話をすっかり聞かせてくれたとき、私はびっくりして、恐ろしさのあまり気を失いそうになりました。あの人たちは、この上、まだ何を求めているのでしょう？　今は、そんなことは知りたくもありません！　この哀れな私に、何の用があるのでしょう！　ああ！　私、恐ろしくて堪りません。今、この瞬間にもブイコフが部屋に入って来るような気がします。私はいったいどうなるんでしょう！　この上、どんな運命が待っているのでしょう？　どうかお願いですから、今すぐに私のところへいらしてください、マカールさん。どうかお願いです、いらしてください。

V・D

九月十八日

愛しいワルワーラさん！

今日、私たちの下宿で、この上もなく悲しい、どうにも説明しがたい、まったく思いもよらぬ出来事が起こりました。うちの気の毒なゴルシコフが（いいですか、例の人ですよ）、晴れて身の潔白を証明されたのです。この決定は、もうだいぶ前に出ていたのですが、今日あの人は、最終判決を聴きに行ったのです。審理は彼にとってたいそう幸福な結果に終わりました。職務怠慢と不注意の罪も、すべて無罪放免になりました。商人から彼に対して相当な額のお金が支払われるべきだという判決が出たので、財政状態も著しく改善され、汚名もそそぐことができ、万事は好転したのです――要するに、この上もなく良い形で望みが叶ったわけです。今日、彼は三時に帰宅しました。顔色は生気がなく真っ青で、唇はぶるぶる震えていましたが、微笑を浮かべて妻と子供たちを抱きしめました。私たちは、皆で揃ってお祝いに押しかけました。彼は私たちの祝福にいたく感激して、四方八方へお辞儀をし、一人一人の手を取っては何度も握ります。彼は背筋がしゃんとして、なんだか背まで高くなり、もう目に涙も溜まっていないように見えました。それにしても可哀相に、ひどく興奮しています。二分とじっとしていられないのです。手当たり次第になにかしら物を摑んではまたそれを放り出し、絶えず微笑んではお辞儀を繰り返し、座ったかと思うと立ち上がり、また座ってみては、なにやら訳のわからないことを口走ったりします。「私の名誉、名誉、名声、私の子供たち」などと……。しかもその言い方ときたら！　しまいには泣き出す始末です。私たちも大半がもらい泣きをしました。

ラタジャエフはゴルシコフを励ましたいと思ったのでしょう、「食べ物もないくせに、何が名誉です。お金ですよ、大事なのはお金です。それを神様に感謝しなくちゃ！」と言うなり、ゴルシコフの肩を軽く叩きました。私にはゴルシコフがムッとしたように見えました。はっきり不満を述べたわけではないのですが、ただラタジャエフをちょっと妙な目つきで睨み、彼の手を肩から払いのけたからです。以前であれば、こんなことはしなかったはずです！　まあ、いろいろな性格の人がいますからね。たとえば私なら、こんな嬉しいことがあったときは、プライドなんぞ見せやしないでしょうね。どうかすると余計なお辞儀でもぺこぺこして、卑屈さを露呈してしまうこともあります。それも優しさの発作が高まり、あり余る心の柔和さの為せる業に他ならないのですが……。しかし今は私の話ではありませんでしたね！　ゴルシコフは、「そう、お金も結構ですよ、やれやれ！……」と言うのです。それからは、私たちが彼のところにいる間じゅう、何かと言うと「やれやれ、やれやれ！……」と言っていました。

細君はいつもよりも手のこんだ料理をたくさん注文し、うちの女主人《おかみ》自らが腕をふるって料理を作りました。女主人も、あれでなかなか良いところもある女なのです。食事ができるまでゴルシコフはじっと座っていることができずに、招《よ》ばれようが招ばれまいが全員の部屋を訪ねて歩きました。自分からどんどん入って行き、にっこりと笑って椅子に座ると、何かちょっと話して、また時には一言もしゃべらぬまま、また出て行ってしまうのです。海軍少尉の部屋ではトランプまで手に取りました。四人目としてゲームに入れてもらったのです。彼はしばらくゲームに参加しましたが、なんだかめちゃくちゃな手を使ってゲームを混乱させ、三、四回札を出しただけで止めてしまいました。「いや、ただなんとなくちょっとやってみただけなんですよ」と言って、部屋を出て行きました。廊下で出くわすと、私の両手を取って、じっとこちらの目を見つめるのですが、その目つきがどうも妙なのです。私の手を握り締めてから立ち去りました。その間、ずっと微笑んだままでした。ところがそれはどうも重苦しい奇妙な微笑で、まるで死人のようなのです。彼の細君は嬉し泣きに泣いています。何もかもが楽しく、お祭り気分でした。

じきに食事を済ませると、彼は細君に言いました。「いいかいおまえ、私は少し横になるよ」。そして寝台に横たわり、枕元に娘を呼んで手を娘の頭に乗せると、長いこと撫でていました。やがてまた細君のほうに顔を向け、「ペーチェンカはどうした？　うちのペーチャ、ペーチェンカは？……」と訊ねたのです。細君が、あの子は死んでしまったじゃありませんか、と答えると、「ああ、わかっているよ、何もかも。ペーチェンカは今は天国にいるんだね」と言いました。細君は、夫の様子がどうもおかしい、今日起こった出来事の衝撃があまりに大きくて、すっかり気が動転してしまったのだと思い、「あなた少し眠ったら」と言いました。「そうだね、ちょっと休むよ」と言って彼は、くるりと向こうを向いてしばらく横たわっていましたが、やがてまたこちらに向き直り、何か言いたそうにしました。細君はよく聞き取れず「何なの、あなた?」と訊ねましたが、何の返事もありません。そのまましばらく待っていましたが、きっと眠ったのだろうと思い、女主人《おかみ》のところに一時間ほど出てゆきました。一時間して戻って来ると、夫はまだ目覚めておらず、じっと横たわったまま、ぴくりともしません。細君は、きっとまだ眠っているのだろうと思い、腰掛けて、何か仕事を始めました。細君の話では、半時間ほど仕事をしていたのですが、その時は深い物想いに沈んでいたので、何を考えていたのか今は思い出すこともできないけれど、とにかく夫のことはしばらく忘れていたそうです。彼女は不意に胸騒ぎがしてはっと気づくと、何よりも部屋の中の墓場のような静けさにぞっとしました。寝台のほうを見ると、夫は相変わらず同じ姿勢で寝ています。細君は近づいて毛布をはねのけ、見てみると、ゴルシコフはもう冷たくなっていました。死んでしまったのですよ、ワーレンカ。まるで雷に打たれたみたいに、ぽっくり死んでしまったのです！　どうして死んだのか、それは誰にもわかりません。あまりのことに私は愕然《がくぜん》として、いまだに呆然としています。あんなにあっけなく人が死んでしまうなんて、なんだか信じられないのです。まったく気の毒な人ですよ！　ああ、なんていう運命なんでしょう！　細君はすっかり肝を潰して泣きの涙で、女の子はどこか隅っこのほうに身を潜めています。彼らのところでは、上を下への大騒ぎで、これから検死も行われるでしょう……。しかし、確かなことは何も言えません。ただ哀れでなりません。ああ、なんて哀れなんでしょう！　実際、一日、一時間先のこともわからないというのは、考えるだけでも悲しいことです……。人はあんなふうに、なんていうこともなしに死んでしまうものなんですね……。

あなたの
マカール・ジェーヴシキン

九月十九日

ワルワーラ様！

ラタジャエフがある作家のところで私の内職を見つけてくれたことを、取り急ぎお知らせします。ある人がラタジャエフのところに、分厚い原稿の束を持ち込んだのです――やれやれ、大変な量の仕事です。ただし、ひどく読みにくい筆跡なので、どうやって仕事に取り掛かったものかわからないほどです。なるべく早くしてくれと言われているのですが……。なんだかまるで訳のわからないことばかり書かれているのです。全紙[21]一枚につき四十コペイカで話が決まりました。これからは、副収入が入ることをお知らせするために、手紙を書きました。

ではこれで、さようなら。さっそく仕事に取り掛かります。

あなたの忠実なる友

マカール・ジェーヴシキン

九月二十三日

親愛なるお友達のマカールさん！

もう三日もあなたにお手紙を差し上げていませんでしたが、私にはそれはそれは大変なこと、心配なことが山ほどあったのです。

一昨日、私のところにブイコフが現れました。フェドーラはどこかに出かけており、私は一人きりでした。ドアを開けたら、あの人がいたのです。あの人の姿を見た途端に私は仰天してしまい、その場から動くこともできませんでした。顔が青ざめたのが自分でもわかりました。ブイコフはいつものように大声で笑いながら、ずかずかと入って来ると、椅子を引き寄せて腰掛けました。私は長いこと平静さを取り戻すことができませんでしたが、とうとう隅の席に座り、お針仕事に取り掛かりました。ブイコフはじきに笑うのをやめました。私の様子に驚いたのでしょう。最近、私はめっきり痩せてしまい、頬はこけ、目は落ち窪《くぼ》み、顔色は真っ青なのです……。実際、一年

21　印刷物にして十六ページ分に相当する。

前の私を知っている人は、同じ私だとすぐには気づかないぐらいです。

ブイコフは長い間、じっと私を見つめていましたが、しまいにはまた陽気になり、何か言いました。私は自分が何と答えたかは憶えていませんが、あの人はまた笑いました。私の部屋に一時間もいて、延々と話をし、あれこれ訊ねました。そして最後に、別れ際に私の手を取ると、こう言ったのです（一言一句違《たが》えずに書きます）。「ワルワーラさん！ ここだけの話ですがね、あなたのご親戚で私の身近な友人であるアンナさんは、実に卑劣極まりない人ですね（さらにもう一つ、ぶしつけな言葉でアンナさんを罵倒《ばとう》しました）。あの人は、あなたの従妹に真っ当な道を踏みはずさせ、あなたも破滅させました。それについては、私も卑劣漢を演ずる役回りになってしまいましたが、なに、ありふれた話ですよ」ここであの人は、ありったけの大声でからからと大笑いしてみせました。それから、自分は能弁家ではないし、説明すべき重要なこと、紳士の義務として黙しているわけにはいかない話題はすでに話してしまったので、あとは手っ取り早く残りのことをお話しする、と言いました。ここであの人は私に結婚を申し込み、私の名誉を回復するのが自分の務めであり、自分は金持ちなので結婚式の後は私を曠野《ステップ》の持ち村に連れ帰り、そこで兎狩りでもして暮らしたい、もうペテルブルグには二度と来ないつもりだ、ペテルブルグは実に嫌なところだからだ、ここには、あの人自身の言葉を借りると、やくざな甥がいるのだが、その甥から相続権を剝奪《はくだつ》することを心に決めた、まさにそのために、つまり、法定相続人を作るために、あなたに結婚を申し込んでいるのであって、それが求婚の主な理由なのだ、と言うのです。それから、あなたの暮らしはあまりにも貧しい、こんなあばら家に住んでいたら病気になっても不思議はない、あとひと月でもここに住み続けていたら、必ず死んでしまうと予告した上、ペテルブルグの部屋はどこも嫌な所ばかりだと言い、最後に、何か必要なものはないかと訊ねました。

私は、あの人の求婚にショックを受け、自分でもなぜだかわからぬままに泣き出してしまいました。ブイコフは私の涙を感謝のしるしと受け取り、「私はいつもあなたが優しくて神経がこまやかで教養のある娘さんだと確信していたが、あなたの現在の暮らしぶりをつぶさに聞き出すまでは、この度のような申し出をする決心がつかなかったのですよ」と言いました。さらにブイコフは、あなたについて詳しく訊ね、「私は何もかも聞いているが、ジェーヴシキン氏は高潔な人柄だ。私としてはジェーヴシキン氏に借りを作ったままではいたくない。彼があなたにしてくれた一切のことへの返礼として五百ルーブルお渡しするので充分だろうか？」と言いました。私が、「ジェーヴシキンさんがしてくださったことは、どんな大金を払ってもお返しできるものではありません」と申しますと、あの人は、「そんなことは馬鹿げている。そんなのはすべて下らない小説《ロマン》の話だ。あなたはまだ若くて詩なんか読んでいるけれど、小説は若い女性を破滅させるものだし、そもそも本は道徳を害するばかりだから私などいかなる本にも我慢できないですね」などと言うのです。そして、「私の年まで生きてごらんなさい。人間について云々するのはその時になさい。その頃になったら、人間というものがわかりますよ」と忠告しました。

それから、「私の申し出についてはよく考えるように。もしこれほど重要な一歩をあなたがよく考えもせずに踏み出すとしたら、私ははなはだ不愉快ですね。無分別と熱狂は、未経験な若者を滅ぼす元ですぞ」と言い添え、さらに「とは言え私はあなたからの色よいお返事を切に希望しています。もし最終的に駄目だった場合は、モスクワで商人の後家さんとでも結婚せざるを得ないでしょうな。なにしろあのろくでなしの甥から相続権を剝奪することに決めたのだから」と言うのです。そして刺繡枠の上に無理やり五百ルーブルを置いてゆきました。お菓子代だと言って。「あなたは田舎に行ったらふっくら太ってビスケットみたいな真ん丸顔になりますよ。私のところなら左団扇《ひだりうちわ》で安穏と暮らせますからね。私は今、山ほどの用事を抱えていて、一日中仕事で歩き廻っているその合間を縫ってあなたのところへ駆けつけたんですぞ」と言い置いて帰っていきました。

私は長いこと考え、あれこれ考え直し、さんざん悩んだあげく、とうとう決心いたしました。私、あの方のところへお嫁に行きます。あの方のプロポーズをお受けしなければなりません。私の汚名をそそぎ、名誉を回復し、将来にわたって貧困と窮乏と不幸から守ってくれる人がいるとしたら、あの方をおいて他にいないのです。私が将来に何を期待できるでしょう？　運命にこれ以上、何を求めることができるでしょう？　フェドーラは、自分の幸せをみすみす逃してはいけない、そんなことをしたら、いったい何を幸せと呼べばよいのか？　と言います。少なくとも私は、自分にとって他の道は見つけられないのです。私の大切なお友達、私はどうしたらよいのでしょうか？　お針仕事をすると言っても、今でさえ、お裁縫ですっかり身体を壊してしまったのですから、これからずっと続けてゆくわけにはまいりません。よそへ働きに出たらどうでしょうか？　つらくて堪らず、衰弱してしまいます。それに、私なんか誰の役にも立ちません。生まれつき病弱なので、いつも誰かのお荷物になることでしょう。もちろん、これから行く先だって楽園というわけではありませんけれど、だからと言って私はどうすればいいのでしょう。マカールさん、いったい私はどうすればいいのでしょうか？　私に選択の余地があるでしょうか？

私はあなたにご相談しませんでした。一人でよく考えたかったのです。ただいまお読みになりました私の決心は変わりません。さっそく、ブイコフにそれを伝えます。ブイコフはただでさえ、早く、早くと、私に最終決断をするよう急かしているのですから。あの人が言うには、仕事は待ってくれないので、すぐにでも旅立たねばならない、つまらぬ事で延期するわけにはいかないそうです。私が幸せになれるかどうかは神様だけがご存知のことで、私の運命は神様の聖なるはかり知れないお力にかかっているのですが、私はもう決心いたしました。ブイコフは善良な人だという噂です。私を大事にしてくれるでしょう。私もひょっとしたら、あの人を尊敬できるようになるかもしれません。私たちの結婚にそれ以上、何を望めましょう？

マカールさん、あなたには何もかもお知らせしました。私の堪らない気持ちは、きっとおわかりいただけるでしょう。私の決心を変えさせようとなさらないでください。そんなことをなさってても無駄です。私がこのような行動を取らざるを得なかった諸々《もろもろ》の事情をよくお考えになってみてください。私も初めはたいそう不安でしたが、今は少し落ち着きました。先のことはわかりません。なるようにしかなりません。すべては神様の思《おぼ》し召しです！……。

ブイコフが参りました。書きかけのまま、この手紙はこれで止めます。まだまだたくさんあなたに申し上げたいことがあったのですが、もうブイコフがすぐそこにおります！

V・D

九月二十三日

愛しいワルワーラさん！

取り急ぎお返事いたします。私が驚嘆していることをお伝えいたします。何から何まで、どうもしっくり来ません……。昨日私たちは、ゴルシコフの埋葬を済ませました。ええ、たしかにワーレンカ、その通りなんです。ブイコフの振る舞いは紳士的でした。ただ、なんと言いましょうか、あなたは、あっさりと求婚を受けておしまいになった。むろん、すべては神様のご意志です。それはそうです。必ずそうに違いありません。たしかにそこには神様のご意志が必ずや働いているのでしょう。そして天の創造主の摂理は、むろん、善きものであり、しかもはかり知れないものです。運命もまたまったく同様です。フェドーラもあなたのことを親身になって心配しているのでしょう。

もちろん、あなたはこれから幸せになるでしょうし、裕福にもなります。私の愛しい人、最愛の天使さん――ただ、あのですね、ワーレンカ、どうしてまたこんなに急な話なんでしょう？……そう、仕事が……ブイコフ氏には仕事があるんでしたね――むろん、誰にだって仕事はあります。あの人にもあるんでしょう……。あの人を見ましたよ、あなたのところから出て来るところをね。恰幅《かっぷく》のいい、押し出しの立派な男性ですね。ちょっと立派過ぎるほどです。ただこの話は、何から何までどうもこう、妙な具合です。問題は、あの人の押し出しが立派かどうかではありません。いや今の私は、どうかしています。ただいったいこれから私たちはどうやって文通したらいいのでしょう？　私は、私はどうやって一人ぼっちで生きてゆけばいいのか。私はね、天使さん、何もかもじっくり考えてみました。あなたがどんな気持ちで私に手紙を書いたのか、心の中で何もかも、その理由を一つ残らず考えてみましたよ。すでに全紙で二十枚の清書を終えるところでしたが、そこへこんな出来事が起ころうとは！

ワーレンカ、あなたはもうご出発なら、いろいろと買い物もなさらないといけないでしょう。いろいろな靴だのドレスだのも必要でしょう。ところでちょうど、私はゴロホヴァヤ通りに知り合いの店が一軒あるんです。憶えていらっしゃいますか、その店のことを前に詳しく書いたことがあります。いや、とんでもない！　どうしてそんなことが、ワーレンカ！　あなたは何を言ってるんですか！　あなたは今、旅に出ることなんかできません。どんなことがあったって絶対に不可能です。だって大きな買い物もしなければならないし、馬車も調達しなければならないでしょう。その上、今は天気がこんなに悪いのだし。見てごらんなさい。どしゃ降りの雨ですよ。こんな大雨じゃあね。それに……それにあなたは寒くなってしまいますよ、私の天使さん、心まで冷え冷えとしてしまいます！　あなたは他人が怖いくせに、そんな人たちの中へ出て行こうとしている。それでは私は、ここに一人ぼっちで残されて、誰と向き合えばいいのでしょう？　フェドーラは、大きな幸せがあなたを待っていると言いますが……あれは無鉄砲な女で、私を破滅させようという魂胆なんですよ。今日は夕べのミサにいらっしゃいますか？　私も行って、あなたにお目にかかりたいと思います。あなたが教養深く高潔で心のこまやかな乙女であることはたしかです。まったくもってたしかです。ただあの人は、商人の後家さんと結婚すればいいじゃありませんか！どう思います、ワーレンカ？　商人の後家さんと結婚したらいいんです！　私はあなたのところに、暗くなり次第、一時間だけお邪魔しに伺います。この頃は日が暮れるのが早いですからね。そうしたら伺います。今日、必ず、一時間だけ伺いますよ。今は、あなたはブイコフを待っていらっしゃるのでしょう。彼が帰ったら、その時に……ちょっと待っていてください、ワーレンカ、すぐに駆けつけますから……。

マカール・ジェーヴシキン

九月二十七日

私のお友達のマカールさん！

ブイコフ氏が言うには、私は、薄地のリネンのインナー・シャツを、ぜひとも三ダース揃えなくてはいけないそうです。ですから、あと二ダースのインナー・シャツを縫わせるために、なるべく早く下着《インナー》専門のお針子を探し出さなければなりません。もう時間がほんとうにないのです。ブイコフ氏は、そんなくだらない物のことでおそろしく世話の焼ける話だと言って、ぷりぷり怒っています。私たちの結婚式は五日後で、その翌日には出発です。ブイコフ氏は急いでおり、つまらないことで時間を無駄にする必要はないと言うのです。私は気苦労ですっかり消耗してしまい、立っているのもやっとというありさまです。用事は山ほどあり、ほんとうにこんなことが何ひとつなければいいのにと思います。それにもう一つ。絹のレースと木綿のレースが足りませんので、買い足さなければなりません。というのも、ブイコフ氏は自分の妻に料理女のような格好をされていては困るし、私にはぜひとも「一人残らずあらゆる地主の妻の鼻をあかしてもらわなくてはいけない」と言うからです。これはブイコフ氏本人の語った言葉です。

というわけで、マカールさん、ゴロホヴァヤ通りのマダム・シフォンにお手紙をお出しになるなり、直接いらっしゃるなりして、次のことを依頼してくださいい。まず一つ目は、私どものところに下着《インナー・シャツ》を縫ってくれるお針子をよこしていただきたいのです。次にご足労をおかけしますが、マダムご自身にもお越しいただきたい旨、お伝えくださいい。私は今日、具合が良くないのです。私どもの新しい部屋は、ひどく寒い上に、その散らかりようと言ったらひどいものです。ブイコフ氏の伯母さんという方は、お年のせいでもうほとんど息も絶え絶えです。私たちの出発までに亡くなるのではないかと心配ですが、ブイコフ氏は、なに大丈夫だ、そのうち目が覚めるさ、などと言っております。私どもの家は散らかり放題です。ブイコフ氏は一緒に住んでいませんので、召使たちは皆、勝手にどこかへ行ってしまい、仕えてくれるのはフェドーラだけなどということもあります。それなのに、一切を監督しているはずのブイコフ氏の執事が、もう三日もどこかへ姿をくらましたままなのです。ブイコフ氏は毎朝こちらに立ち寄りますが、いつも腹を立てており、昨日などは家で使用人頭を殴りつけたものですから、警察といざこざがあったほどです……。あなたへの手紙を持たせる人もおりませんので、市内郵便で出します。

そうでした！　いちばん大切なことを忘れるところでした。マダム・シフォンに、昨日見た見本に合わせて、絹レースを必ず替えるように、そして、新しく選んだ品を見せに、私のところへご自分で来てくださるように言ってください。それから、カンズー[22]については思い直しました。クロシェ・レース[23]で飾るようにお伝えください。それにもう一つ。ハンカチに刺繍する頭文字は、チェーンステッチでお願いします。よろしいですね？　サテンステッチではなく、チェーンステッチですよ。どうぞ気をつけて、チェーンステッチにすることをお忘れなく！　ああ、もう一つ忘れるところでした！　ストールの刺繍ですが、葉っぱは盛り上がるようにして、蔓《つる》と刺《とげ》はコード刺繍でお願いします。それから襟にはレースか幅の広いフリルを縫い付けるようにしてくださいい。どうかそのようにお伝えくださいね、マカールさん。

あなたの
V・D

22　短い袖なしブラウス。
23　鉤針《かぎばり》で編んだレース。

ＰＳ　あなたに厄介なお願いばかりしてご迷惑をおかけすること、ほんとうに心苦しく思っています。つい一昨日も、あなたは午前中ずっと走り廻ってくださいました。でも、どうしようもないのです！　家の中はめちゃくちゃですし、私は身体の具合が悪いものですから。どうぞ私のことを怒らないでくださいね、マカールさん。ああ、なんて憂鬱なんでしょう！　いったいどうなるんでしょう、優しいお友達のマカールさん！　私は自分の将来を覗いてみるのが恐ろしいほどです。なんとなく嫌な予感がしじゅうして、熱に浮かされたように朦朧《もうろう》とした状態で毎日を過ごしています。

ＰＰＳ　どうかお願いですから、私がただいま申し上げましたことのうち、何ひとつ、お忘れになりませんように。あなたが何か間違えておしまいになるのではないかと、心配でなりません。いいですか、チェーンステッチですよ、サテンステッチではありませんよ。

九月二十七日

ワルワーラ様

あなたのご指示、すべて間違いなく遂行しました。マダム・シフォンは、自分もチェーンステッチで刺繍しようと思っていた、そのほうが上品だからとか言っていましたが、私にはよくわかりませんでした。それからあなたは、フリルのことも書いていらっしゃいましたね。マダム・シフォンも、フリルのことを何か言っていましたが、何と言ったのかは忘れてしまいました。憶えているのは、とにかくあの人が滅多《めった》やたらにしゃべりまくっていたということです。実に嫌な女ですね！　ええと、何でしたっけ？　あの人が自分ですべてあなたにお話しするはずです。私はね、ワーレンカ、へとへとにくたびれてしまいました。今日は役所にも行かなかったぐらいです。ただし、あなたはあまりがっかりしないでください。あなたを安心させるためなら、私はあらゆる店を駆け廻るつもりですから。あなたはご自分の将来を覗いてみるのが恐ろしいと書いていらっしゃいますが、今晩六時過ぎに何もかもわかりますよ。マダム・シフォン自身があなたのところへ伺います。ですから、そうがっかりなさらないで、希望を持ってください。ひょっとしたら、全てがうまくいくかもしれないじゃないですか——ね、そうでしょう？　それにしても私は、どうもあのいまいましいフリルのことがやけに気になって仕方ありませんよ——ああ、もうかなわないな、あのフリルってやつは！　あなたのところへちょっと伺いたいのですがね、天使さん、ぜひとも伺いたいと思って、実はすでに二度ほどお宅の門のところまで行ったのですよ。でも、いつもブイコフが、いや、私が言いたいのは、ブイコフ氏がたいそう腹を立てているものですから、その、どうにも……いや、仕方ありませんね！

マカール・ジェーヴシキン

九月二十八日

マカール様！

どうかお願いです。今すぐ宝石屋さんに行ってください。そして、真珠とエメラルドのイヤリングは作らないでいいと言ってください。ブイコフ氏が、贅沢すぎる、目の玉が飛び出るほど高いと言うのです。あの人は、それでなくてもお金がかかって、強盗に遭ったようなものだと言って、怒っています。昨日など、「これだけの出費があると先にわかっていたら、関わり合うんじゃなかった」とまで言いました。「結婚式が終わったら直ちに出発だ。お客を呼んだりしないから、おまえも跳んだりはねたりするダンスなど期待しても無駄だぞ。お祭り騒ぎなんてとんでもない」とこうなんです！いったい私がそんなことを望んだでしょうか？　神様はご存知です。ブイコフ氏がご自分で注文したことばかりじゃありませんか。それでも私は、口応えすることもできません。あの人はひどい癇癪《かんしゃく》持ちなのですもの。私はこれからどうなるんでしょう！

V・D

九月二十八日

愛しい私のワルワーラさん！

私は、いや、宝石屋は結構ですと言いました。私は、まず自分のことをお話ししたかったのです。実は病気になってしまい、寝床から起き上がれないのです。こんなに忙しい大事なときに風邪を引いてしまって、まったくいまいましいにもほどがあります！　もう一つご報告しますと、私にとって泣きっ面に蜂と申しますか、閣下までがえらく厳しくおなりで、エメリヤンさんにご立腹でずいぶんと叱責なさり、果てはお気の毒にもご自身が疲労困憊しておしまいになりました。こうして私は、あなたには何もかもお知らせしてしまいます。まだあなたに書きたいこともありましたが、あまりあなたにご心配をおかけしてもいけませんからね。なにしろ私は、頭の単純な愚か者で、思いつくままに何でも好きなだけ書いてしまうので、もしかするとあなたがこう、何か……いや、まあ仕方がないですね！

あなたの
マカール・ジェーヴシキン

九月二十九日
私の親愛なるワルワーラさん！

今日、フェドーラに会いました。彼女の話では、明日はもう結婚式で、明後日にはご出発なので、ブイコフ氏はすでに馬車の手配もなさったそうですね。閣下についてはすでにご報告しましたが、まだもう一つありました。ゴロホヴァヤ通りで店の勘定を調べてきました。すべて間違いありませんが、ただやけに高いですね。でもどうしてブイコフ氏はあなたに八つ当たりするんでしょう？

とにかく幸せになってください、ワーレンカ！　私は嬉しいですよ、あなたが幸せになってくだされば嬉しいのです。私も教会に伺いたいのですが、伺えません。腰が痛くてね。さて、どうも手紙のことばかりが気がかりです。だってこの先、いったい誰が私たちの手紙を取りついでくれるんでしょう？　そう、そう！　あなたはフェドーラに大変な施しをなさったそうですね、ワーレンカ！　良いことをなさいましたよ、いや実に良いことをなさいました。それこそ善行ですよ！　善行というものは、一つ残らず必ず神様が祝福してくださいます。善行は報われるものです。遅かれ早かれ必ず神様の公正さの花冠を頭に戴くことになるのですよ、ワーレンカ！　私はあなたに書きたいことがたくさんあるのです。毎時間、毎分、いつも絶えることなく、あなたに手紙を書いていたいのです！

私のところにはまだ一冊、あなたの本が残っています。『ベールキン物語』ですが、あのですね、ワーレンカ、どうかこの本を私から取り上げないで、プレゼントしてくださいませんか。今すぐこれを読みたいからというわけでもないのですが、おわかりでしょう、もうすぐ冬が来ると、夜が長くて、憂鬱になりますからね。そうしたらちょっと読みたいと思いまして。私はね、ワーレンカ、自分の下宿を引き払って、あなたのいらした部屋に移るつもりなんです。フェドーラから間借りして、これからは何があってもあの正直者の女のそばを離れはしません。それに彼女は大した働き者ですからね。

昨日私は、今はがらんとしたあなたのお部屋を、つぶさに見てきました。そこにはあなたの刺繍台が置いてあり、刺繍枠に刺しかけの刺繍がそのまま残っていました。部屋の隅に立てかけてあったのです。あなたの刺繍もとくと拝見しました。他にもいろいろな布切れが残っていました。私の書いた手紙の一つに、あなたが糸を巻きかけたものもありました。机の中には一枚の便箋があり、「マカール様、取り急ぎ」と、それだけ書かれています。ちょうど肝心なところで誰かに中断させられたのでしょう。隅の衝立の向こうには、あなたの寝台があります……。ああ、私の愛しい人!!!

では、ごきげんよう、さようなら。どうかお願いですから、この手紙になるべく早くなにかしらお返事をください。

マカール・ジェーヴシキン

九月三十日

かけがえのないお友達のマカールさん

すべてが終わってしまいました！　私の運命は決まったのです。どんな運命だか知りませんが、私は神様のご意志に従います。明日、私たちは出発します。あなたに最後のお別れを申し上げます。何ものにも替え難い私のお友達、私の恩人、愛しい方！　私のことを思って嘆き悲しまないでください。どうかお幸せに。私のことを憶えていてくださいね。あなたの上に神様の祝福がありますように！　私はあなたのことを、私の心の中で、お祈りの中で度々思い出します。これでこの時代は終わりました！　新しい生活に携えてゆくことのできる喜ばしい過去の思い出は、ほとんどありません。

それだけになおさら、あなたとの思い出は貴重なものとなり、あなたは私の心にとってますます大切なものとなります。あなたは、私のたった一人のお友達です。この土地で私を愛してくださったのは、あなただけです。私は、何もかも見ていて、わかっていました。あなたはどれほど私のことを愛してくださったことでしょう！　私がにっこりするだけで、私の手紙のたった一行だけで、あなたは幸せになってくださいました。これからあなたは、私のいない生活に慣れなければいけません！　ここであなたはどうやって一人ぼっちで暮らしてゆくのでしょう！　誰を相手にするのでしょう。

優しい、大切な大切な、私のたった一人のお友達！　あなたに本も刺繍台も書きかけの手紙も残してゆきます。書きかけの手紙をご覧になる度に、あなたが私から聞きたいこと、読みたいことを何でも想像で先に続けて読んでください。私があなたに書きそうなことを何でも読み取ってください。今なら私はどんなことだって書けそうな気がします！　あなたのことをこんなに強く愛していた哀れなあなたのワーレンカのことを思い出してくださいね。あなたのお手紙は、一つ残らずフェドーラの整理ダンスのいちばん上の引き出しにとってあります。あなたはご病気だと書いていらっしゃいますが、ブイコフ氏は、今日は私をどこへも出してくれません。私は、これからもあなたにお便りします。お約束します。けれども、これから何が起きるかは神のみぞ知ることなので、今、永久に最後のお別れをいたしましょう。私のお友達、私の愛しい大切な方、永久にさようなら！……ああ、今どんなにあなたを抱きしめたいことでしょう！　さようなら、私のお友達、さようなら。どうぞお幸せに、お元気で。いつもあなたのことをお祈りしております。ああ！　なんて悲しいんでしょう。胸が潰れるようです。ブイコフ氏が呼んでいます。

あなたを永遠に愛する
V

PS　私は胸が一杯です。心が涙で溢れそうです……
涙で胸が締めつけられ、破れそうです。さようなら。
ああ！　なんてつらいんでしょう！
どうかあなたの哀れなワーレンカのことを憶えていらしてくださいね！

愛しいワーレンカ、私のかけがえのない愛しい人。あなたは連れてゆかれてしまう。あなたは行ってしまうのですね！　もう今となっては、あなたを奪われるくらいなら、いっそ私の胸から心臓をえぐり取られるほうがマシです！　いったいどうしてあなたはこんなことに！　あなたはこうして泣きながら、それでも行ってしまうのですか？　今あなたからのお手紙を受け取ったところですが、一面、涙のシミだらけではありませんか。つまり、あなたはいらっしゃりたくないのです。つまり無理やり連れて行かれるのです。つまりあなたは、私を哀れんでくださっている、つまりあなたは私を愛してくださっているのです！　それなのにどうして、あなたはこれから誰と一緒になろうとしていらっしゃるのですか？　あちらへいらしたら、あなたの心は悲しくてやるせなくて、冷え冷えとしてしまいます。ふさぎの虫に生気を吸い取られ、悲しみで真っ二つに裂けてしまいます。あちらではあなたは死んでしまい、土に埋められても、あなたを思って泣いてくれる人などいやしませんよ！　どうせブイコフ氏は、兎狩りに明け暮れるばかりでしょう……。

ああ、ワーレンカ、愛しいワーレンカ！　どうしてそんなことを決心してしまったのです？　よくそんな決心ができましたね？　あなたはなんてことをしたんです！

あちらに行けば、あなたは棺桶に叩き込まれるだけです。さんざん苦しめられて、死ぬことになるんですよ、天使さん。だってあなたは、まるでちっぽけな羽みたいにか弱いでしょう。それなのに、私はどこにいたんでしょう？　ちゃんとここにいたくせに、愚か者の私はいったいどこに目をつけていたのか！　子供が無茶をしているのを見て、ちょっと頭が痛いせいだろう、ぐらいに思っていたのです！　ちょっとなんとかしてやればいいものを、それもせずに、まったく愚の骨頂です。まるで自分はこれでいいのだとでもいうように、自分とは何の関係もないかのように、何も考えず何もわからずにいたのです。しかもフリルなんか買いに駆け廻ったりして！……いえ、ワーレンカ、私は起き上がってみせます。明日までには、きっと元気になって、必ず起きてみせますよ！……私は車輪の下に身を投げ出してでも、あなたを行かせたりはしません！　そうですとも。一体全体、これはほんとうにどういうことなんでしょう。何の権利があって、今度のことすべてが行われているんでしょうか？

私はあなたと一緒に行きます。もし乗せてもらえないなら、あなた方の馬車を追いかけて走ってゆきます。力の限り、息の続く限り走ってゆきますとも。それにしてもあなたは、向こうがどんな所か、ご自分がどういう所へ行くのかご存知なんですか？

たぶんあなたはご存知ないんでしょう。それなら教えてあげますよ！　あそこは、曠野《ステップ》なんですよ。ただの曠野、木一本生えていない剝き出しの曠野です。私の手のひらみたいに、何も生えていないんですよ！　そんな所にいるのは、無神経なかみさん連中や無教養な男どもか酔っ払いぐらいのものです。あっちでは今頃はもう木の葉も散ってしまい、雨が降って寒いに違いありません——あなたはそんな所へ行くんですよ！　なるほどブイコフ氏は、あちらでもする事があるでしょう。あの人は兎にかまけていればいいんですから。でもあなたはどうでしょう？　ワーレンカ、あなたは地主の奥さんになりたいのですか？

でもね、私の天使さん！　ちょっとご自分を見てごらんなさい。あなたが地主夫人らしく見えるでしょうか？……ああ、そんなことあり得ませんよ、ワーレンカ！　それに、私はこの先、いったい誰に宛てて手紙を書けばいいのですか？　そうですよ！　ちょっと考えてもみてください——あの人はこれから誰に手紙を書くつもりかしら、と……。誰のことを「愛しい人」と呼べばいいのでしょう？　この優しい呼び名でいったい誰を呼べばいいのでしょう？　私の天使さん、あなたのことをこれからどこで見つければいいのでしょう？　私は死んでしまいます。きっと死んでしまいますよ。

私の心はこんな不幸にはとても耐えられません！　私はあなたを神様の光のように愛してきました。実の娘のように愛していたのです。あなたの中の何もかもが好きだったのですよ！　そして、あなたのためだけに生きていたのです！　仕事をしたのも清書をしたのも、歩き廻ったり散歩をしたのも、自分の考えを友情溢れる手紙という形であなたに伝えたのも――すべては、あなたがここに、すぐそばのお向かいに住んでいらしたからなのです。あなたはもしかしたらそんなことはご存知なかったかもしれませんが、まさにこういうことだったんですよ！

まあ聞いてください、ワーレンカ。考えてみてくださいよ。こんなことがあっていいものか、あなたが私たちのところから離れて行ってしまうなんて！　いいですか、あなたが行ってしまうなんて、そんなことはあってはならないんです。そんなことはできっこありません。まったく絶対にあり得ないことなんです！　だってほら、雨も降っていますし、あなたはお身体が弱いんですから、風邪を引いてしまいますよ。あなた方の馬車はびしょ濡れになります。きっと中までずぶ濡れになります。それに町の関門を抜け出るや否や、壊れてしまいます。まるでわざとのように壊れてしまうのです。なにしろペテルブルグ製の馬車ときたら、ひどい代物ですからね！　私はここの馬車職人なら誰でも知っているんですよ。あの連中は、スタイルのいい、玩具《おもちゃ》みたいな物ばかりこしらえるんですがね、頑丈じゃないんです。誓って言いますが、頑丈には作っていません！

私はブイコフ氏の前に跪《ひざまず》いて、あの人を説得します。何もかも話して説得しますよ。ですからあなたもね、ワーレンカ、理由をちゃんと述べて、あの人を説得してください！「私はここに残ります、あなたとご一緒に行くわけにはまいりません」と言ってください！　ああ、なんでまた、あの人はモスクワの商人の後家さんと結婚しなかったんでしょう？　商人の後家さんと結婚したらいいじゃありませんか！　あの人には商人の後家さんのほうがいいのです。ずっとお似合いですよ。その理由は私がよく知っています！　で私は、ここにあなたを大切に留め置くのです。それにしても、あなたにとってブイコフ氏って何なんです？　どこが急に気に入ったのですか？　ひょっとしてフリルをしこたま買ってくれるから、そのためなのですか？　フリルが何です？　なんでフリルなんて？　あんなの下らないものじゃありませんか！　今は、人一人の人生の問題なんですよ。ところが、あんな物は、しょせん布の切れ端ですよ、フリルなんて。あんなフリルなんぞ、布切れに過ぎないんですよ、ワーレンカ。私だって給料が入り次第、フリルなんて山ほど買ってあげますよ、ワーレンカ。知り合いの店がありますからね。給料日までちょっと待ってください、私の天使、ワーレンカ！　ああ、やれやれ！　あなたはどうしてもブイコフ氏と一緒に曠野へ行ってしまうのですね、二度と戻らぬつもりで行ってしまう！　ああ、なんてことだ！

いいえ、駄目です。もう一度私にお手紙をください。お手紙に何もかも書いてください。そしてもし行ってしまうのなら、あちらからもお手紙をください。さもなければ、私の天使さん、これが最後の手紙になってしまうじゃありませんか。そんなこと、これが最後の手紙だなんて、そんなことがあっていいわけがありません。だってこんなに急に、これがどうしても最後の手紙になるなんて、どうしてそんなことが！　冗談じゃない、私はこれからも書きますよ、あなたも書いてください……。だって、せっかく今では私の文体も体をなしつつあるのに……。ああ、私の大切な人、文体が何ですか！　なにしろ今は、自分が何を書いているのかもわかりません。何ひとつ、何もわからないのです。読み返してもいませんから、文章を直してもいません。ただひたすら書いているだけです。ひたすら書いて、あなたになるべくたくさん書きたいのです……。私の愛しい人、大切な私のワーレンカ！

解説

安岡治子

ドストエフスキーの処女作『貧しき人々』の誕生は、非常にドラマチックなものであった。ドストエフスキーは、工兵将校の職を退いてから一年あまり、この中編小説の執筆に打ち込み、何度も書き直しては推敲を重ねた結果、ついに一八四五年の五月に書き上げ、翌年一月、二十四歳にして初めての小説を発表した。やはり駆け出しの文筆家であった友人のグリゴローヴィチがこの原稿を詩人のネクラーソフのもとに持ち込み、二人は、ほんの十頁ほどを読んでみるつもりが、夢中になって交替で朗読しながら、夜を徹して一気に読み上げてしまった。読み終わったのは明け方の四時であったが、ペテルブルグの白夜は明るい。感動した二人は「叩き起こしたってかまうものか」と、ドストエフスキーのもとに駆けつけて、「新しいゴーゴリ」の誕生を祝福したのである。その翌日には、原稿は当代随一の大批評家、ベリンスキーにも読まれ、激賞された。

批評家アネンコフの回想によれば、ベリンスキーは「この小説は、今まで誰も考えたこともなかったほど鮮やかに、ロシアの生活と人物の神秘を明かしてみせた。これは、我々が手にした初めての社会小説だ」と述べたという。ドストエフスキー自身にとっても、ベリンスキーに激賞されたこのときの体験は、生涯忘れられないものだった。三十年以上たった一八七七年一月の「作家の日記」で次のように綴っている。「ベリンスキーは、感動したときの癖の甲高い声で叫んだ。『あなたは自分で、どんなものを書いたのか、わかっているのですか！　ただ芸術家としての直観だけで書けてしまったんだろうが、我々に示してくれたこの恐るべき真実の意味がわかっているだろうか？　二十歳《はたち》そこそこで、これほどのことがわかるなんて、そんなことはあり得ない！（……）真実が、芸術家としてのあなたに明かされて、告げられたのです。天賦の賜物として与えられたのですから、この賜物を大事にして、それに忠実にしていれば、あなたは偉大な作家になれます！』」

このような賛美の言葉に、若きドストエフスキーは陶然となって、「ほんとうに僕はそんなに偉大なのだろうか？　ああ、この賛辞にふさわしい人間になろう！」と誓い、「これは、私の全生涯の中で最も魅惑的な瞬間だった」と回顧している。

ベリンスキーの『貧しき人々』への熱狂ぶりは、ドストエフスキーのその後の大作を知る私たちにとっては、いささか大袈裟に思われるほどなのだが、ロシア文学における西欧ロマン派の模倣者《エピゴーネン》を排し、ロシアの現実を再現し批判するリアリズム文学を求めていたベリンスキーにとって、この小説は理想的な作品に思われた。ドストエフスキーの登場以前は、庶民の日常を詳細に描写する文学は「生理学的スケッチ」と呼ばれており、その重点は写真のように正確な外的描写に置かれ、人物の内的心理を深く掘り下げたり、語りに工夫が凝らされることはほとんどなかった。『貧しき人々』は「自然派」と呼ばれた作家たちのこうした「生理学的スケッチ」に足りなかった点を補い、深みを加え、さらに社会的メッセージ性も備えた真のリアリズム小説として歓迎されたのである。

ところでベリンスキーは、「あなたは自分で、どんなものを書いたのか、わかっているのですか！」と叫んだが、ドストエフスキーは、むろん、よくわかっていた。これは、きわめて自覚的に、創作技法を研究し尽くして書かれた作品なのだ。後の作品の大半は、原稿料前借りの締め切りに追われて、推敲に時間をかけられなかったと言われているが、ドストエフスキーは、処女作には思う存分時間をかけて、当時、その強烈なオリジナリティで一世を風靡していたゴーゴリに続く、新しい文学を創作すべく意欲的に取り組んだのである。

若きドストエフスキーは、処女作を執筆するまでの数年間は、ロマン派のシラーやウォルター・スコットに熱中する文学青年だった。その彼に、あるとき文学的啓示が訪れる。そのときの神秘的体験を、ドストエフスキーは一八六一年のエッセイ「詩と散文におけるペテルブルグの夢」の中で「ネヴァ河のヴィジョン」と呼んでいるのだが、多少省略しながら以下に紹介したい。

「今でも憶えているが、ある冬の一月の晩、私はヴィボルグ地区から自宅へ帰ろうと急いでいた。当時私はたいそう若かった。ネヴァ河まで来ると、私は一瞬立ち止まり、川沿いに視線を走らせ、厳寒の靄が煙るようにかかった遠景をみつめた」今しも沈もうとする斜陽が反射して「ネヴァ河の氷原は無数の針のような霜の火花で覆われていた」。すべての屋根から煙が巨人のように立ち昇っているので、それが古い建物の上空にもう一つ新しい建物が出来上がったように見える。いや、むしろ新しい町が空中に造られているか、さらに「この世界全体が幻想的な魔法の夢のように、たちまち群青色の空に蒸発して消えてゆくような」感覚に捉われた。この瞬間に突如まったく新しい世界に目が開かれたのだ。そしてその真新しい世界観でふと辺りを見回すと、「ある不思議な人物たちが見えた。それはどれも不思議で奇妙なきわめて散文的な人物たちである。どう見てもありふれた九等官なのだが、それでいてどうもなんだか幻想的な九等官みたいなのだ。ある男が、この幻想的な人物群の後ろに隠れて、私に渋面を作ってみせ、何か糸かぜんまいみたいなものを引っ張ると、これらの人形たちは動くのだが、その男はげらげら笑い、しきりに笑い続けていた！　すると私にはそのとき、別の物語が、どこか薄暗い部屋の片隅に住む正直で純粋で道徳的な、献身的に上司に尽くすどこかの九等官、それから彼といっしょに、虐げられた悲しげな少女が見えたような気がして、彼らの物語が私の心を引き裂いた」。

まさにこれこそが、『貧しき人々』のインスピレーションが生まれた瞬間なのだろう。シラーの詩歌やウォルター・スコットの騎士物語、ホフマンの幻想小説に魅せられていたドストエフスキーが、「地上で最も幻想的な都市」ペテルブルグの現実に目を向け、現実ほど幻想的なものはないことを悟った瞬間だった。ここで幻想的な九等官たちを操り哄笑している男とは、むろんゴーゴリである。ゴーゴリの登場は、ロシア文学にとって衝撃であった。ドストエフスキーが言ったとされる言葉「我々は皆、ゴーゴリの『外套』から出てきた」に象徴されるように、文学青年たちはこぞってゴーゴリを読み耽り、ゴーゴリについて熱く語り合っていた。

　しかしここでドストエフスキーは、「別の物語」が目に浮かんだと書いている。ゴーゴリをそのまま引き写すのではなく、ゴーゴリを発展させたさらに「別の物語」を思いつくのである。なるほど主人公は、『外套』のアカーキー・アカーキエヴィチ・バシマチキンと同じ、しがない九等官である。けれどもゴーゴリによって徹底的に諷刺され笑いのめされたバシマチキンの恋慕の対象が生命をもたぬ物体の「外套」であったのに対して、『貧しき人々』のマカール・ジェーヴシキンが恋い焦がれるのは、うら若き生きた女性のワーレンカである。マカールの苗字ジェーヴシキンはだてに「乙女」を意味するジェーヴシカから作られたわけではないのだ（バシマチキンの語源は、「靴」を意味するバシマチョクである）。

　そう、ここでドストエフスキーが目指したのは、「自然派」の描く哀れな貧乏小役人を、センチメンタルな恋物語の主人公に仕立て上げるという予想外の設定だったのである。そもそもこの作品で採用された書簡体小説とは、リチャードソンの『クラリッサ』やルソーの『新エロイーズ』など一八世紀の西欧で流行したもので、育ちもよく教養も高い主人公たちの往復書簡が繰り広げるセンチメンタルな悲恋物語は、一九世紀半ばのロシアでは、既に時代遅れの形式であった。ではなぜドストエフスキーはあえてこうした形式で小説を書いたのだろうか？

主人公を貧しく無教養でかなり滑稽な小役人にすることで、センチメンタルな小説をパロディ化した面もあるだろう。その意味では、題名からしてこの小説のパロディの対象となっているのは、ロシア・センチメンタリズムの代表作、カラムジンの『哀れなリーザ』（一七九二年）である。「貧しい《ベードヌィ》」という形容詞は、英語のpoorと同様、「哀れな、可哀相な」という意味ももつ。従ってこの小説のタイトルは、「哀れな人々」とも読めるのである。『哀れなリーザ』は、貧しい百姓娘リーザが、眉目秀麗な青年エラストと恋に落ちたものの、やがて棄てられ絶望のあまり入水する悲恋物語だが、「百姓娘だとて恋することはできるのだ」という有名なフレーズは、ジェーヴシキンの「こんな男でも心は人並みにあるんですよ」という声と響き合うものだろう。悲劇のヒロインが滑稽で情けない中年の主人公と入れ替われば、それだけで少なくとも悲喜劇にはなる。

ただカラムジン張りのセンチメンタリズム小説が時代遅れであることは、わざわざドストエフスキーが指摘するまでもないことであり、センチメンタリズム小説特有の書簡体をドストエフスキーが選択したのには、他の意図もあったようだ。

この小説は書簡体であるがゆえに、表面的に聞こえてくるのは、主人公二人の声だけで、作者あるいは語り手の姿は一見どこにもない。たしかにドストエフスキー自身も、作品発表直後の兄宛ての手紙で読者について「あの連中はあらゆるものの中に作者の顔を見る癖がついているのです。でも僕は、自分の顔は見せていません。ところがあの連中ときたら、語っているのはジェーヴシキンであって僕ではないということ、ジェーヴシキンはああいう語り方しかできないのだということが、まるきりわからないのです」と憤慨している。ジェーヴシキンの特に初めの頃の文体は、要領を得ない非論理的な言い回しや留保による中断、不必要な繰り返しが多いぎこちないものだ。バフチンによればそれは、「自分についての他者の言葉や、自分について語る自身の言葉に対する他者の反応を先取りしようとする緊張した姿勢」、つまりは「おずおずと人目を気遣う言葉」の為せる業であるという。こうした文体の持ち主は、ドストエフスキーのその後の作品にもしばしば登場するが、『地下室の手記』の主人公にも繋がるような、やけにプライドが高いくせに妙に卑屈で自意識過剰な人種特有の文体は、痛々しいほど神経過敏なジェーヴシキン自身の心の襞《ひだ》に分け入ってその心理を伝える、彼自身の声なのだと判断すべきだろう。

とは言え、この書簡体小説に書かれたジェーヴシキン自身の、あるいはワーレンカの文章には、作者あるいは語り手の評価、時には皮肉な眼差しが感じられないと言えるだろうか。この小説では書物が重要なモチーフとなっているが、ワーレンカがジェーヴシキンに貸したゴーゴリの『外套』を読んだときの彼の憤懣やる方ない憤りぶりには、誰しも思わずくすりと笑ってしまうに違いない。ジェーヴシキンは、バシマチキンの日常の微に入り細を穿った描写が、何もかも己のそれとそっくりであることに驚愕し、他人のプライヴァシーにここまで踏み込んでいいものか、と憤慨するのだ。ジェーヴシキンは、文学少女のワーレンカに「どうしてあんなつまらない作品がお好きなの?」と言われてしまうほど、ラタジャエフの馬鹿げた三文小説に感嘆するような単純な男だ。ゴーゴリの『外套』のグロテスクなまでの新しさは、その筋や内容というより、ほとんどコメディアンともいうべき語り手の「語り」の手法にあることなど、まったく読みとれないのである。

では、ワーレンカの文章はどうだろう? 彼女の手紙もさることながら、彼女が

「人生のあれこれの瞬間を、思いつくままに書きとめた」という手記の文章は、切ない初恋の物語がみずみずしい感性で綴られたものだが、老ポクロフスキーの悲喜劇的描写などは、とても十代の少女が書いたものとは思われぬほど、冷静なリアリズムの筆致で書かれている。それでもワーレンカの手記を読んだ者にとって、たとえばアンナさんの職業は何なのか、という疑問が浮かぶだろう。アンナさんの家に厄介になることを、ワーレンカの母親がひどくためらったこと、アンナさんの紹介でワーレンカはブイコフ氏に誘惑され辱めを受けたこと、ワーレンカの従妹もどうやら同じ破滅の道を歩まされていることなどを総合すると、アメリカの研究者ローゼンシールドなどは、穢れなき少女を金持ちの客に世話する「いかがわしい斡旋業者」であるとはっきり書いているほどである。

もっとも、やはりアメリカの研究者テラスは、そのようにしか読めないことを認めた上で、男性に少女を世話するにしても、何年間も養育するのでは手間ひまがかかりすぎると述べ、ワーレンカのこのエピソードそのものが現実味のないものだと、若きドストエフスキーの手腕に疑問を投げかけてもいるのだが……。

さらにブイコフ氏とアンナさんの下宿人であるポクロフスキー青年の関係について

は、ほとんどあらゆる研究者が、ポクロフスキーの実の父親がブイコフ氏であったことを自明のこととして捉えているのに、ワーレンカ自身は、ポクロフスキーの母親がたいそう綺麗な人だったのに「どうしてあんなつまらない人のところへお嫁に行くことになってしまったんでしょう」などと無邪気に書いているのである。

要するに、書簡体小説とは、行間を読まなければならないということだろう。そこには登場人物以外の語り手は不在であるにもかかわらず、作者は主人公たちの書簡や手記のみならず、彼らが引用する書物やその解釈を通して、登場人物が発する言葉をそのまま受け取るだけでは読みきれないような重層的なテクストをつむいでいるのである。さきにも述べたように、この小説では書物や文学が大切なモチーフとなっている。ワーレンカがジェーヴシキンに貸したもう一冊の本はプーシキンの『ベールキン物語』（一八三〇年）であり、その中の一篇「駅長」にジェーヴシキンはいたく感激する。「駅長」は、最愛の一人娘を軽騎兵大尉に連れ去られてしまったある宿場の老駅長の悲嘆物語であるが、ジェーヴシキンは、やがてワーレンカが自分のもとからどこかへ行ってしまうことを予感してか、老駅長の運命に自らの運命を重ね合わせてひたすら同情する。

しかし、ドストエフスキーがプーシキンの「駅長」を評価したのは、そんな理由からではなかった。実は『ベールキン物語』は、プーシキンが語りの構造と文体に関してきわめて自覚的に果敢な実験を行った作品であった。『ベールキン物語』全体の作者はプーシキン自身ではなく、故ベールキン氏ということになっており、しかもその中に含まれている短編「駅長」の語り手は、九等官A・G・N氏なのだという。こうした複雑な語りの構造をしつらえて複数の声や視線を交錯させたり、「放蕩息子」の絵草紙の描写を効果的に用いたりすることによって、娘を連れ去られた老父の悲嘆物語が実はそれほど単純なものではないことを作者は仄めかしているのである。そもそも娘は半分は自分から好んで連れて行かれたふうでもあるのだから、老人の悲嘆は単なる自己憐憫かもしれないわけだ。プーシキンのこうした創作意図は、ベリンスキーを含めた当時の文学界ではあまり理解されていなかった。しかし、若きドストエフスキーはそれにいち早く気づき、自らの手で新たな文学を創造してゆく際に大いに参考にしたようである。

それにしてもワーレンカはどうしてブイコフ氏の結婚申し込みを承諾してしまったのだろうか。「駅長」の物語から類推すれば、ワーレンカは嫌でたまらなかったのに、貧しさゆえに止むを得ず泣く泣く連れて行かれただけではなさそうだ。少なくとも半分は自分から進んでその道を選んだと言えるだろう。結婚を決めてからのワーレンカは人が変わったように、やれチェーンステッチだ、やれフリルだと哀れなジェーヴシキンを使い走りにこき使うのはどうしたことか。文学を愛し、細やかな心遣いのできる優しい女性だったワーレンカも、しょせん物欲に目が眩んだということなのだろうか。いや、そうではあるまい。ワーレンカの最後の手紙にはジェーヴシキンに対する哀切な思いが満ち溢れている。聡明な彼女は、自分がブイコフ夫人になっても幸せになれるはずがないことぐらいわかっているのだ。それでも人は何とか生きてゆかねばならない。ワーレンカを単なるセンチメンタルなヒロインから現実に生きる女性とするために、ドストエフスキーは彼女をこのように描いたのだろう。

一方ジェーヴシキンも、春から秋へと小説が展開する中で変化していった。ワーレンカという読み手に宛てて手紙という文章を書くことで、またワーレンカに勧められてゴーゴリやプーシキンを読むことで、彼は自身を見つめ、社会や貧困について深く考察するようになる。九月五日付けの手紙などはその典型であろう。

フォンタンカ運河沿いの河岸通りとゴロホヴァヤ通りを比較して、貧富の格差を語ることに始まり、靴職人と金持ちが見る靴の夢の話に至っては、世の中には「物質」（靴はジェーヴシキンにとって常に「物質」の象徴である）より大切なものがあるはずだという、後年『カラマーゾフの兄弟』で扱うことになる「大審問官伝説」にも発展しそうな思想まで披露しているほどだ。さらに、ワーレンカの結婚の決意を知った後の九月二十三日付けの手紙では、「すべては神様のご意志です。天の創造主の摂理は、むろん、善きものであり、しかもはかり知れないものです」と言いながら、それにしてもなぜあなたは私を見捨てて行ってしまうのかという彼の慟哭の中には、微かながら、神への反逆《ブント》の予兆さえ感じられるではないか。マカール・ジェーヴシキンは、哀れな小役人のアカーキー・アカーキエヴィチ・バシマチキンから、ラスコーリニコフやイワン・カラマーゾフを予感させる人物にまで成長を遂げたのである。

このようにさまざまな意匠をこらされた作品とはいえ、『貧しき人々』には、『罪と罰』以後の五大長編のような、派手な殺人事件も、難解な哲学談義もない。しかしここには既に、人一倍感じやすく、人からの侮辱に過敏に傷ついたり、他人の不幸に心から同情したり、かと思えば、他人のちょっとした親切に大感激したりする、いかにもドストエフスキーの主人公に相応しい熱血漢が、リアルな存在としてたしかに生きている。

そしてジェーヴシキンは、ワーレンカに直接会うことはむしろいつも避けてばかりいるくせに、その濃密な感情を、一種異様な情熱をもって彼女に宛てた手紙の中で吐露し続けるのだ。「ワーレンカ！ 私はあなたに書きたいことがたくさんあるのです。毎時間、毎分、いつも絶えることなく、あなたに手紙を書いていたいのです！」台所の片隅に閉じこもりながらも、こう書かずにはいられない孤独なジェーヴシキンの姿は、メールで誰かとの繋がりをしきりに確認している現代の私たちにもどこか似ているかもしれない。

また、ワーレンカにも、後のドストエフスキーの作品にしばしば登場するあるタイプの女性たちと共通の特性がある。それは、例えば『白痴』のナスターシャ・フィリポヴナや『カラマーゾフの兄弟』のグルーシェンカのように、清純な少女の頃に好色な金持ちの男の餌食となったという屈辱的体験である。ワーレンカは、いったんはブイコフのもとから逃れ、そして最後には、囲い者ではなく正妻となるわけだが、もしワーレンカが最初にブイコフの毒牙にかかったとき、そのまま囲い者になっていたら、ナスターシャやグルーシェンカのような、心の内にふつふつと恨みと怒りを滾《たぎ》らせ、周りの者たちを新たな悲劇に巻き込むファム・ファタール（魔性の女）になっていたかもしれない。さらに、『貧しき人々』の中で描かれる哀れな子供たちは、ドストエフスキー作品の普遍的テーマであり、最終的にはイワン・カラマーゾフの「無辜《むこ》の子供の苦しみと涙にいったい何の意味があるのか」という叫びにつながっていくものである。

こうして見るとこの処女作には、その後の作品のさまざまなモチーフがちりばめられており、ドストエフスキーの創作の原点にふさわしい小説と言えるだろう。

ドストエフスキー年譜

一八二一年
ロシア暦一八二一年一〇月三〇日、モスクワに生まれる。父ミハイルは司祭の子として生まれた医師。母マリアは商人の娘。兄ミハイルのほか、弟二人、妹四人がいた。

一八三一年　一〇歳
父がトゥーラ県に領地を買ったので、毎年夏をここで過ごすようになる。

一八三四年　一三歳
兄とともにモスクワの私立寄宿学校に入学。

一八三七年　一六歳
母、死去。

一八三八年　一七歳
中央工兵士官学校に入学。

一八三九年　一八歳
父、死去。領地の農奴に殺されたといわれる。

一八四三年　二二歳
中央工兵士官学校卒業。少尉として工兵局製図課に勤務。

一八四四年　二三歳
バルザック『ウジェニー・グランデ』

の翻訳を発表。創作に専念するため、中尉に昇進のうえ依願退役。『貧しき人々』に着手。九月、兄ミハイル宛ての手紙で「『ウジェニー・グランデ』くらいの長さの小説をもうすぐ書きあげるところです。かなり独創的な小説で、僕はこの作品に満足しています」と書く。一一月に『貧しき人々』の原稿を書きあげるが、一二月に全面的に書き直す。

一八四五年　二四歳

二月に『貧しき人々』に再び手を入れる。四月に三度目の書き直しを行なう。五月、『貧しき人々』完成。友人の文筆家グリゴローヴィチを通じて原稿は詩人ネクラーソフのもとに持ちこまれた。二人は感動のうちに全編を一気に朗読し終えた。その後、この作品は大批評家ベリンスキーにも激賞される。

一八四六年　二五歳

『貧しき人々』が一月、「ペテルブルグ文学」に発表される。『分身』などの短編を発表。処女作に較べて二作目以降の評判がかんばしくなかったため、猜疑心に悩まされ神経症となり、ネクラーソフ、トゥルゲーネフ、ベリンスキーらとぶつかり、彼らから誹謗中傷を浴びる。

一八四七年　二六歳

空想的社会主義者たちの集団、ペトラシェフスキー・グループの会に出席するようになる。癲癇と診断される。

一八四八年　二七歳
『弱い心』『白夜』などを発表。ペトラシェフスキー・グループへの共感を深め、会に頻繁に通う。

一八四九年　二八歳
『ネートチカ・ネズワーノワ』の最初の部分を発表。ペトラシェフスキー・グループの会合で、ベリンスキーの「ゴーゴリへの手紙」を朗読。秘密警察により、他のメンバーと共に逮捕。ペトロ・パヴロフスク要塞監獄に監禁される。軍事法廷で身分剝奪のうえ死刑と決まったが、刑場で処刑直前に皇帝の特赦により四年のシベリア流刑に処せられる。

一八五〇年　二九歳
トボリスクでデカブリストの妻たちと面会、福音書を贈られる。流刑地オムスクの懲役監獄に着く。

一八五四年　三三歳
刑期満了。セミパラチンスクで一兵卒として勤務。官吏の妻マリア・イサーエワと知り合う。

一八五五年　三四歳
下士官に昇進。

一八五七年　三六歳
未亡人になっていたマリアと結婚。世襲貴族の称号を回復。

一八五九年　三八歳
少尉に任命され、退役を許される。トヴェーリに住む。『おじさんの夢』『ステパンチコヴォ村とその住民』を発表。

首都居住の許可が出て、ペテルブルグに帰る。

一八六〇年　三九歳
『死の家の記録』の連載開始。

一八六一年　四〇歳
兄ミハイルと雑誌「時代」を創刊。『虐げられた人々』を連載し、単行本とする。

一八六二年　四一歳
パリ、ロンドン、ジュネーヴなど、初めて外国を旅行する。『死の家の記録』が単行本となる。

一八六三年　四二歳
『冬に記す夏の印象』を発表。サルトィコフ＝シチェドリンら「現代人」グループと「時代」との論争激化。「時代」発行禁止となる。愛人アポリナリア・スースロワとパリ、ローマ、ベルリンなどを旅行。賭博にふける。チェルヌィシェフスキー『何をなすべきか』を発表。

一八六四年　四三歳
「時代」に代わる新雑誌「世紀」創刊。『地下室の手記』を連載。第Ⅰ部を一・二月号に発表。四月にモスクワでマリア夫人死去。一度中断した後、五月に作品を完成させ、六月に後半を発表。七月、兄急死。「世紀」の発行を引き継ぐが、負債と雑誌の運転資金などで金策に奔走する。

一八六五年　四四歳
「世紀」廃刊。莫大な借金残る。三度

目の外国旅行。ヴィースバーデンで賭博にふける。

一八六六年　四五歳
『罪と罰』の連載開始。速記者アンナ・スニートキナに『賭博者』を口述筆記させ、完成。

一八六七年　四六歳
アンナと結婚。外国旅行に出かけ、ベルリン、ドレスデン、ジュネーヴなどでこの後四年間の外国生活を送る。バーデン・バーデンで賭博にふける。トゥルゲーネフに会い、衝突する。『白痴』執筆開始。

一八六八年　四七歳
『白痴』を「ロシア報知」に連載発表。長女ソフィア生まれるが、三カ月足らずで死去。

一八六九年　四八歳
次女リュボーフィ生まれる。後に『悪霊』の題材となる「ネチャーエフ事件」発生。

一八七〇年　四九歳
「永遠の夫」を発表。『悪霊』執筆開始。

一八七一年　五〇歳
『悪霊』を「ロシア報知」に連載開始。四年あまりの外国生活を終え、ペテルブルグに戻る。長男フョードル生まれる。

一八七二年　五一歳
引き続き『悪霊』を発表。雑誌「市民」の編集を引き受ける。

一八七三年　五二歳

「作家の日記」を「市民」に連載。『悪霊』を単行本にする。

一八七四年　　五三歳
「市民」の編集長を辞す。ネクラーソフ来訪、彼の雑誌「祖国雑記」に長編を依頼。ドイツのエムスに療養に行く。夏以降、スターラヤ・ルッサとペテルブルグの両方で暮らすことになる。

一八七五年　　五四歳
『未成年』を「祖国雑記」に連載、完結。再びエムスに療養に行く。次男アレクセイ生まれる。

一八七六年　　五五歳
月刊個人雑誌「作家の日記」を発行開始。夏、エムスへ。『未成年』単行本となる。

一八七七年　　五六歳
「作家の日記」引き続き発行。

一八七八年　　五七歳
次男アレクセイ、癲癇の発作で急死。ソロヴィヨフと共にオプチナ修道院を訪問。『カラマーゾフの兄弟』執筆開始。

一八七九年　　五八歳
『カラマーゾフの兄弟』の連載を発表。エムスに療養に行く。

一八八〇年　　五九歳
『カラマーゾフの兄弟』の連載、完結。プーシキン記念祭に参加し、講演。「作家の日記」を復刊。

一八八一年
一月二八日、ペテルブルグで死去。享年五九。

訳者あとがき

『貧しき人々』は、私がロシア語の原文で読み通した最初の長い作品であったと思う。たしか大学三年のときだった。チェーホフやトゥルゲーネフの短編は、ロシア語を学びはじめて一年ほどした頃に、内容の面白さに惹かれて（勿論、ロシア語の難しいところは誤魔化《ごまか》しながらだが）、いくつか読むことができた。さて次はドストエフスキーだ。ドストエフスキーなら、ぜひともまずは『罪と罰』をロシア語で読みたかったのだが、いかんせん長すぎて挫折した。

処女作には、作家のその後の創作の特徴の芽がすべて含まれていると言うではないか。それではと、『貧しき人々』を勇んで読みはじめたのだが、ワーレンカの年齢に近かった当時の私には、マカールさんの悲哀はいささか退屈だった。ワーレンカの手記のセンチメンタルな初恋物語だけが生き生きと感じられ、ドストエフスキーが苦心したさまざまな創作上の仕掛けや工夫は、せっかくロシア語で読んだのに、よくわからなかったように思う。

今回、この作品の翻訳の機会を与えられ、あらためて書簡体小説を翻訳する厄介さを実感した。基本的には中年男性のマカール・ジェーヴシキンとまだ十代のうら若き乙女ワーレンカという二人の文体を書き分ければいいはずである。ワーレンカが年齢に似合わず大体は落ち着いた書きっぷりなのに比して、ジェーヴシキンの初めの頃の手紙は、人目を気にする神経過敏な性格ゆえか、話の展開がしょっちゅう行きつ戻りつする上に、「お手々」だの「おつむ」だの、ふつうは女こどもが使うとされる言い回し（指小形《ししょうけい》）がやたらに目立つ未熟な文体であった。

ところが、ジェーヴシキン自身が述べているように、彼はワーレンカに宛てた手紙で思いのたけを綴る中で、またワーレンカに勧められた本を読むうちに、次第に精神的な成長を遂げ、自らの声を探り当て、立派な文体で文章が書けるようになってゆくのだ。しかも、直接顔は出さぬものの、作者あるいは語り手の皮肉っぽい声音がそこここに聞こえる。主人公たちが運命の激変に出会い、思わず我を忘れて声が裏返ったりすることもある。翻訳にあたり、こうしたさまざまな声の訳し分けが少しでもできるようにと注意をはらったつもりである。「最も濃密な読書」とも「無上の精読」とも言われる翻訳という作業を通して、はじめてマカールさんの嘆きも、ワーレンカの切ない気持ちも我がことのように実感をもって受け止められるようになった気がする。

この小説が、どれほど複雑な創作技法のこらされた作品であるのかは、解説を書くためにロシアや欧米のいくつかの研究書や論文を読んであらためて気づかされた。プーシキンの『ベールキン物語』との関係については、江川卓先生の『ドストエフスキー』（岩波新書）に多くのことを教えられたことを感謝したい。

それでもなお、この作品の解釈は他にもまだ幾通りも考えられると思う。ロシア文学研究の先輩である畏友、浦雅春氏は、「この往復書簡は、実はジェーヴシキンの妄想で、すべて彼が一人で書き上げたものなのではないか」という実に大胆な読み解きのヒントを与えてくれた。これには昔、江川先生が、プーシキンの『スペードの女王』について、「主人公の青年ゲルマンと老伯爵夫人には肉体関係があったに違いない」という説を話されたときと同じくらいの衝撃を受けた。そういえばワーレンカは最後の手紙の中で、文通相手がいなくなるジェーヴシキンに対して、これからは「あなたが私から聞きたいこと、読みたいことを何でも想像で先に続けて読んでください」と言っているではないか。もしかしたら、それまでの手紙もワーレンカという存在そのものも、すべては孤独なジェーヴシキンの願望が生み出したまぼろしだったのだろうか……。

残念ながら私には、浦さんや江川先生ほどの想像力がないために、解説の中では浦さんの説を展開することはできなかったが、そのような読み方をしたら、また違った面白さを味わえるかもしれない。

けれどもその一方、さまざまな仕掛けや解釈などいっさい抜きにして、素直に主人公の声に耳を傾けながら、ジェーヴシキンやワーレンカ、それにポクロフスキー老人やゴルシコフ一家にも心を寄せて、思い切り泣かせてもらいたいような気もするのである。

ドストエフスキーにとってお金は、実人生においても文学作品においても終生切実な問題であったが、『貧しき人々』では文字通り、本物の貧困の脅威が作品全体に一種独特な緊張感とドラマ性を与えている。ワーレンカは「不幸は伝染する病いです」と言うが、まさに「貧が貧を呼ぶ」ような物語の展開に、訳しているうちに思わず乗り移られそうな恐怖を覚えたほどだ。とは言え、身を削られるような極貧を体験する中で、二人の主人公が結局知り得たのは単純な真実である。幸せをもたらすのはお金ではない。人生に喜びを与えてくれるのは、互いの不幸を思いやり相手の幸せを心から喜ぶことのできるような隣人をもつことなのだ。貧困が広がる中で、人と人との繋がりがますます希薄になっている現代にこそ、もう一度読み直されるべき小説ではなかろうか。

最後に、今回も『地下室の手記』に続き、ドストエフスキーの作品を翻訳する機会を与えてくださり、さまざまな事情で非常に長引いてしまった翻訳の作業を温かく見守ってくださった光文社翻訳編集部の堀内健史編集長と今野哲男さん、また懇切丁寧に原稿を読んで思いがけない指摘や多くの貴重な助言をくださった鹿児島有里さん、そして最終段階で全体に目を通してくださった駒井稔文芸局長、これらの方々に心から感謝いたします。

翻訳に当たっては、ナウカ版の『ドストエフスキー全集』第一巻を使用した。

Ф.М.Достоевский. Полное собрание сочинений в тридцати томах. т.1.(Издательство《Наука》,Ленинград,1972)

また、ドストエフスキーの文章は一段落が非常に長く、現代の読者には読みづらいため、適宜改行を施したことをお断りする。

この本の一部には、当時のロシアの社会状況を伝えるために、身寄りのない子供たちを収容する施設としてあった「養育院」と、そこにいる子供への差別的な表現があります。日本における同様の施設としては、一九三二年（昭和七年）施行の救護法で「孤児院」という呼称が初めて公用語となりました。しかしこの言葉は、太平洋戦争で生まれた戦災孤児への差別など社会的な差別意識を招くこととなり、一九四八年（昭和二三年）施行の児童福祉法で「養護施設」に、さらに一九九八年（平成一〇年）施行の同法改正によって「児童養護施設」と改称されています。また近年では、身寄りのない児童よりも、経済的事情、親の離婚や虐待など家庭環境の変化が理由による児童の入所が多くなり、社会問題にもなっています。

本作品は、当時の社会にあった貧困や身分差別を描いた古典作品です。その歴史的価値、文学的価値という点から原文に忠実な翻訳を心がけました。これら施設や児童、関係者への差別や侮蔑の助長を意図するものではないことをご理解ください。（編集部）

kobunsha classics
光文社古典新訳文庫

貧《まず》しき人々《ひとびと》

著者　ドストエフスキー
訳者　安岡《やすおか》 治子《はるこ》

2010年４月20日　初版第１刷発行
2025年５月20日　　　第５刷発行

発行者　三宅貴久
印刷　大日本印刷
製本　大日本印刷

発行所　株式会社光文社
〒112-8011東京都文京区音羽1-16-6
電話　03（5395）8162（編集部）
03（5395）8116（書籍販売部）
03（5395）8125（制作部）
www.kobunsha.com

ISBN978-4-334-75203-3 Printed in Japan

組版　新藤慶昌堂

いま、息をしている言葉で、もういちど古典を

長い年月をかけて世界中で読み継がれてきたのが古典です。奥の深い味わいある作品ばかりがそろっており、この「古典の森」に分け入ることは人生のもっとも大きな喜びであることに異論のある人はいないはずです。しかしながら、こんなに豊饒で魅力に満ちた古典を、なぜわたしたちはこれほどまで疎んじてきたのでしょうか。

ひとつには古臭い教養主義からの逃走だったのかもしれません。真面目に文学や思想を論じることは、ある種の権威化であるという思いから、その呪縛から逃れるために、教養そのものを否定しすぎてしまったのではないでしょうか。

いま、時代は大きな転換期を迎えています。まれに見るスピードで歴史が動いていくのを多くの人々が実感していると思います。

こんな時わたしたちを支え、導いてくれるものが古典なのです。「いま、息をしている言葉で」——光文社の古典新訳文庫は、さまよえる現代人の心の奥底まで届くような言葉で、古典を現代に蘇らせることを意図して創刊されました。気取らず、自由に、心の赴くままに、気軽に手に取って楽しめる古典作品を、新訳という光のもとに読者に届けていくこと。それがこの文庫の使命だとわたしたちは考えています。

このシリーズについてのご意見、ご感想、ご要望をハガキ、手紙、メール等で翻訳編集部までお寄せください。今後の企画の参考にさせていただきます。
メール　info@kotensinyaku.jp

光文社古典新訳文庫　好評既刊

白夜／おかしな人間の夢　ドストエフスキー／安岡《やすおか》治子《はるこ》◉訳

ペテルブルグの夜を舞台に内気で空想家の青年と少女の出会いを描いた初期の傑作「白夜」など珠玉の4作。長篇とは異なるドストエフスキーの〝意外な〟魅力が味わえる作品集。

賭博者　ドストエフスキー／亀山《かめやま》郁夫《いくお》◉訳

舞台はドイツの町ルーレッテンブルグ。「偶然こそ真実」とばかりに、金に群がり、偶然に賭け、運命に嘲笑される人間の末路を描いた、ドストエフスキーの〝自伝的〟傑作！

死の家の記録　ドストエフスキー／望月《もちづき》哲男《てつお》◉訳

恐怖と苦痛、絶望と狂気、そしてユーモア。囚人たちの驚くべき行動と心理、その人間模様を圧倒的な筆力で描いたドストエフスキー文学の特異な傑作が、明晰な新訳で蘇る！

ステパンチコヴォ村とその住人たち　ドストエフスキー／高橋《たかはし》知之《ともゆき》◉訳

帰省したら実家がペテン師に乗っ取られていた！　人の良すぎる当主、無垢なる色情魔、胸に一物ある客人たち…。奇天烈な人物たちが巻き起こすドタバタ笑劇。文豪前期の傑作。

アンナ・カレーニナ（全4巻）　トルストイ／望月《もちづき》哲男《てつお》◉訳

アンナは青年将校ヴロンスキーと恋に落ちたことを夫に打ち明けてしまう。一方、公爵令嬢キティはヴロンスキーの裏切りを知って――。十九世紀後半の貴族社会を舞台にした壮大な恋愛物語。

戦争と平和（全6巻）　トルストイ／望月《もちづき》哲男《てつお》◉訳

ナポレオンとの戦争（祖国戦争）の時代を舞台に、貴族をはじめ農民にいたるまで国難に立ち向かうロシアの人々の生きざまを描いた一大叙事詩。トルストイの代表作。

光文社古典新訳文庫　好評既刊

イワン・イリイチの死／クロイツェル・ソナタ

トルストイ／望月《もちづき》哲男《てつお》◉訳

裁判官が死と向かい合う過程で味わう心理的葛藤を描く「イワン・イリイチの死」。地主貴族の主人公が嫉妬がもとで妻を殺す「クロイツェル・ソナタ」。著者後期の中編二作。

コサック　1852年のコーカサス物語

トルストイ／乗松《のりまつ》亨平《きょうへい》◉訳

コーカサスの大地で美貌のコサックの娘とモスクワの青年貴族の恋が展開する。大自然、恋愛、暴力……。トルストイ青春期の生き生きとした描写が、みずみずしい新訳で甦る！

スペードのクイーン／ベールキン物語

プーシキン／望月《もちづき》哲男《てつお》◉訳

ゲルマンは必ず勝つというカードの秘密を手にするが…。現実と幻想が錯綜するプーシキンの傑作「スペードのクイーン」。独立した5作の短篇からなる『ベールキン物語』を収録。

大尉の娘

プーシキン／坂庭《さかにわ》淳史《あつし》◉訳

心ならずも地方連隊勤務となった青年グリニョーフは、司令官の娘マリヤと出会い、やがて相思相愛になるのだが…。歴史的事件に巻き込まれる青年貴族の愛と冒険の物語。

オブローモフの夢

ゴンチャロフ／安岡《やすおか》治子《はるこ》◉訳

稀代の怠け者である主人公が、朝、目覚めても起き上がらず微睡《まどろ》むうちに見る夢を綴った「オブローモフの夢」。長編『オブローモフ』の土台となった一つの章を独立させて文庫化。

19世紀ロシア奇譚集

高橋《たかはし》知之《ともゆき》◉編・訳

ある女性に愛されたいために悪魔に魂を売った男の真実が悲しい「指輪」、屋敷に棲みつく霊と住人たちとのユーモラスな関わりを描く「家じゃない、おもちゃだ！」など7篇。

光文社古典新訳文庫　好評既刊

われら

ザミャーチン／松下《まつした》隆志《たかし》◉訳

地球全土を支配下に収めた〈単一国〉。その国家的偉業となる宇宙船〈インテグラル〉の建造技師は、古代の風習に傾倒する女に執拗に誘惑されるが…。ディストピアSFの傑作。

初恋

トゥルゲーネフ／沼野《ぬまの》恭子《きょうこ》◉訳

少年ウラジーミルは、隣に引っ越してきた公爵令嬢ジナイーダに恋をした。だがある日、彼女が誰かに恋していることを知る…。著者自身が「もっとも愛した」と語る作品。

ワーニャ伯父さん／三人姉妹

チェーホフ／浦《うら》雅春《まさはる》◉訳

人生を棒に振った後悔の念にさいなまれる「ワーニャ伯父さん」。モスクワへの帰郷を夢見ながら、出口のない現実に追い込まれていく「三人姉妹」。人生の悲劇を描いた傑作戯曲。

桜の園／プロポーズ／熊

チェーホフ／浦《うら》雅春《まさはる》◉訳

美しい桜の園に5年ぶりに当主ラネフスカヤ夫人が帰ってきた。彼女を喜び迎える屋敷の人々。しかし広大な領地は競売にかけられることに…（「桜の園」）。他ボードビル2篇収録。

鼻／外套／査察官

ゴーゴリ／浦《うら》雅春《まさはる》◉訳

正気の沙汰とは思えない、奇妙きてれつな出来事。グロテスクな人物。増殖する妄想と虚言の世界を落語調の新しい感覚で訳出した、著者の代表作三編を収録。

ヴェーロチカ／六号室

チェーホフ傑作選

チェーホフ／浦《うら》雅春《まさはる》◉訳

無気力、無感動、怠惰、閉塞感……悩める文豪が自身の内面に向き合った末に生まれた、こころと向き合うすべての大人に響く迫真の短篇6作品を収録。